Herbert Strini

POLIZIST
Traumberuf oder
Berufstrauma

Das ganz normale Leben

© 2016 Herbert Strini

Verlag: tredition GmbH, Hamburg

ISBN
Paperback: 978-3-7345-6337-9
Hardcover: 978-3-7345-6338-6
e-Book: 978-3-7345-6339-3

Printed in Germany

Inhaltsverzeichnis

Tod durch Rauchgase

Einsatzuniform damals

Verwirrt – tot

Viren, unsichtbare Feinde

Lustiges Erlebnis auf dem Straßenstrich

Doch nicht so ungefährlich

Wo ist mein Kind

War es wirklich Mord

Motorradfahrer gegen Moped

Doppelmord

Überbringen einer schlimmen Nachricht (intern)

Ein Holzerunfall

Kuriose Tierschänder

Bezirksmusikfest

Tage vor Weihnachten

Wilde Verfolgungsjagd

Verständigung einer Mutter vom Tod ihrer Tochter

Eiszeit

Konflikte – nicht der Rede wert

Heiligabend

Thema „Frauen bei der Polizei"

Nochmals Tierisches, aber anders

Pfeffersprayeinsatz

Brandstiftung

Vorwort

Im Laufe meines Lebens habe ich mich früher nie, später öfter und in der letzten Zeit auch oft gefragt, ob ich den richtigen Beruf gewählt habe. Bis vor ca 10 Jahren konnte ich das uneingeschränkt mit „JA!" beantworten. Natürlich gab es hin und wieder Zeiten, in denen ich auch früher schon einmal „NEIN" gesagt hätte, aber grundsätzlich war ich mit meiner Berufswahl sehr zufrieden.

In letzter Zeit kommt es aber öfter vor als mir lieb ist, dass ich doch Zweifel daran hege, ob ich doch den richtigen Beruf erlernt habe. Ich bin dann hin- und hergerissen, zwischen dem, was ich einen Traumjob oder einen Höllenritt nennen würde.

Was hat zu meinen sich verschiebenden Ansichten geführt? Sind es mein Alter, meine Erfahrungen, meine Abgestumpftheit? Bin ich nun mit meinen 59 Jahren etwa verbraucht? - ausgebrannt?, um ein modernes Wort zu strapazieren? Ich habe nun schon mehr als 41 Dienstjahre auf dem Buckel, ein paar Jahre werden aber schon noch dazu kommen.

Es fällt mir bei diversen dienstlichen Zusammenkünften immer öfter auf, dass der Altersdurchschnitt bei Polizisten erheblich nach oben gegangen ist. Ein nicht unbedeutender Teil des Personals ist bereits etwas oder schon stärker ergraut. Zu diesen Älteren gehören die im Jahr 2004 zur Polizei gekommenen Zollwachebeamten, die damals vom Finanzministerium zum Innenministerium gewechselt sind. (für mich war das ein fataler, nie wieder gutzumachender Fehler) – wer mich kennt, weiß, wie ich das meine. Nicht alle Zollwachebeamten wechselten gern zur Gendarmerie. Einige haben den Übertritt hervorragend geschafft und stellen auch jetzt ihren Mann. Andere konnten sich mit ihrer neuen Aufgabe nie abfinden.

Wir Polizisten haben doch einen Traumberuf! - Eine feste Anstellung; keine Angst um den Job; fast jeden Tag etwas anderes; fast jeden Tag irgendwelche Aufregungen oder Ereignisse und damit verbundene Erlebnisse, die die „normale" Bevölkerung nur am Rande oder gar nicht mitbekommt. Bin ich nun wirklich schon zu alt für so etwas? Das ist nicht gut für den Blutdruck, nicht gut für die Gesundheit (sagte meine Frau immer fürsorglich). Überhaupt, so viel Abwechslung muss doch gar nicht sein. Es darf doch auch etwas gemächlicher einhergehen. Man könnte sich einen Hund anschaffen und ihn gelegentlich auf die Dienststelle mitnehmen, damit nicht alles so ernst abläuft – wenn das so einfach wäre.
Immer öfter denke ich an zahlreiche meiner Kollegen, von denen viele wesentlich jünger sind als ich, die schon vor Jahren oder sogar Jahrzehnten in den Innendienst abgetaucht sind. Die waren doch gar nicht so dumm, wie ich früher so gern über sie urteilte, als sie diesen Schritt setzten. Ich hätte das doch auch können – aber ich wollte das nicht.

Bin ich vielleicht besser als DIE ? Haben wir nicht alle den gleichen Beruf des Polizisten gewählt, weil wir für Gerechtigkeit eintreten wollten, den Schwächeren zu helfen, weil wir etwas leisten wollten, weil wir wollten, dass sich die Bevölkerung mit einer guten Polizei sicher fühlen kann ? Alle wollten wir uns mit unserem Beruf voll identifizieren können, und wir konnten es wirklich und können es großteils auch heute noch. Aber alle sind es längst nicht mehr.

Es gibt schon noch ein paar andere Alte wie mich, die noch draußen sind. Ihnen geht es auch nicht anders als mir. Sind sie auch so „kaputt" wie ich ? Ich habe einige meiner Mitkämpfer erlebt, wie sie nur noch über alles gelacht oder gelächelt haben, wenn etwas passiert ist. Es gab nichts, was sie aus der Fassung brachte, was sie äußerlich erschütterte, wirklich nichts! ⋯⋯ Wirklich nicht ? Sie haben nur noch alles lustig empfunden, egal ob es ein Einbruch, ein Raub, ein Selbstmord, ein Verkehrsunfall oder sonst ein schwerwiegender Vorfall war, den sie zu bearbeiten hatten. Lachen kann meiner Erfahrung nach auch ein Alarmsignal sein. Wahrscheinlich ist das Lachen schon mehr als nur ein Alarmsignal. Ich glaube, Lachen in solchen Situationen deutet schon auf eine gewisse „Endstufe" hin.
Oder ist es der Anfang vom Ende ? Ich kenne einige, bei denen ich solche „Symptome" beobachten konnte. Die meisten haben es selbst bemerkt, dass es höchste Zeit war, „abzuhauen".

Warum habe ich überhaupt solche Gedanken ? Bei so einem Traumjob muss man sich doch nicht verändern. Vielleicht habe ich es im Laufe der Zeit aber auch nur eingesehen, dass der Umstand, Polizist zu sein, nicht nur positive Seiten hat.
Ich hatte doch immer meine sichere Anstellung, mein sicheres und auch nicht ganz kleines Gehalt. Es kann kaum passieren, dass man mich feuert. Ich bin Beamter, Staatsdiener. (Ich war mit diesem Ausdruck immer einverstanden, denn ich sehe mich als Diener des Volkes. Und das Volk ist der Staat. Ich

versuchte immer, für mein Land und für meine Bevölkerung da zu sein).

Ein ganz wesentlicher Aspekt, der mein jetziges Denken mit beeinflusst hat, war mein Familienleben. Ich bin und war viele Stunden, Tage und Nächte nicht bei meinen Liebsten, wenn sie mich gebraucht hätten. So hatte ich, wenn man es zusammenzählt, mindestens fünf Jahre lang in einem durch Nachtdienst, ich hatte drei Jahre lang ununterbrochen Dienst an Wochenenden. Meine Familie hat oft unter meinen Wochenenddiensten gelitten, wenn andere mit ihren Vätern und Ehemännern etwas unternommen haben und meine Frau und meine Kinder an den Wochenenden allein versuchten, ein geregeltes Familienleben mit einer ausgefüllten Freizeitgestaltung zu praktizieren. Auch an den Abenden war ich oft weg, meistens im Dienst.
Ich habe mir keine großen Versäumnisse vorzuwerfen, war ich doch im Dienst, habe nichts angestellt, nur Geld verdient, aber es gab doch hin und wieder Schwierigkeiten, gewisse Termine und Verpflichtungen privater und dienstlicher Natur unter einen Hut zu bringen.

Mir ist zu diesen Gedanken ein Gedicht eingefallen, beeinflusst von einem indischen Dichter (Tagore), den mir seinerzeit mein Hauptschullehrer näher gebracht hat. Sein Gedicht hieß: „Der Mensch lebt nicht vom Brot allein" – dieses Gedicht hat mich beeindruckt und mir fiel Ähnliches ein:

Ich glaubte ich wäre glücklich

Ich glaubte, ich wäre glücklich,
bis jemand fragte, woher ich stamme.
Ich glaubte, ich wäre glücklich,
bis jemand fragte, wer meine Eltern sind.
Ich glaubte, ich wäre glücklich,
bis jemand fragte, ob ich ein Haus besitze.
Ich glaubte, ich wäre glücklich,
bis jemand fragte, ob es mir gut geht.
Ich glaubte, ich wäre glücklich,
bis jemand fragte, was ich von Beruf bin.
Ich glaubte, ich wäre glücklich,
bis jemand fragte, ob ich zufrieden bin.
Ich glaubte, ich wäre glücklich,
bis jemand fragte, ob ich glücklich bin.

Ich war fast immer im Dienst. Oder ich hatte dienstfrei und erholte mich in einer Art Dämmerzustand, wenn ich müde von irgendeinem Nachtdienst nach Hause kam und nicht voll da und nach einem oder zwei Tagen immer noch nicht ausgeschlafen war. Diese Regenerationsphasen dauern mittlerweile schon bis zu drei Tage.

Schlimm ist auch, dass ich aufgrund der vielen, oft schwerwiegenden Schicksale, die ich im Dienst miterlebt habe, mein eigenes Schicksal oder das meiner nächsten Angehörigen nicht so richtig beachtet und wahrgenommen habe, egal was passiert war. Das eigene Schicksal war ja nicht so schlimm, da gab es viel Schlimmeres, dachte ich mir oft. Ich habe es oft versäumt, mein Familienleben zu leben. Mein eigenes Leben hingegen habe ich mit der Anhäufung von täglichen Erlebnissen und Schwerstereignissen längst gelebt. Und das im Überfluss. Ein sehr intensives Leben.

An sich sehe ich mich als toleranten Menschen. Bei der Polizei gibt es nicht viele Möglichkeiten Toleranz zu üben. Fallweise kann es zwar vorkommen, dass auch Polizisten nicht alles sehen, hören oder sonst wahrnehmen. Alles was sie tun ist aber genau geregelt. Es ist sogar geregelt, was nicht bestraft werden muss.
Ohne selbst straffällig zu werden, kann man sich als Polizist nur in einem sehr eng gesteckten Rahmen bewegen. Ein Polizist kann nicht so freizügig entscheiden, wie sich das viele vorstellen. Die abgedroschene Phrase „binden und lösen können", die von manchem meiner „Lehrer" gelehrt, von vielen Polizisten praktiziert und von schlauen Politikern gern ausgesprochen und hoch gelobt wird, hängt mir zum Hals heraus. Sie ist eine nicht praktikable Wunschvorstellung von „schlauen" Köpfen und Nichtswissern. Ein absichtliches Nichtagieren eines Polizisten zieht schwere rechtliche Folgen nach sich. Amtsmissbrauch gilt als Verbrechenstatbestand.

Bei der Polizei ist es lediglich das Zwischenmenschliche, was den Unterschied vom einen zum anderen Polizisten ausmacht. Nur im zwischenmenschlichen Bereich kann ich tatsächlich das verkörpern, was ich selbst bin. Ansonsten habe ich mich an meine Vorschriften zu halten. Eine meiner wichtigsten Erfahrungen dazu ist, dass auch der schlimmste Vorfall mit einer positiven Einstellung der Agierenden erträglicher wird.

Das Beste an meinem Polizistendasein war für mich immer, dass ich auf der Seite der Guten und Schwachen stehen durfte. Eine Sehnsucht, die sich viele in ihrem Beruf nicht erfüllen können. Ich kann mich als eine Art „Superman" fühlen. Immer zur Stelle zu sein, wenn den Anderen Unrecht getan wird, und dafür zu sorgen, dass das Recht wieder hergestellt wird, das ist schon ein gutes Gefühl. Immer auf der richtigen Seite zu sein. Fatal wird es, wenn sich Zweifel ergeben, welches die richtige, die gute Seite ist.

Mit einem gesunden und unvoreingenommenen Verstand ist es nicht schwierig, richtig und neutral eingestellt zu sein. Wie gesagt, mit einem gesunden Verstand – bevor man anfängt unmotiviert zu lachen.

Vielleicht ist es Zeit, an andere Aufgaben zu denken. ---- Aber - Bin ich überhaupt noch im Stande, etwas anderes zu machen, etwas Neues anzufangen?

Ich habe noch Zeit! Aber habe ich auch noch die Energie, die ich benötige, mich zu verändern?

Warum will oder soll ich mich überhaupt verändern? Warum bin ich nicht zufrieden mit dem, was ich erreicht habe. Nach so einer langen Zeit in einem gesicherten Beruf, bei dem es bisher nur ein paar kleine Blessuren gab? Oder gibt es doch tiefere, nicht sichtbare Verletzungen, vielleicht unsichtbare Narben in der Seele? Hat es vielleicht doch Ereignisse gegeben, die ich nicht verkraftet oder nicht verarbeitet habe?

Ich habe versucht, eine Reihe von Ereignissen, die ich im Dienst miterlebt habe, in erster Linie für mich und in zweiter Linie auch für meine Nachwelt festzuhalten. Vielleicht lässt sich so, auch für mich, analysieren, warum es in meinem Inneren, das glücklicherweise nur wenige genauer kennen, so aussieht, wie es ist.

Um niemanden vor den Kopf zu stoßen und natürlich auch um die Amtsverschwiegenheit zu wahren, füge ich folgenden Satz zu meinem Buch hinzu und stelle den Inhalt dieses Buches als erfundene Erzählung dar. Ich möchte niemandem zu nahe treten, ich will keine Urteile fällen und auch niemandem etwas Schlechtes nachreden.

„Namen, zeitliche oder örtliche Übereinstimmungen mit der Realität, der Gegenwart oder der Vergangenheit, sind rein zufällig"

Wenn ich von Polizisten rede sind natürlich auch Polizistinnen gemeint, die seit 1993 gleichberechtigt mit den männlichen Kollegen Dienst verrichten. Großteils sind meine Wahrnehmungen geschlechtsneutral, außer es gibt aufgrund des Geschlechts andere Wahrnehmungen.

Außerdem muss ich anmerken, dass das der Begriff Polizei oder Polizist für mein Buch erst ab 2004 gilt. Davor ist die seinerzeitige Gendarmerie gemeint, die es von 1849 bis 2004 gab. Um das Ganze zu vereinfachen, habe ich als Überbegriff „Polizei" gewählt, obwohl ich mit der Institution Gendarmerie „groß geworden" bin und mit der Gendarmerie gar nicht so unzufrieden war. Ich war stets stolz darauf, Gendarm zu sein und mich von den Stadtpolizeien, die es damals schon gab und von der Bundespolizei, die es damals in den Großstädten Österreichs gab, abzugrenzen.

Dazu kann ich nur eines sagen: „Die Gendarmerie ist tot, es lebe die Gendarmerie."

Als Gendarm fühlte ich mich immer einer polizeilichen Elite zugehörig, als wir noch „Gendarmerie" hießen. Ich muss allerdings gestehen, dass der Grundberuf des Polizisten immer der gleiche ist und sein wird, egal wie wir heißen. Polizeiarbeit auf unterer Ebene stellt sich für alle gleich dar und ist sicherlich eine große Herausforderung für diejenigen, die diesen Beruf ausüben.

Zu meinem Vorwort glaube ich, ein passendes Gedicht geschrieben zu haben, das mir schon vor längerer Zeit einmal eingefallen ist und das nur die verstehen, die betroffen sind. Ich widme es meinen Polizeikollegen, Ärzten und Pflegekräften, Leichenbestattern und allen jenen, die mit den „dunklen Seiten" des Lebens tagtäglich zu tun haben:

Saubere Hände - schmutziges Herz

Tischler, Bäcker, Eisenhärter,
alle schaffen Tag wie Nacht.
Schlosser, Bauer, Müllverwerter,
werden stets vom Herrn bewacht.

Ehrsam' Arbeit ihrer Hände,
egal, ob Schmutz ob Staub sie ziert.
Hoch erhob'nen Haupts die Stände,
von ihnen wird die Welt regiert.

Auch and're kämpfen um ihr Brot.
Gefühle sind im Hintergrund.
Ihr Gegenüber ist der Tod,
verschlossen halten sie den Mund.

Der eine wäscht sich froh die Hände,
der and're ist ein armer Tropf.
Der eine freut sich ohne Ende,
der and're schläft mit dreck'gem Kopf.

4.11.2000

Eine neue Dienststelle

Es war herrlich. Sechzehn Monate Ausbildung lagen hinter uns. Wir waren ein sehr großer Doppelkurs – an die 60 Mann, die ausgebildet wurden und nun alle gleichzeitig aus der Gendarmerieschule aus Gisingen ausmusterten. Endlich durften wir hinaus, man ließ uns aufs Volk los, wie man so zu sagen pflegte. Wir hatten die besten Vorsätze. Hatten wir doch gelernt, gestrebt, uns gebildet und natürlich auch Kameradschaft gepflegt. Das kam damals in der Gendarmerieschule nicht zu kurz, denn wir waren noch kaserniert. Wir durften nur an den Wochenenden nach Hause, während der Woche waren wir in der Kaserne (Schule).

Nicht vergleichbar mit dem Bundesheer, nein, es war schon etwas Besseres, was da den jungen Gendarmen in der Gendarmerieschule geboten wurde, eine echt gediegene Ausbildung. Frauen waren damals noch nicht bei der Gendarmerie, das kam erst 18 Jahre später.

Zu viert wurden wir auf eine neue Dienststelle versetzt. Voll Stolz, den Treue-Eid aufs Vaterland geleistet, nahmen wir unsere Arbeit auf und suchten, die richtigen Wege zu finden, die Sicherheit für die Bevölkerung zu gewährleisten, ohne zu autoritär zu wirken. Die autoritäre Zeit war etwas zurückgedrängt, seit einigen Jahren waren die Sozialisten am Ruder und es ging etwas weniger militärisch ans Werk.

Voll Stolz wurde unsere neue Dienststelle medial vorgestellt. Zusammenlegungen waren damals noch nicht an der Tagesordnung, und sie wurden dort durchgeführt, wo es offenbar Sinn machte. Es war kein Problem, sie durchzuführen, da die

Zusammenlegung von allen betroffenen Gemeinden mitgetragen wurde – heute unvorstellbar.

Genau so, wie auf dem Bild zu sehen, war unsere damalige Einsatzuniform bei der Gendarmerie. Ein grauer Baumwollanzug, ein graues Hemd mit Krawatte. Auf den Kopf gehörte die graue Tellerkappe im normalen Streifendienst und die weiße Tellerkappe im Verkehrsdienst.

Das Bild wurde damals (1977) fürs Gemeindeblatt angefertigt und wie gesagt, wir waren stolz, auf eine neue Dienststelle einrücken zu können.

Der Gend. Posten Wolfurt wird von Gend. Rev. Insp. Alfred Haslwanter geführt und in seiner Vertretung von den Gend. Rev. Insp. Karl-Heinz Grießinger und Helmut Wieland. Der Postenkommandant und seine Mitarbeiter werden bestrebt sein, zur Bevölkerung einen guten Kontakt zu halten. An die Bevölkerung ergeht die Bitte, den Beamten des neuen Postens Wolfurt ihr Vertrauen ebenso zu schenken, wie bisher den Beamten des Postens Lauterach und der beiden aufgelassenen Posten. Alle Bewohner des neuen Rayones können sich jederzeit vertrauensvoll an den Gend. Posten wenden, wo ihnen im Rahmen der gesetzlichen Möglichkeiten, Hilfe und Beistand gewährt werden wird.

Haslwanter

von links nach rechts:
1. Reihe: Rev.Insp. Karl-Heinz GRIESSINGER, prov.Gend. Herbert STRINI, Bürgermeister Hubert Waibel, Rev.Insp. Alfred HASLWANTER (Postenkommandant), prov.Gend. Karl-Heinz RÖSLER, Gend.Patrouillenleiter Reinhart HAMMERLE, prov.Gend. Walter KÖRBER.
2. Reihe: Rev.Insp. Erwin JOCHUM, Rev.Insp. Helmut WIELAND, Gend. Armin RÜTZLER, prov.Gend. Peter KEK, prov.Gend. Hubert WINDER.

15

19

Ein Sommertag mit einem unerwarteten Ende

Ich war noch nicht lange auf meiner ersten Dienststelle, nur ein paar Monate, als sich das folgende zutiefst schwerwiegende Ereignis in mein Gehirn einbrannte:

Euphorisch konnte ich es kaum erwarten, nach sechzehn Monaten Gendarmerieschule endlich auf einem Gendarmerieposten Dienst zu versehen und dort meinen Weg und meine Erfahrungen zu machen.

Ich war schon wieder, wie so oft, weil keiner mit ihm Dienst machen wollte, einem der Erfahrensten, aber auch schwierigsten Beamten unseres Postens, zum Dienst eingeteilt, einem 24 Stunden-Dienst. Damals wurden die Dienste auf einem Gendarmerieposten so abgewickelt, dass einer oder zwei Gendarmeriebeamte (je nach Arbeitsanfall des zu betreuenden Gebietes) 24 Stunden für alle Vorfälle, die sich in diesem Gebiet ereigneten, zuständig waren. Es war nicht viel los an dem Tag und es ging schon in Richtung Abend.

Tagsüber fiel uns nichts Besonderes auf, mir jedenfalls nicht. Für mich war sowieso alles neu. Ich war ein sogenannter Probegendarm. So war damals der schriftlich festgelegte Titel für einen damals jungen Inspektor, nachdem er von der Gendarmerieschule heraus auf einen Posten kam und noch nicht pragmatisiert war.

Gegen 17.00 Uhr beendete unser Chef seinen Dienst. Ich kannte ihn kaum. Er war für mich ein älterer Herr mit hoher

Stirnglatze, um die 50, meiner Meinung nach eher introvertiert. Er hatte noch keine fünf Sätze mit mir geredet. Er war ledig, soviel ich weiß. Er verließ wortlos die Dienststelle. Ein eigenartiger Chef, sagte kaum ein Wort, waren so meine Gedanken über ihn. Wir befanden uns auf der Dienststelle, als ich ihn vom Fenster im 1. Stock wegfahren sehe. Er fuhr ein ganzes Stück auf dem Gehsteig entlang in Richtung Bregenz, er fuhr einen gelben Fiat 128 oder 132 oder so ein ähnliches Modell. Komisch, das durfte man doch gar nicht, Fahren auf dem Gehsteig war damals wie heute verboten. Etwas unüberlegt von ihm, dachte ich mir.

Jetzt war es etwa 19 Uhr. H. und ich fuhren mit dem Streifenwagen

(damals ein grauer VW Käfer 1200, einer davon noch mit einer 6 V Stromanlage)

im Ried herum, wir patrouillierten, wie es so hieß. H. war einer meiner ersten „Lehrer" in der Praxis bei der Gendarmerie. Er zeigte mir, wie man Auto fährt und auch wie man schießt. Beim Autofahren war er ein sehr unangenehmer Mitfahrer. Ich hatte meinen Führerschein noch nicht lange und fuhr noch nicht besonders sicher. Wenn ich ihm zu langsam fuhr, setzte er seinen Fuß von der Beifahrerseite herüber und trat auf meinen Fuß und gab so Gas. Er griff mir ins Lenkrad, wenn ich, für sein Gefühl, zu weit links fuhr. Er wollte jeden Kanaldeckel am Rand spüren, so weit musste ich rechts fahren. Es musste alle 20 bis 30 Meter holpern. Ich machte mir nicht viel aus seinen „eigenartigen Lehren". Ich lernte jedenfalls beim Fahren, wie man nicht zu langsam fährt und wie man möglichst weit rechts fährt. Wie gesagt, er zeigte mir auch, wie man als Polizist schießt. Er war ein so hervorragender Pistolenschütze, wie man es nur aus Wildwestfilmen kennt. Er war ein arroganter und ungehobelter „Arsch", relativ klein, aber beim Einschreiten beherzt und mutig wie ein Löwe. Bei seiner Einstellung dürfte er knapp die damals erforderliche Mindest-Größe von 168 cm geschafft haben. Dennoch war er im Außendienst ein bemerkenswerter Gendarm. Er hatte halt so seine eigenen Ansichten. Bei den Schießkunststücken, die er mir zeigte, dachte ich mir, dass es so etwas gar nicht gibt. Es war unglaublich. Er fuhr mit mir, wie gesagt, auf allen möglichen Wegen im wunderbaren Ried, das mittlerweile wegen seiner Schönheit unter Naturschutz gestellt wurde, herum, stieg dann irgendwo, wo es ihm gerade passte, aus und warf eine leere Patronenschachtel in die Luft. Mit seinem Kleinkaliberrevolver, schoss er darauf. Er hatte oft diesen kleinen Revolver mit auf

Streife und schoss auf Vieles, auch auf Sachen, die nicht beschossen werden sollten – manche wissen, wovon ich rede. ·· Das gibt es doch nicht – er trifft die Schachtel in der Luft in einer Höhe von ca 7 Metern. Reiner Zufall, dachte ich. Dieser arrogante, angeberische Kerl. Er machte es nochmals und traf wieder. Ich sag' ja, ich kann es nicht glauben. Aber es war Realität.

Zum Schluss seiner „Vorführung" warf er eine Weinbergschnecke, die er im Gras gefunden hatte, in die Luft. Er warf die Schnecke in die Höhe und ·· traf. ·· Wahnsinn! Ich kannte in meiner Laufbahn viele gute Schützen bei der Polizei, aber nie wieder so einen hervorragenden Pistolenschützen wie H, aber auch nie wieder ein so schlechtes Vorbild bei der Polizei.

Schon zuvor hatte mir H. gezeigt, was so alles in ihm steckt. Wir fuhren an einem alten aufgelassenen Modellflugplatz, bei dem ein Holzstadel stand, vorbei. Auf dem Dach des Stadels hing ein Windsack. So wie auf einem richtigen Flugfeld wehte er im Wind, aber hier war er nur für Modellflieger, damit die Windrichtung richtig eingeschätzt werden konnte. Was machte er denn? dachte ich mir. Er zog seine Dienstpistole, eine belgische Browning FN, M 35,

(damalige Dienstpistole – wurde in den 90-iger Jahren durch die GLOCK 17 ersetzt)

aus seinem Holster heraus und schoss. Nicht einmal, mehrmals, mindestens 8 Mal. Er schoss auf den Windsack auf dem Stadel, bis dieser in Fetzen hing. Ich dachte, der spinnt. Das Geschehene beschäftigte mich. Ich wusste nicht, wie ich mich verhalten sollte. Über die Gesetzesmaterien war ich ja sechzehn Monate lang an der Gendarmerieschule unterrichtet worden, aber was er mir jetzt und hier zeigte ? Ich weiß jedenfalls nicht, was ich machen sollte, vergaß das Ganze aber auch nicht, jahrelang plagte mich mein Gewissen. In der Gendarmerieschule hatte ich sowohl gelernt, was eine Sachbeschädigung war, aber auch den Paragraphen „Verjährung" und ich war froh, als eine gewisse Zeit verstrichen war.

Wie gewohnt wurde ein für mich schwerwiegendes Ereignis (das Herunterschießen dieses Luftsackes) durch ein anderes schwerwiegendes Ereignis überlagert. Bevor man das erste Ereignis aufgearbeitet hat, taucht das nächste schwerwiegende Ereignis auf und überdeckt das erste. Eine richtige Aufarbeitung ist dann nicht möglich.

Wir wurden jäh aus unserem, besser gesagt aus Hs. Treiben gerissen. Ein Funkspruch an uns besagte, dass auf dem Gebhardsberg, nahe Bregenz, eine Person, die offenbar niedergeschossen wurde, aufgefunden worden sei. In der Nähe stehe ein gelbes Auto. Die niedergeschossene Person sei bekannt. Der Funkspruch klang irgendwie unreal. Ganz in unserer Nähe ein Mord ? Das konnte ich mir in meiner Jugend noch nicht vorstellen, ich war noch nie mit einem Mord konfrontiert gewesen.

H. begriff schnell. Er war flott im Auffassen, nur beim Umsetzen tat er, was er wollte. Unser Chef hatte ein gelbes Auto. Irgendwie musste H. gleich geahnt haben, was los war. Er fuhr rasch mit mir zur Dienststelle, der zerschossene Windsack war für ihn vergangen und vergessen, und er setzte mich fast wortlos beim Posten ab. Warum er mich nicht auf den Gebhardsberg mitgenommen hatte, weiß ich bis heute nicht. Ich nehme an, er setzte mich ab, falls in der Zwischenzeit eine andere Tätigkeit anfällt, dass ich diese verrichten konnte. Er war ja nicht der, der Sachverhalte aufnahm und weiterbearbeiten wollte, er war eher einer, der dabei sein wollte, wenn es etwas Spannendes zu erleben gab, aufarbeiten würden schon die anderen – er dachte offenbar so wie viele (so ist es auch heute noch).

Etwa zehn Minuten später bestand Gewissheit. H. war nun oben auf dem Gebhardsberg. Er identifizierte unseren Chef - erschossen ! Die Pistole vom Chef lag neben ihm, so erzählte mir H. nach seiner Rückkehr. Die Augen seien weit aus dem Kopf heraus gequollen gewesen, vom Druck des Schusses. Er habe ihn nicht gut erkennen können, habe ihn dennoch eindeutig identifiziert. Hatte man ihn ermordet ? Schnell zerstreuten sich anfängliche Mutmaßungen über ein Fremdverschulden.

Warum hatte er das getan ? Es war für uns unerklärlich. Die vorgesetzten Stellen wurden verständigt. Eine ganze Maschinerie kam ins Laufen. Jeder versuchte, zu erklären und aufzuklären, wie und warum es dazu kam. Warum brachte sich ein nicht mehr ganz junger Kommandant eines Gendarmeriepostens um ? Einen Abschiedsbrief gab es nicht.

Schlussendlich wurde resümiert, dass er vermutlich überlastet war. Außerdem war er alleinstehend und hatte offenbar niemanden, mit dem er sich aussprechen konnte.

Was am Tag los war und was endgültig der Auslöser für seinen Freitod war, wird wohl für immer ein Geheimnis bleiben.

Das war mein erster Postenkommandant bei der damaligen Gendarmerie in meiner noch jungen Dienstzeit. Ich konnte mich kaum auf ihn einstellen, schon gar nicht hatte ich die Möglichkeit, ihn näher kennen zu lernen.

Er war einer der ersten Todesfälle, mit denen ich bei der Polizei zu tun hatte, obwohl ich nicht direkt damit in Berührung kam. Ich fühlte mich von seinem Tod intensiv berührt, ohne jemals zu erfahren, welche Hintergründe es gab, wie es seiner Verwandtschaft nach seinem Tod ging und auch selbst kann ich mich nicht erinnern, nach dem „Staatsbegräbnis", das ihm zu Teil wurde, mit jemandem über die näheren Umstände seines Todes gesprochen zu haben.

Vielleicht hat er die vielen Dinge, die er in seinem Gendarmendasein erlebt hatte, nicht verkraftet. Wenn ich meine eigenen Geschichten Revue passieren lasse, kann ich ihn sogar ein wenig verstehen.

Erster Einsatz von Staatsgewalt

Ich bin von Grund auf ein friedliebender Mensch, so war ich, als ich jung war und so bin ich auch heute noch. Als ich noch Jugendlicher war, noch vor meiner Gendarmeriezeit, war ich beim Boxclub in Dornbirn. Ich war damals vom berühmten Boxer Muhammed Ali, früher als Cassius Clay bekannt, sehr fasziniert. Er war ein einmaliger Boxer mit vollendeter Box-technik. Er war für mich der größte Boxer aller Zeiten. Ich wäre gern in seine Fußstapfen getreten. Er war einfach mein Idol. Ich war in diesem Sport nicht schlecht, aber zu richtiger Klasse reichte es vorne und hinten nicht. Außerdem hielt ich dem Druck, der mir bei der Sportart „Boxen" entgegen-schwappte, nicht stand. Vor allem von meinen Mitschülern im Gymnasium erntete ich oft Unverständnis und Spott.

Ich nahm aber viel Gutes aus diesem Sport für mein Leben mit. Neben den menschlichen Bereicherungen, wobei ich vor allem meinen damaligen Trainer Walter H. und den Ringrichter Kurt R. erwähnen will, nahm ich mit, dass auch beim Einsatz von Gewalt und roher Kraft der Kopf mitspielen muss. Auch beim Freisetzen von noch so viel Adrenalin ist es notwendig, zu denken, bevor gehandelt wird. Auch während man handelt, muss man immer noch denken. Wenn die Handlung abge-schlossen ist, ist das Denken immer noch nicht beendet.

Auch das Folgende ist eine wesentliche Erfahrung: dass es ein-facher ist, einmal selbst - auch körperlich - etwas einstecken zu können, wenn man schon einmal „eingeschenkt" bekommen hat. Allerdings muss auch das „Austeilen" schon einmal real durchgeführt worden sein, um es bei Bedarf wirklich einsetzen zu können. Das ist bei Männern, die eine normale Kindheit und Jugend erlebt haben, keine größere Schwierigkeit. Bei Frauen, die an sich wesentlich gewaltfreier agieren und auch so aufgewachsen sind, ist der Einsatz von Gewalt zur Durchsetzung von Befugnissen einer der wenigen Knackpunkte, bei denen ich heute sage, dass der Beruf „Polizist" eher ein Männerberuf ist. Auf das Thema „Frauen bei der Polizei" gehe ich später noch etwas genauer ein.

In einem Erlebnis, in meinem ersten Jahr in einer Hofsteiggemeinde konnte ich schon früh in meinem polizeilichen Wirken erfahren, dass manchmal nur unter Anwendung von Gewalt ein gesetzlicher Zustand wiederhergestellt werden kann. Das hätte ich mir nicht so gedacht. Wenn die Polizei kommt, müsste das doch reichen, dachte ich damals, als ich von der Schule kam.

Mein Kollege W. und ich wurden zu einem Gasthaus in eine Kleingemeinde, die auch zu unserem Gebiet zählte, gerufen. Der Anrufer war der Wirt der Bahnhofsrestauration. Eine Bahnhofrestauration mit Bahnhof, für das Wälderbähnle. Ein stark betrunkener Mann machte Probleme. Der wollte weder seine Zeche zahlen, noch würde er der Aufforderung des Wirtes, das Lokal zu verlassen, nachkommen. Also wurde die Polizei, also wir, auf den Plan gerufen. Klang ja ganz banal.
Zum Glück war W. schon älter als ich, obwohl auch er noch nicht länger im Außendienst war wie ich. Aber zumindest an Lebenserfahrung konnte er einige Jährchen mehr aufweisen als ich. Ich hielt mich an ihn und war froh, dass er die Amtshandlung mit diesem „unguten" Menschen führte. Bei uns war es üblich, dass die Amtshandlung vom älteren Beamten geführt wurde. Wer den Akt schließlich bearbeitete, wurde im Nachhinein entschieden. W. redete mit dem Delinquenten und

verlangte von ihm, er möge bezahlen und danach das Lokal verlassen. Für mich war es klar, dass das, was W. sagte, Gesetz war und unverzüglich zu befolgen war. Doch weit gefehlt. Der Betrunkene lärmte herum, schimpfte, gab Beleidigungen von sich, die ich gar nicht wiederholen mag und gab zu verstehen, dass er ganz sicher nicht das macht, was wir kleinen Polizisten von ihm verlangten.

Es war nicht viel, was er zahlen müsste, aber es ging ums Prinzip. Eine massive Ordnungsstörung, eine Zechprellerei, das reichte. W. ermahnte den Mann, der um einiges älter war als wir. Aber er tat einfach nicht das, was er sollte und was wir von ihm wollten. Er tat auch nicht das, was der Wirt von ihm verlangte. Was blieb übrig ? Das hatte ich mir nicht so vorgestellt. Ich dachte eigentlich, dass er sofort den rechtmäßigen Zustand wieder herstellen wird, wenn wir ihn dazu aufforderten. So hatten wir es in der Gendarmerieschule doch gelernt. „Stellen Sie ihr strafbares Verhalten ein und verlassen Sie dieses Lokal!" Das klingt doch so eindrücklich, so klar. Ich dachte eigentlich, dass Leute, denen die Polizei sagt, was sie zu machen haben, dies auch befolgen würden.

Viele Möglichkeiten waren unsererseits nicht mehr vorhanden. Wir versuchten nun, die Daten des Mannes zu erlangen. Natürlich war auch das ein aussichtsloses Unterfangen. Wir mussten uns durchsetzen. Wir mussten das tun, was der Bürger von der Staatsmacht erwartete, unter Anwendung maßhaltender Gewalt unter Berücksichtigung der angemessenen Verhältnismäßigkeit. Leere Worte. Ich hatte den Gesetzestext genau vor Augen. Das waren die Worthülsen, die es zu lernen gab, doch nun war es daran, diese Worte in die Praxis umzusetzen. Oft wurde gehadert, der beste Schüler ist nichts wert, wenn er das Erlernte nicht umsetzen kann. Jetzt wusste ich, was damit gemeint war.

Was war nun „maßhaltende Gewalt" ? Was war „angemessene Verhältnismäßigkeit" ? Wir wollten vor den anderen Gasthausbesuchern und auch vor dem Wirt unser Gesicht nicht verlieren. Wir wollten aber auch nicht die Bösewichte und Buhmänner sein, die völlig unangemessen agieren und vielleicht selbst vor dem Richter landen, wenn wir die maßhaltende Gewalt überschritten.

Nun griff mein Kollege W. plötzlich durch. Ohne dass wir uns vorher gegenseitig absprachen, begann er, den Mann am Arm zu packen. Den Griff hatten wir in unserer Ausbildung geübt. Ob er in der Praxis funktionieren würde, wussten wir in der Gendarmerieschule noch nicht. Er funktionierte nicht, natürlich nicht. (ein Griff, bei dem ein Arm angewinkelt werden muss und der Delinquent vorgebeugt wird und mit einem Hebel abtransportiert werden sollt) Völlig praxisfremd, was wir da gelernt hatten. Es blieb aber keine Zeit, darüber nachzudenken. In solchen Stresssituationen ändert sich jede Zehntelsekunde die Situation. Der Mann wurde durch den Griff herumgedreht und riss sich sofort wieder los. Er wendete sich gegen W. und nach meiner Ansicht war er unmittelbar davor, einen Schlag gegen Walter zu führen. Nun kam glücklicherweise meine instinktive Reaktion, die ich beim Boxen erlernt hatte, zu Tage. Ich versetzte dem Mann einen Faustschlag – eine wunderbare Gerade ˙ ans Kinn. (Damals waren bei der Polizei Fauststöße noch verpönt und waren noch nicht in den Richtlinien für die Anwendung der Körperkraft vorgemerkt. Heute ist das glücklicherweise anders, heute sind auch Fauststöße erlaubt). Ich wunderte mich, dass der Schlag nicht besser wirkte.

Er wich nur minimal zurück. Das reichte aber aus, dass W. wieder zupacken konnte und den Mann am Hals erwischte. Gemeinsam gelang es uns, ihn zu überwältigen und ihm die Handschellen anzulegen. Damals trug man die Handschellen noch nicht am Gürtel, auch das war verpönt. Nur ganz ausgekochte und unfolgsame Polizisten, oder die ganz jungen, hatten sich selbst ein Handschellentäschchen angeschafft und trugen die Handschellen, trotz Verbot, am Gürtel, so wie wir.

Eine Erfahrung, die ich in meinem Polizistendasein gemacht habe ist, dass beim Großteil der Fälle weitere Gewaltanwendung nach dem Anlegen von Handschellen nicht mehr notwendig ist. (sofern die Person nicht verrückt ist). Das war auch im heutigen Fall so. Er ließ sich anschließend widerstandslos abführen.

Weder der Mann noch einer von uns wurden beim Einsatz verletzt. Ich hatte nicht gedacht, dass es so rasch nach unserer Grundausbildung notwendig sein wird, den gesetzmäßigen Zustand durch Gewaltanwendung wiederherstellen zu müssen.

Dass ich im Laufe meines dienstlichen Lebens derart oft Gewalt anwenden muss, um dem Gesetz zum Durchbruch zu verhelfen - richtig gesagt - um einen normalen, lebenswerten Zustand wieder herzustellen, wie ich das heute weiß, hätte ich niemals gedacht. Ich hätte auch nie gedacht, dass ich als Polizist so oft „Raufen" muss.

Sprung vom Känzele:

Ein warmer Herbsttag. Kaum jemand glaubt, dass an so einem schönen Tag wirklich etwas Schlimmes passieren könnte. Die Realität schaut auch an diesem herrlichen Tag nicht anders aus als an jedem anderen Tag. Schon am Vorabend war eine Fahndung nach einer 16-Jährigen herein gekommen, die als Abgängige gesucht wurde, und die psychisch angeschlagen sei. Sie sei offenbar zu Hause nicht mehr zu Recht gekommen und sei abgehauen. Sie würde sich wohl nichts antun? Das tun Mädchen erfahrungsgemäß eher selten, aber es kommt vor. Mädchen bluffen oft und versuchen, Grenzen auszuloten.

Eigentlich nichts Besonderes, wenn ein so junges Mädchen einmal als abgängig gemeldet wird. Das kommt oft vor, sicher mehr als 100 Mal im Jahr in Vorarlberg. Die meisten sind nach ein, zwei Tagen wieder zurück zu Hause oder im Heim oder in der Wohngemeinschaft, oder wo sie halt sonst ihre schwierige Jugendzeit verbringen (es gibt natürlich auch andere Mädchen, die ganz normal aufwachsen und keine größeren Probleme haben).

Das muss aber doch ein außergewöhnlicher Fall gewesen sein. Ziemlich undurchsichtig. Warum sie wohl weg wollte? Es könnte Suchtgift im Spiel gewesen sein – reine Mutmaßung. Jedenfalls war sie weg.

Ein Anruf kam auf unsere Dienststelle, ein Hinweis, dass das abgängige Mädchen eine Nachricht hinterlassen habe, dass sie sich möglicherweise vom Känzele Felsen in Bregenz in die

Tiefe stürzen wolle. – Überhaupt war der Känzelefelsen in dieser Beziehung etwas in Verruf. Ziemlich unglaubwürdig, diese Nachricht, aber man wusste ja nie. Mein Kollege P. und ich gingen nachschauen. Eine ziemlich steile und unzugängliche Gegend. Wir befanden uns in Kennelbach. Der Känzele Felsen liegt auf Bregenzer Gebiet. Allerdings würde der mutmaßliche Ort, wo jemand aufprallt, wenn er von dort herunter springt oder fällt, in Kennelbach sein. Also waren wir zuständig? Egal wer zuständig war, wir mussten auf jeden Fall nachsehen.

In unserer normalen Uniform und in Halbschuhen (Standardschuhe) begaben wir uns ziemlich unvorbereitet auf diesen steilen Hang. Wer würde denn glauben, dass wir in Kennelbach Bergschuhe bräuchten? Zeitweise war der Weg hoch zum Felsen mit Steinen durchsetzt, führte durch eine steile wilde, brach liegende Wiese und durch leicht bewaldetes Gebiet. Wir hetzten hinauf, ohne genau zu wissen, ob wir überhaupt etwas finden werden. Ca 100 m unterhalb des Känzelefelsens, völlig verschwitzt, kamen wir, direkt an der Steilwand an, überall hingen Seile, Haken und Übungsutensilien für Kletterer. Wir suchten etwas planlos herum, weil wir nur den Hinweis hatten, dass eine Nachricht hinterlassen wurde, dass sich das Mädchen von diesem Felsen stürzen wollte. Eine größere Suchaktion war in Planung. Wenn wir nicht rasch fündig geworden wären, hätten wir eine Suchaktion einleiten müssen.

Plötzlich sahen wir etwas. Es war ein undefinierbares Etwas, das auf dem belaubten Waldboden lag. Man sah nicht viel, nur einen dunklen kleinen Hügel oder Haufen oder wie ich es nennen soll. Der Waldboden war mit braunem Laub bedeckt, hier gab es einige Laubbäume, großteils aber Fichten. Wir gingen langsam, aber doch zielgerichtet auf diesen kleinen Haufen zu.

Als wir kurz davor standen, sahen wir, dass es sich um einen leblosen, relativ kleinen Menschen handelt, der da auf dem Bauch lag, das Gesicht nach unten fast in den Boden vergraben. Von oben sah man nur Haare. So wie der Kopf lag, konnte man gar keine Luft bekommen, dachte ich. So eine Kopfposition eines liegenden Körpers habe ich später noch einmal, bei einem toten Moped Fahrer gesehen. - Das ist für mich die Erfahrung, dass offenbar, wenn der Kopf eines Menschen bei offenbar leblosem Zustand nicht seitlich liegt, sondern gerade auf der Nase, dürfte die Person bereits tot sein. - Wir fühlten beide den Puls, bzw wir versuchten es, einen Puls zu finden, am Handgelenk – kein Puls. Wir versuchen einen an der Halsschlagader zu finden, kein Puls. Außerdem war der Körper schon erkaltet. Es bestand kaum ein Zweifel, obwohl man es ja nie so genau sagen kann. Wenn der Kopf nicht fehlt, sei eine sichere Todesfeststellung für einen Laien kaum möglich, so hatten wir es in der Gendarmerieschule gelernt – solche makabren Sprüche konnte man wohl nur in der Gendarmerieschule lernen, vom damaligen Kriminalistiklehrer Peter L. Für uns war diese Person jedenfalls tot.

Die Bergrettung war von uns bereits verständigt und unterwegs. Sie war für die Bergung des toten Körpers zuständig. Zuvor benötigen wir aber noch den Gemeindearzt. Er musste, als einziger wirklich Verantwortlicher, den Tod feststellen – wir waren ja nur die Laien, obwohl es für uns völlig klar ist, dass die Person tot war.

Nun mussten wir unseren polizeilichen Alltag aktivieren. Es könnte ein Verbrechen vorliegen, die Kriminalabteilung musste her, auch die Spurensicherung. Es ist selten, dass eine

Leiche abseits von befahrbaren Straßen gefunden wird, jedenfalls hier im Rheintal. In den Bergen gibt es das ja öfter.

Die Beamten der Kriminalabteilung sollten sich ein Bild davon machen, ob vielleicht etwas „faul" war. Die Mordkommission mit dem damaligen Leiter dieser Abteilung K. G. kam zum Auffindungsort. K. war einer der Besten – der Beste, damals. Die Theorie von einem allfälligen Fremdverschulden hatte sich für ihn schnell zerstreut. Alles deutete darauf hin, dass das Mädchen tatsächlich vom Känzele Felsen herunter gesprungen war. Der Gemeindearzt war mittlerweile auch eingetroffen. Er untersuchte das Mädchen und stellte fest, dass es mehrfache Brüche an den Beinen und auch an den Oberschenkeln hatte. Durch die hohen Fichten, bei denen einige Äste abgebrochen waren, dürfte der Fall der Selbstmörderin so stark abgefangen worden sein, dass der Aufprall nicht sofort zum Tod führte. Das ergab die Rekonstruktion des Sprunges dieses unglücklichen Mädchens in die Tiefe.

Sie war vermutlich durch die schweren offenen Knochenbrüche, die zu einem starken Blutverlust geführt hatten, gestorben. Sie habe nach dem Aufprall noch etliche Stunden gelebt. Ein schrecklicher Tod.

Schlimme Sache – so will niemand sterben. Auch eine Selbstmörderin nicht. Wie die Verständigung der Eltern vor sich ging, weiß ich nicht mehr, weil ich nicht dabei war. Das macht eine andere Streife. Ich fand es jedenfalls schlimm, dass sich ein so junges Mädchen das Leben nahm.

Nächtliche Alarmfahndung

Ein regnerischer Abend. Ich saß zu Hause und schaute mit meiner Frau Nachrichten und dann das Abendprogramm im Fernsehen an. Ich war müde und ging relativ früh zu Bett. Das war bei mir eher selten. Normalerweise ging ich nie vor Mitternacht schlafen. In den letzten Tagen musste ich aber doch ein paar Nachtdienste mehr gehabt haben, weil ich so müde war. Ich erholte mich kaum vom einen Dienst zum nächsten und hatte „nachtdienstfrei". Den Ausdruck „nachtdienstfrei" habe ich im Vorwort schon näher erläutert. Es ist eine Art Dämmerungszustand, nicht richtig wach aber auch nicht am Schlafen.

Es war etwa 3 Uhr des 11. März 1979, als ich draußen im Wohnzimmer das Telefon läuten hörte. Damals gab es noch kein Handy, das auf dem Nachttisch lag. Dieses Zeitalter kam erst später. Ich hörte jedenfalls das Klingeln des Telefons und sprang auf, dass nicht die ganze Familie aufwacht.

Mit kurzen Worten teilte mir ein Kollege der Funkleitstelle am Telefon mit, dass Alarmfahndung sei. Ich sollte sofort zu meiner Dienststelle einrücken. Ein Polizist sei ums Leben gekommen. Er sei von einem Autofahrer zusammengefahren worden und der verantwortliche Lenker sei geflüchtet.

Rasch kleidete ich mich an und fuhr so schnell wie möglich zu meiner Dienststelle. Zu schnell durfte ich auch nicht. Die Straße war nass und rutschig. Ich fuhr zwar schnell aber dennoch vorsichtig. Es nutzte nichts, wenn ich schneller fuhr und gar nicht ankäme, weil ich einen Unfall hätte.

Ein Polizist ist umgekommen. Wer wird es sein? Kenne ich ihn vielleicht? Das waren meine ersten Gedanken auf der nächtlichen Fahrt zur Dienststelle. Nach gut 10 Minuten traf ich auf der Dienststelle ein. Mein Kollege W. war auch gerade eingetroffen. Er jammerte herum, er war vorher auf einer Feier und fuhr direkt von dort weg – nicht vollkommen nüchtern, wie ich bemerkte. Also lenkte ich das Dienstfahrzeug. Wir alberten noch herum, als wir zu einer vom Alarmfahndungsplan vorbestimmten Kreuzung fuhren, um dort alles zu kontrollieren, was als Verdächtige in Frage kommen könnte.

Die Angaben für die Fahndung waren eher dürftig. Mittlerweile bekamen wir mit, dass das Fahrzeug des fahrerflüchtigen Lenkers an der Unfallstelle in einer ca 20 km entfernten Gemeinde zurückgeblieben war. Es gehörte zum Alarmfahndungssystem, dass in solchen Fällen trotzdem alle neuralgischen Punkte besetzt wurden.

Obwohl es um einen sehr ernsten Vorfall geht, blödelten W. und ich an der Kreuzung herum. Wir erfuhren, dass wir den, der ums Leben gekommen war, nicht kannten. Es war so doch einfacher. Sobald nach einer Tat ein persönlicher Bezug hergestellt wird, ist Leid und das Mitgefühl um ein Vielfaches stärker. So hatte sich unser Tun auf die normale Routinearbeit beschränkt. Vielleicht war dieses Hinwegsehen über die Endlichkeit des Seins, vor allem in Bezug auf die Arbeit eines Polizeibeamten, auch nur eine Art Verdrängung und Bewältigung möglicher Ereignisse, an denen man ja auch selbst einmal beteiligt sein könnte.

Nach einigen Stunden des Kontrollierens wurden wir per Funk informiert, dass die Fahndung eingestellt werde, obwohl der Täter noch nicht gefasst war.

Es war Sonntagmorgen. Wieder schlafen gehen? Konnte ich jetzt überhaupt schlafen? Ein Kollege war ums Leben gekommen, als er einen Autolenker nach einer Geschwindigkeitsüberschreitung anhalten wollte.

Am folgenden Tag konnte der Verdächtige ausgeforscht und verhaftet werden. Die Alarmfahndung war ein reiner Routineeinsatz! Wirklich ?

Passieren kann dieses Schicksal jedem Polizisten zu jeder Zeit. Bei schlechtem Wetter ist die Gefahr größer als bei trockenem Wetter.

Der Gendarm hinterließ eine Frau und zwei kleine Kinder.

Wien, Heldenplatz:

Nicht viele kennen das in Wien auf dem Heldenplatz situierte Denkmal für die im Dienst getöteten Gendarmerie- und Polizeibeamten

Ich hätte ja nicht gedacht, dass es in Österreich so etwas auch gibt und ich muss sagen, dass ich mich als Angehöriger der Exekutive freue, dass auch der im Dienst ums Leben gekommenen Kolleginnen und Kollegen in einer nach außen sichtbaren Form in der Gesellschaft gedacht wird.

Als es noch die Gendarmerie gab, wurde immer am 8. Juni jeden Jahres der im Dienst ums Leben gekommenen Kollegen gedacht, es sind seit Kriegsende doch schon eine große Anzahl. Nun, nach der Zusammenlegung der Wachkörper im Jahr 2004 wird dieser jährliche Gedenktag im September abgehalten.

Seit ich im Jahr 1975 zur Gendarmerie kam, haben schon einige meiner Kollegen im Dienst ihr Leben verloren, auch hier in Vorarlberg.

Für sie und ihre Angehörigen wurde das Denkmal der Exekutive in Wien errichtet.

In der Landespolizeidirektion Vorarlberg in Bregenz, Bahnhofstraße 45, im unteren Foyer befindet sich eine Gedenktafel mit den Namen der im Dienst getöteten Vorarlberger Gendarmerie – und Polizeibeamten.

Der unbekannte Ravensburger

Es war wieder einmal ein wunderbarer Herbsttag, Früh-
herbst. Die Temperaturen waren noch angenehm und zeigten
nur am Morgen, dass sich das Jahr schon wieder zu Ende neigt
und die Sonnenstunden abnahmen.

Es gab nur die banalen Vorfälle eines Samstag Vormittags. Ein
Verlust eines Führerscheines – die „Kundschaft" hatte während der Woche keine Zeit, sich eine Bestätigung zu holen und
kam halt samstags, wie immer – (oder zur Mittagszeit)

Ein Fahrrad wurde als gestohlen gemeldet – natürlich war es
versperrt – wegen der Versicherung.

Einer kam und bezahlte eine Strafe von gestern, weil er kein
Geld dabei gehabt hatte.

Schon um 11 Uhr schaltete ich den Herd ein und machte mir
das Gulasch warm, das ich mir zum Aufwärmen als Mittagessen von zu Hause mitgenommen hatte. Schon damals war es
so und so ist es auch heute noch, dass Gendarmen während des
Dienstes zu Mittag essen dürfen. Sie dürfen auch im Dienst
Kaffee trinken oder eine Pause einlegen. Niemanden kümmern
die Arbeitsunterbrechungen, die ein Polizist einlegt. Nur –
wenn er benötigt wird, dann hat er fit zu sein, egal um welche
Tages- oder Nachtzeit, egal zu welcher Jahreszeit, egal zu welchem Anlass. Es gibt weder Mittag, noch Schlafenszeit, weder
Weihnachten noch Ostern, und auch Silvester nicht.

Ich aß früher als sonst. Mein Kollege P. fuhr nach Hause zum
Essen. Er wohnte im Überwachungsgebiet. In dringenden Fällen holte ich ihn zu Hause ab, so machten wir es aus.

Als er gegen eins wieder kam, schaltete ich die Kaffeemaschine ein. Wir wollten noch einen Kaffee nehmen, bevor wir miteinander eine Ausfahrt zur Überwachung der allgemeinen Sicherheitsverhältnisse starteten.

Heute würde wohl verstärkter Motorradverkehr herrschen. Vielleicht konnten wir die Geschwindigkeit der Motorradfahrer durch unsere Präsenz etwas drosseln, war unser Vorsatz. Ein nicht besonders erfolgversprechendes Unterfangen, aber diese Tätigkeit klang sinnvoll und vielleicht brachte sie sogar etwas.

Mein Kollege hatte sich den Kaffee gerade herausgelassen. Wir hatten eine für damalige Verhältnisse relativ moderne Kaffeemaschine auf der Dienststelle – mit Kaffee ließen sich die Gendarmen immer schon relativ unkompliziert bei Laune halten. Ich wollte gerade auch meine Tasse mit Zuckerwürfel bestücken, als wir per Funk von der Funkstelle in Dornbirn gerufen wurden. Ich hetzte zum Funkgerät, das sich natürlich nicht dort befand, wo wir gerade Kaffee trinken wollten (damals war auch nicht in jedem Raum ein Lautsprecher für Funkdurchsagen): „Verkehrsunfall auf der L 7, Tobelstraße !" klang es lapidar mit blecherner Stimme durch den Lautsprecher. „Die Unfallstelle befinde sich ca 1 km nach dem Tunnel in Fahrtrichtung Alberschwende," folgte weiter.

„Sch… !" denke ich. Aber vielleicht war die Unfallstelle schon auf Alberschwender Gebiet. Dann war der Beamte aus Alberschwende für die Aufnahme und die Bearbeitung zuständig. Egal, der Kaffee wird ohnehin kalt sein, bis wir wieder zurück sind. P. und ich verließen rasch die Dienststelle. Erfahrungsgemäß waren die Unfälle auf der Schwarzachtobelstraße meistens schwerer Natur. Mit P. hatte ich auf dieser leicht ansteigenden Straße durch einen Wald am Tor zum Bregenzerwald schon etliche, auch sehr schwere Unfälle aufgenommen. Ich hasste diese Straße. Als wir ausrückten kam am Funk nicht der leiseste Hinweis darüber, wie schwer der Unfall wirklich war. Es wäre leichter, von vornherein über die Schwere informiert gewesen zu sein, als nachher überrascht. Wir mussten uns mit der Gegebenheit abfinden, nicht genau zu wissen, was kommen wird. So war es doch oft oder meistens. Der Beamte in der Funkstelle konnte auch nicht mehr wissen, als das, was ihm gemeldet wurde.

P. fuhr. Er war der bessere Fahrer als ich. Er raste einsatzmäßig in Richtung Unfallstelle. Wenn man bei unserer Fahrt vom Rasen sprechen kann. Die damals den Gendarmerieposten zugewiesenen VW Käfer gingen gerade einmal 100 km/h, mehr war nicht drinnen. Das Folgetonhorn war eine Farce. Mit einem Hebel neben der Gangschaltung hatte der Beifahrer im Einsatzfahrzeug durch Bewegen nach links und rechts die verschiedenen Töne zu spielen. Manchmal war das sogar richtig lustig und wir spielten nicht die Melodie, die vorgesehen war. Diese Albernheit machten wir beim heutigen Einsatz aber nicht.

Nichts deutete auf einen wirklich schweren Unfall hin. Als wir in Schwarzach in Richtung Alberschwende abbogen, lief der Verkehr auch in unsere Richtung normal. Das hieß, die Fahrbahn war nicht völlig blockiert. Trotzdem hetzten wir weiter. Man konnte doch nicht plötzlich das Blaulicht ausschalten.

Wir waren nun schon ein gutes Stück nach dem Tunnel. „Schaute gut für uns aus !" dachte ich. Vermutlich war der Unfall wirklich in Alberschwende. Wir würden dann nur den Verkehr regeln. Vielleicht war die Unfallmeldung auch nur eine der zahlreichen Falschmeldungen. Wer weiß ? Immer dieses Ungewisse.

Nach einer relativ scharfen Linkskurve im Bereich des letzten Hauses vor dem Alberschwender Gebiet rechts neben der Fahrbahn befand sich ein geschotterter Platz, auf den man ausweichen aber auch parken oder halten konnte. Als wir auf diese Höhe kamen, stand dort ein alter weißer VW Käfer mit eingeschalteter Warnblinkanlage. Ein Stück dahinter war eine 250-iger Yamaha auf dem Mittelständer abgestellt. Niemand befand sich bei den Fahrzeugen. Die Türen des Pkws waren geschlossen. Das schaute aber überhaupt nicht nach einem Unfall aus. P. stellte unser Dienstfahrzeug vor den abgestellten Pkw und schaltete ebenfalls die Warnblinkanlage ein. Das Blaulicht schaltete er aus. Schon beim Hinfahren entdeckten wir eine leichte Rutschspur auf dem Kiesplatz. Die konnte nichts mit dem abgestellten Pkw und auch nichts mit dem dort stehenden Motorrad zu tun haben. Es war aber die Rutschspur eines einspurigen Fahrzeuges, genau in Richtung zur Böschung.

Wir stiegen langsam aus, immer noch unklar, welche Situation wir nun antreffen würden. Wir waren weder besonders gespannt, noch überaus ruhig. Der Adrenalinspiegel von der vorigen Einsatzfahrt war noch relativ hoch. Wir bemühten uns, unsere Aufgeregtheit nicht anmerken zu lassen.

Beim Aussteigen schaute ich in die neben der Tobelstraße verlaufende in diesem Bereich ca 5 Meter tiefer liegende Schwarzach. Zwei Männer standen am Rande des Bachbettes, zwischen

einigen breiten abgerundeten und anderen kantigen, empor-
ragenden Steinen. Die Schwarzach führte nur wenig Wasser,
weil wir eher in einer Schönwetterphase waren. Nun sah ich
ein Motorrad im Wasser führenden Teil des Baches liegen. Es
sah nicht besonders beschädigt aus. Überhaupt schaute der
ganze Unfall nicht besonders spektakulär aus. Nun erkannte
ich, dass die Rutschspur, die ich vorher gesehen habe, von diesem Motorrad, das in der Schwarzach lag, stammen musste.

Einer der Männer, die im Bachbett standen, war mit einem
grün-weißen Motorradanzug aus Leder bekleidet. Es kam mir
übertrieben vor, dass ein Fahrer einer 250-iger Maschine einen
solch aufwändigen Anzug an hatte. Damals waren Motorrad-
anzüge und Helme noch nicht an der Tagesordnung. Eine
Helmpflicht bestand auch noch nicht. Der Mann im Lederdress
beugte sich zu einer weiteren Person in einem hellblauen Motorradanzug hinunter. Der zweite Mann lag dort mit dem Rücken am Boden am Rand des Wassers. Sein Helm lag neben
ihm. Offenbar war ihm dieser vom anderen Motorradfahrer abgenommen worden.

Der Helm lag rechts seitlich neben dem liegenden Motorradfahrer. Das dort befindliche Leichtmotorrad trug ein Ravens-
burger Kennzeichen, wie auch das oben auf der Straße abge-
stellte.

„Halb so schlimm!" befand ich nach erster Sichtung der Situation. Die Motorradfahrer redeten miteinander. P. blieb oben
auf der Straße, er wartete das Eintreffen der Rettung ab. Er
verständigte auch die Feuerwehr, falls Benzin austritt und
auch für die Bergung des Motorrades aus dem Bach. Dann
machte er die Unfallfotos. Der Fahrer des VW Käfer hatte sich

mittlerweile von der Unfallstelle wieder entfernt, weil er weder helfen konnte, noch ein echter Zeuge war. Er war nur dazu gekommen.

Ich kletterte die paar Meter hinunter in die Schwarzach und versuchte, die Personalien des Verunfallten herauszubekommen. Den Kollegen vom Verunfallten ersuchte ich, seinen Führerschein zu holen, damit ich auch seine Daten aufnehmen konnte. Außerdem wollte ich den verletzt liegenden Unfallbeteiligten ungestört befragen, um mir ein objektives Bild vom Unfallgeschehen machen zu können.

Wie schon gesagt, lag der Verletzte auf dem Rücken. Sein Kopf war angehoben. Er lag auf einem Stein auf, damit er nicht ganz flach liegen musste. Ich fragte den verletzten Mann, ich schätzte ihn auf 28 bis 30 Jahre, nach seinem Namen. Ich war überrascht, als er mir mit ganz schwacher Stimme antwortete. Es kam kaum Luft aus seinem Atem. Nun sah ich auch, dass er so bleich war, „weiß wie die Wand", wie man so sagt. Ich dachte mir, dass ihm schlecht sei. Ich sah weder Blut noch eine Verletzung. Ich dachte zuerst, er sei am Rücken verletzt. Eigentlich hatte er Glück gehabt, bei so einem Sturz ins Bachbett, war meine Einschätzung.

Da ich ihn bei meinen Fragen kaum hörte, beugte ich mich nahe zu seinem Gesicht und entdeckte erschrocken ein eckiges Loch links seitlich zwischen Stirn und Schläfe, ca 2 x 1 cm groß und ziemlich tief. Das entstandene Loch im Kopf schaute sauber und für mich nicht besonders schlimm aus. Ich durfte ihm meinen Schrecken über das Entdecken der schweren Kopfverletzung nicht zeigen, damit er nicht in Panik gerät. Der Verletzte machte einen immer schwächer werdenden Eindruck.

Außer seinem Namen gelang es ihm nicht, mir weitere persönliche Daten mitzuteilen. Es war auch nicht möglich, weitere
Details zum Unfallhergang von ihm zu erfahren.

Ich wollte ihn nun auch nicht mehr länger anstrengen und
stellte meine Fragerei ein, da ich den Ernst der Lage mittlerweile erkannt hatte. Ich hielt seinen Kopf und beobachtete
nach wie vor seine Kopfwunde, ob sich da etwas verändert. Das
war offenbar seine einzige gröbere Verletzung. Ich sah, wie tief
die Wunde in den Kopf hineinragte. Ich wunderte mich, wie
diese Verletzung trotz Helm entstanden sein konnte. Ich war
froh, als ich endlich die Rettung hörte. Der Mann verlor sein
Bewusstsein, in meinen Händen – nicht nur sein Bewusstsein.
Die eingetroffenen Rettungsleute und ich trugen ihn gemeinsam aus dem Bachbett und luden ihn in den Rettungswagen.
Einen Puls fühlte ich nicht mehr. Das Notarztsystem gab es
damals noch nicht, es war nur ein Rettungsteam gekommen,
das den Verletzten ins Unfallkrankenhaus Böckle nach Bregenz brachte.

Die Feuerwehr traf ein und errichtete drei Ölsperren entlang
der Schwarzach, da doch etwas Benzin vom Motorrad ausge-
laufen war. Sie holte auch das Motorrad aus dem Bach und
stellte es an den Rand der Schwarzachtobelstraße.

P. und ich maßen die Rutschspur an der Unfallstelle ab und
machten noch ein paar Übersichtsfotos. Dann fuhren wir zur
Dienststelle.

Den Begleiter vom Verunfallten baten wir zum Protokoll, ebenfalls auf unseren Posten.

Seine Vernehmung ergab, dass sein Kollege die Linkskurve
unterschätzt und geradeaus in die Schwarzach gefahren war.

Die Notbremsung kam zu spät. Um dem Motorradkollegen mitteilen zu können, wie es seinem Kameraden geht, rief ich im Krankenhaus in Bregenz an. Ich musste ohnehin den Verletzungsgrad für mein Protokoll wissen, obwohl ich schon ahnte, was für eine Auskunft ich bekommen werde.

Ich wurde von der Ambulanz mit Dr O., einem bekannten Oberarzt im Spital in Bregenz verbunden. Er teilte mit knappen Worten mit, dass der Motorradfahrer beim Eintreffen im Spital bereits tot gewesen sei. Er sei einem Schädel-Hirn Trauma erlegen. Kurz und bündig, wie es Dr O. so pflegte.

Ich war geschockt ob dieser Nachricht und versuchte, meinen Schrecken vom Motorradfahrer-Kollegen zu verbergen. Es gelang mir nicht. Er musste es mir sofort angesehen haben. Wir standen beide stumm da. Alles rannte mir durch den Kopf. Der Motorradkollege hatte mir bei der Vernehmung erzählt, dass sein Freund erst seit kurzem verheiratet sei und er ein 4 Monate altes Kind zu Hause habe. Nach kurzer Stille fragte ich ihn, ob er die schlimme Nachricht mitbekommen hat, worauf er nur kurz nickte.

Ihm blieb nun die schreckliche Aufgabe, diese traurige Nachricht über den Unfalltod seines Freundes nach Hause nach Ravensburg mitzunehmen.

Ich weiß bis heute nichts Näheres über diesen jungen Mann und auch seine Familie aus Ravensburg . Ich weiß nur, dass er in meinen Händen gestorben ist und ich weine manchmal, wenn ich an dieses Unglück denke. Damals war ich nicht traurig, nur hilflos und ratlos.

Die Todesengel

Wieder einmal hatte ich mit W. Dienst. Es hatte über Nacht geschneit und wir fuhren von einem Unfall zum nächsten. Die Leute waren zerfahren und passten nicht auf. Möglich, dass Föhn kommt. Zum Glück waren alle Unfälle nur mit leichten Sachschäden.

Von der Dienststelle aus wurden wir gegen 11.00 Uhr vormittags angefunkt - wir hatten schon drei Unfälle aufgenommen - wir sollen auf eine Zufahrt der Bucherstraße fahren. Dort war angeblich ein Auto verkehrsbehindernd abgestellt.

Wir ließen uns Zeit und fuhren erst nach Abschluss der dritten Unfallaufnahme in Richtung Bucherstraße. Tatsächlich fanden wir, mitten auf der abschüssigen und schneebedeckten Fahrbahn einen verschneiten Opel Ascona. Der Motor war abgestellt. Auf dem Fahrersitz sahen wir eine Person in ungewöhnlicher Haltung sitzen. Sie hatte den Kopf zurück in den Nacken gelegt, hatte den Mund offen, war in sich zusammengesackt und bewegte sich nicht.

Bei dem Anblick keimte in uns bereits eine gewisse Ahnung, obwohl wir noch nicht lange als Außendienstgendarmen unterwegs waren. Ohne etwas zu sagen, sahen wir uns gegenseitig an. Wir dachten das Gleiche – vermutlich tot. Etwas Erfahrung hatten wir ja doch schon.

Wir stellen unser Dienstauto mit eingeschalteter Warnblinkanlage ab und sicherten die ohnehin wenig befahrene Straße. Unsere Vorahnung wurde Gewissheit. Als wir die Tür vom Auto öffneten, stellten wir fest, dass es sich bei der Person mit der ungewöhnlichen Haltung um einen 60 bis 65 jährigen Mann handelte. Die fahle, fast gelbliche Gesichtsfarbe des Toten war für mich damals noch nicht ein so klares Zeichen des Todes. Ich kenne diese Farbe mittlerweile schon ganz gut. So blass wie ein Toter kann ein Lebender nie sein. Als ich den Mann an der Hand anfasste, die Hand war ihm in den Schoss gesunken, spürte ich auch die Eiseskälte. Er musste schon länger so im Fahrzeug gesessen sein. Auch die Gesichtshaut war kalt. Wir versuchten erst gar nicht, mit Wiederbelebung zu beginnen. Das kam uns nicht einmal mehr in den Sinn. Der Mann war tot und das offenbar nicht erst seit ein paar Minuten.

Wir holten trotzdem die Rettung, obwohl wir wussten, dass es keinen Sinn hatte. Anschließend verständigten wir den Gemeindearzt, damit er den Tod amtlich feststellte. Der Leichenbestatter war Formsache. Jemand musste den Toten ja abholen. Das alles ging ziemlich flott. Ich blieb beim Toten und wartete auf den Gemeindearzt und den Leichenbestatter. W. nahm sich der Verwandten an – er machte sich auf den Weg, um die Angehörigen über das Ableben des Aufgefundenen zu verständigen. – Das würde wohl schnell erledigt sein.

Als W. nach etwa eineinhalb Stunden auf den Posten einrückte, ich war schon längst wieder auf der Dienststelle, machte er einen sehr mitgenommenen Eindruck. Er redete nicht viel und konnte kaum lachen, obwohl wir sonst immer Witze rissen. Ich sagte ihm, dass alles gut geklappt hätte. Der Arzt und auch der Leichenbestatter seien rasch zur Stelle gewesen. Ich fragte ihn, wie es ihm ergangen sei.

Er holte tief Luft und sagte: „Das kannst das nächste Mal Du machen!"

Er sagte, er habe beim Haus des Verstorbenen geläutet. Dann sei eine Frau herausgekommen. Ihr habe er erzählt, dass ihr Mann auf der Zufahrt zur Bucherstraße tot aufgefunden worden sei. Die Frau sei sofort auf ihn losgegangen. Sie habe mit ihren Fäusten auf seine Brust eingetrommelt und habe ihn angeschrien. Sie habe sich benommen, wie eine Furie. Dann sei offenbar die Tochter aus dem Haus herausgestürmt. Sie habe sich verhalten, wie ihre Mutter. Es sei ihm kaum gelungen, die beiden Frauen zu beruhigen. Erst nach mehr als einer halben Stunde hätten sich beide etwas gefangen. Er sei dann mit ihnen ins Haus gegangen, wo sie sich hingesetzt hätten. Er habe nicht gewusst, wie er dort jemals wieder herauskommen würde. Nach gut einer Stunde habe er sie dann soweit gehabt und habe Kontakt mit dem Gemeindearzt und dem Leichenbestatter herstellen können, damit er in Ruhe abziehen konnte. Ein Kriseninterventionsteam gab es damals noch nicht.

Bis zu diesem Tag dachte ich, dass es schwierig ist, mit dem Umstand, Tote aufzufinden und mit den Tätigkeiten am Tatort oder dem Leichen-Fundort umzugehen. Es ist aber viel schlimmer, die Todesnachricht an Verwandte zu überbringen und mit den Hinterbliebenen umzugehen, als mit dem Leichnam selbst. Das war eine neue Erfahrung - damals!

Meteoriten aus dem All

Von überall her trafen „Expertenmeinungen" und guter Rat ein. Viele wussten übernatürliche Erklärungen für einen derart gemeinen Angriff auf einen biederen Bürger einer Hofsteiggemeinde. Das Mitgefühl für diesen gebeutelten Bürger schwappte aus allen Medien.

Und die Polizei: „Tappte im Dunkeln".

War ja auch kein Wunder. Diese herzzerreißende Geschichte, dass einem braven Bürger jeden Abend, sobald es dunkel wurde, immer wieder Steine ins Gesicht fielen und ihn verletzten, war ja echt ein Knaller. Solche Geschichten gibt es bei uns nicht viele, die Bevölkerung ist zu bodenständig für solchen Unfug. Und dennoch passierte das, und immer wieder, es ging, so kam es mir vor, wochenlang, jeden Abend.

Der Druck der Medien und aus der Bevölkerung war enorm. Wir mussten die Sache klären, bevor wir überrannt wurden, nicht nur von den Medien aus der Nähe, schon von der anderen Seite des Bodensees waren die Zeitungen und Fernsehsender schon auf dieses unerklärliche Phänomen aufmerksam geworden.

Mit List und Geduld konnte die Sache schließlich doch aufgeklärt werden. Nicht nur der abendliche Meteoritenhagel wurde observiert, sondern auch das arme Opfer, und zwar sehr genau. Und tatsächlich: Beim ersten Einschlag eines Steines war alles klar. Das vermeintliche Opfer hatte sich gebückt, einen Stein aufgenommen und sich mit diesem eine Verletzung ins Gesicht gerieben und aufgeschrien, dass er schon wieder getroffen worden sei.

Das war das Aus für diesen unerklärlichen Meteoritenhagel, der täglich über diesem unseligen Haus hereinzubrechen schien.

Es gab auch eine Erklärung für sein Handeln, die ich hier aber nicht niederschreiben möchte.

Schrumpfhuhn zu Mittag

Es gab natürlich nicht nur schlimme Erlebnisse in meiner Dienstzeit. Oft gab es auch etwas zum Schmunzeln und oft etwas zum Lachen, auch wenn das für andere vielleicht nicht zum Lachen ist.

Fast jedes Jahr kurz vor Winterbeginn kommt es zu einem unerwarteten Wintereinbruch. Schon Ende Oktober, spätestens Ende November ist es immer so weit. Eine Warmwetterphase klingt aus. Der Wetterbericht hat es schon angekündigt, eine Sturmfront aus Nordwesten naht und soll starke Niederschläge bringen. So ist es schon seit Jahren und jedes Jahr sind die Autofahrer wieder unvorbereitet und zeigen sich überrascht.

So war es auch am 26. November 1978. Normalerweise sind Sonntage für die Polizei eher gemächliche, nicht besonders arbeitsreiche Tage – Ausnahmen bestätigen aber wie überall die Regel. Entweder es gibt irgendwelche unangenehmen Überbleibsel von der Nacht (Saturday night fever) oder es ist den ganzen Vormittag ruhig. Darum ist der Sonntag nach wie vor ein eher beschaulicher Dienst, zumindest der Vormittag. Es kommt kaum etwas herein, was im normalen Alltag zur Anzeige gebracht wird; keine verlorenen Pässe oder Führerscheine und auch keine anderen Kleinigkeiten. Die meisten Leute gehen brav zur Kirche und haben wenigstens am Sonntagmorgen keine Schwierigkeiten.

Nicht an diesem späten Novembersonntag.

Geplant war, den Sonntag mit dem Chef gemütlich angehen zu lassen. Erfahrungsgemäß waren die Dienste mit ihm eher gemächlich. Er hatte schließlich nur noch ein paar Jahre zu arbeiten und ging den Dienst, wie ich es gewohnt war, ruhig an.

Diesen Sonntag war es, wie gesagt, etwas anders. Es begann gleich nach Dienstbeginn dick zu schneien. Am Anfang war das ja nichts Besonderes, aber es flockte so stark, dass es binnen Minuten anlegte. Das heißt, der Schnee blieb liegen und gab bald eine rutschige Schnee-Wasser-Masse, viel rutschiger als richtiger Schnee, aber auch kein richtiger Matsch, sondern etwas trockener, dass nicht gleich alles davon rann.

Es ging nicht lange, so gegen 09.30 Uhr, der erste Unfall. Er war auf der Bucherstraße, ein Autobus und ein Pkw waren zusammengestoßen. Nicht weiter schlimm. Ein Routineunfall, nur mit Sachschaden, niemand war verletzt worden.

Der Unfall hatte mit dem Schnee eigentlich noch gar nichts zu tun. Der Pkw war einfach zu schnell auf der damals noch schmalen Bucherstraße bergwärts gefahren und war im Bereich einer Ausweiche mit dem Postbus zusammengestoßen.

Das, obwohl er bergseitig noch auszuweichen versuchte. Trotzdem stieß er frontal gegen die vordere Ecke des Autobusses. Der Unfall war rasch aufgenommen. Natürlich hatte ich die Bearbeitung übernommen, es war ja nicht viel zu tun. Nach der Unfallaufnahme fuhren wir wieder zur Dienststelle. Es war nun Zeit, sich um die Mittagsverpflegung zu kümmern. Mein Chef fuhr nach Schwarzach und ich hatte geplant, ein Grillhuhn zu machen. Ich plante, es für knapp ca 1 Stunde in den Backofen zu legen und es dann zu verspeisen, wenn der Chef wieder vom Mittagessen kommt. Genauso machte ich es. A. fuhr zu sich nach Hause und ich trank zwischendurch einen Kaffee und richtete mein Hühnchen her. Ich bereitete alles vor, damit ich es nur noch ausschalten musste. Ich schaltete pünktlich um 12 Uhr ein. Das Hühnchen in einer Backfolie, in der man etwas grillen kann, ohne dass das ganze Backrohr verspritzt wird. Um 13.00 Uhr hätte das Huhn fertig sein sollen. Zwischendurch wurde der Schneefall stärker. Ich dachte, die Autofahrer hätten sich langsam an die Fahrbahnverhältnisse gewöhnt, es gäbe keine weiteren Vorfälle.

Pünktlich um eins kam der Chef vom Mittagessen zurück. Ich hatte mein Hühnchen auf weniger Temperatur geschaltet. Ich wollte es gerade aus dem Backrohr heraus nehmen und freute mich schon auf gegrilltes Hühnerfleisch, ich kam mir vor, wie auf der Dornbirner Messe.

Genau jetzt läutete das Telefon. Verkehrsunfall im Schwarzachtobel. Ok, das Hähnchen auf 50 Grad zurück geschaltet, dass es nicht zu stark gegrillt und auch nicht kalt wird, bis wir wieder kommen würden.

Wir kamen gut voran, da wir, anders als die meisten anderen Verkehrsteilnehmer damals, über gute Winterreifen verfügten. Kurz vor dem Schwarzach-Tobeltunnel, etwas unterhalb des Gasthauses „Zur Tobelwirtin" war ein dunkler BMW in eine Stützmauer gekracht. Der Lenker hatte die winterlichen Fahrbahnverhältnisse unterschätzt und war gegen die bergseitige Mauer gekracht. Auch diesen Unfall habe ich rasch aufgenommen. Mein Chef agierte als Verkehrsregler.

Wir fuhren los, um wieder auf die Dienststelle einzu-rücken. Ein Funkspruch erreichte uns schier in dem Augenblick, als ich von der Hauptstraße vor der Dienststelle zur Garage fahren wollte. „Im Schwarzachtobel ist ein Baum auf Autos gestürzt", hieß es vielsagend.

Wir waren ja vorher auf der Schwarzachtobelstraße. Also zurück auf diese „geliebte" Straße. Beim Parkplatz bei der „Tobelwirtin" stand ein roter Mercedes mit deutschem Kennzeichen. Über sein gesamtes Dach waren Äste verstreut, das Fahrzeug wies zahlreiche Dellen auf. Eine riesige Buche am hinter dem Parkplatz befindlichen Hang hatte ihre „Äste abgeworfen", als der nasse Schnee auf den Ästen vereiste und die Last zu groß wurde. Ein daneben geparktes Auto wurde ebenso in Mitleidenschaft gezogen.

Der Deutsche Fahrzeugbesitzer jammerte herum. Er wusste vermutlich schon, dass keine Versicherung der Welt diesen Schaden jemals bezahlen würde. Es handelte sich um einen erheblichen Schaden. Zum Glück konnte er noch weiterfahren. Ich nahm seine Daten auf und auch gleich die vom daneben stehenden Pkw und wir versuchten neuerdings, auf die Dienststelle zu meinem auf seinen Verzehr wartentenden Hühnchen zu gelangen. Es würde schon noch gehen, es war ja „erst" gut zweieinhalb Stunden im Backofen.

Leider kamen wir wieder nicht weit. Kaum hatten wir in Schwarzach den Ortskern erreicht, kam neuerdings ein Funkspruch: „Verkehrsunfall mit Verletzung mit einem Rettungsfahrzeug auf der B 190 (damals hießen die überörtlichen Straßen Bundesstraßen, daher B 190 und nicht L 190) im Bereich Rayonsgrenze zu Dornbirn". Klang nicht schlecht, könnte in Dornbirn sein, wenn wir Glück hätten. Wir, bzw ich, hatten

kein Glück. Ca 200 m vor der Rayonsgrenze war ein mit Blut-
konserven befülltes Rettungsfahrzeug mit voller Besatzung
(drei Insassen) auf schneeglatter Fahrbahn gegen die Mittel-
leitschiene geprallt, nachdem der Lenker auf der schnellglat-
ten Fahrbahn ins Schleudern geraten war. Eine Mitfahrerin
wurde unbestimmten Grades verletzt, vermutlich Prellungen,
keine großartigen Verletzungen, aber doch eine aufwändige
Unfallaufnahme, wie das immer bei Unfällen mit Personen-
schaden ist.

Nach gut einer Stunde waren wir wieder parat – auf zur
Dienststelle. Nein - der nächste Funkspruch, ein kleinerer
Unfall auf der Schwarzachtobelstraße, unser Dauerbrenner bei
Schneefall. Es war ein Unfall mit zwei Pkws, die gegeneinan-
der gestoßen waren, kaum der Rede wert. Aber die Aufnahme
der Daten und Fakten dauerte halt doch seine Zeit (damals
kostete die Unfallaufnahme bei Verkehrsunfällen mit reinem
Sachschaden noch keine Gebühr). Um halb fünf war es so weit.
Wir fuhren in Richtung Dienststelle. Hoffentlich war der Pos-
ten nicht abgebrannt, nein, ich hatte das Backrohr doch auf 50
Grad zurückgeschaltet. Ich freute mich auf mein gegrilltes
Huhn, denn langsam bemerkte ich, dass ich Hunger bekommen hatte, lag doch das Frühstück bereits mehr als zehn Stunden zurück.

Eine neue Erfahrung, als ich das Backrohr öffnete. Wie schaut
ein Huhn aus, nach fünf Stunden Backzeit? Gar nicht so
schlecht, würde ich sagen. Allerdings war das Ursprungsge-
wicht von gut einem Kilogramm auf höchstens dreißig Deka
gesunken. Das hatte ich nicht erwartet. Es schaute gut aus,

goldbraun gegrillt, keine Flüssigkeit mehr in der Backfolie, musste verdampft sein. Und nun der große Moment. Das Huhn anschneiden und verspeisen. Die knusprige Haut war annehmbar, schmeckte sogar recht gut. Aber von Fleisch war da nicht mehr viel zu finden. Es war alles weggetrocknet, kein Fleisch mehr, nur mehr ein paar zähe, harte Fasern, nicht essbar → ungenießbar – ab in den Kübel damit. Vielleicht klappt es ein andermal. Dann halt einen Kaffee, wie gewohnt.

Früher konnte ich mir unter einem Schrumpfkopf nichts vorstellen. Ab diesem Tag war für mich der Begriff Schrumpfkopf klarer zu definieren. Darum ist mir der Name „Schrumpfhuhn" für meinen ausgetrockneten gegrillten Hühnervogel eingefallen.

Einschneidende Ereignisse für die Gendarmerie:

Nach ein bis zwei Jahren stellt sich bei fast jedem Polizisten das Gefühl ein, nun endlich alles zu können, zu wissen, mit jedem Vorfall zu Recht zu kommen. Dann kommt man aber doch darauf, dass es immer wieder etwas gibt, was es bisher noch nicht gab. So lange war ich nun auch schon im Außendienst und ich kam mir super vor. Ich konnte schon (fast) alles. Ich ging allein in den Außendienst und genoss es, draußen respektiert zu werden, hie und da ein kleines Schwätzchen mit den Bürgern über Belangloses aber auch über Ungerechtigkeiten oder sonst Alltägliches, was das Volk einfach loswerden wollte. Ich war immer ein guter Zuhörer und wusste recht gut, wie ich auf Ansinnen aus der Bevölkerung reagieren musste. Ich war von Anfang an gern Gendarm bzw Polizist.

Doch plötzlich war alles anders. Über Nacht. Was war geschehen ?

In der Nacht hatte es eine Verfolgungsjagd in Bregenz durch die Funkstreife der Gendarmerie nach einem VW Bus Fahrer gegeben. Der Kleinbusfahrer hatte alle Anhalteversuche nicht beachtet und war mit hoher Geschwindigkeit geflüchtet. Als ihn die Gendarmeriepatrouille überholen wollte, rammte er das Dienstfahrzeug seitlich. Die Fahrt ging in Richtung Stadtmitte von Vorkloster her gesehen.

In Bregenz wurden weitere Streifen avisiert, dass sie auf das flüchtende Auto Bedacht nehmen mögen. Als der Lenker in Bregenz die Anhaltung missachtete, nahm das Unglück seinen

Lauf. Der Beamte, bei dem der Fahrzeuglenker durch fuhr, schoss kurzerhand gleich mehrfach hinten nach, mitten in Bregenz. Eine Anhaltung gelang trotzdem nicht. Der Lenker flüchtete weiter und fuhr in Richtung Kirchstraße. Auf dem Weg dorthin versuchte der im Dienstfahrzeug hinten sitzende Gendarm des verfolgenden Fahrzeuges durch das geöffnete Seitenfenster nach vorne auf das flüchtende Fahrzeug zu schießen. Gleichzeitig versuchte dies auch der vorne auf dem Beifahrersitz sitzende Gendarm. Der hintere schoss bedauerlicherweise gleichzeitig und traf den Kollegen und Vordermann im Handbereich, wobei der schwer verletzt wurde. Die Flucht ging weiter und die Verfolgung auch – mitten in Bregenz.

Auf der Kirchstraße ging beim flüchtenden Fahrzeug die Luft an einem Rad aus, da offenbar ein Reifen getroffen worden war und der flüchtende Fahrzeuglenker stoppte. – Bravo ! – Doch das Unglück nahm seinen Lauf.

Mit gezogener Pistole in der einen Hand durchsuchte der unverletzte Gendarm den Flüchtenden, der vorher aus dem Fahrzeug geholt worden war. Er drückte ihn dabei auf die Motorhaube des Dienstfahrzeuges und zu allem Unglück löste sich dabei ein Schuss aus der Dienstpistole (der Greifeffekt war damals noch kein Begriff – auch „Finger lang" noch nicht). Wie eine totale Verkettung von bösen Zufällen und Umständen immer zum Schlimmsten führen, war es auch hier. Der gelöste Schuss drang dem Kontrollierten über den Nacken in den Hinterkopf, er war auf der Stelle tot – und das mitten in Bregenz.

Ein Aufschrei ging durch die örtlichen und auch internationa-
len Medien – wie konnte so etwas passieren ? Einen kleinen
Auszug aus der medialen Aufarbeitung durch die „Neue" und
die „VN" habe ich hier eingearbeitet. Die Medien waren damals
weit weniger aggressiv als die Bevölkerung.

Die erfolgreiche Verfolgungsjagd war nun plötzlich kein Erfolg mehr. Sie hatte fatal geendet. Es ging dann wochenlang, bis dieses Ereignis, das wirklich sehr unglücklich und unverzeihbar endete, medial und auch intern aufgearbeitet werden konnte. Eigentlich wurde es gar nicht richtig aufgearbeitet. Lediglich das Gericht arbeitete den Fall kontinuierlich und zielstrebig auf und der betroffene Polizist wurde verurteilt. Er wurde aus dem Außendienst abgezogen.

Geldstrafe für Gendarm Raggl

Feldkirch. — Ein unbeabsichtiger Schuß aus der Dienstwaffe des Gendarmen Georg Raggl tötete am 8. Oktober 79 den 27jährigen Ernst Schuster. Der aufsehenerregende Vorfall in der Bregenzer Kirchstraße fand gestern sein gerichtliches Nachspiel. Georg Raggl (erste Reihe sitzend) wurde zu einer unbedingten Geldstrafe von 69.000 Schilling verurteilt. OLGR. Dr. Thomas Stadler sprach ihn der fahrlässigen Tötung unter besonders gefährlichen Umständen schuldig. Ernst Schuster war nach einer wilden Verfolgungsjagd, in deren Verlauf 17 Schüsse auf sein Fahrzeug abgegeben worden waren, in der Kirchstraße gestellt worden. Als er sich gegen die Perlustrierung wehren wollte, fiel der Schuß. Die letzte Kugel aus Raggls Pistole drang durch Schusters Nacken in das Hirn. Auf unserem Foto demonstriert der Bregenzer Postenkommandant Rudolf Meisinger, wie eine schußbereite Dienstpistole gesichert wird.

Monatelang war es kaum möglich, in den Außendienst zu gehen, ohne dass man als Gendarm nicht schief angesehen und auch unflätig angeredet wurde. Am Schlimmsten war, dass es gar keine Ausrede und auch keine Rechtfertigungsgründe gab. Es war einfach passiert und war nicht rückgängig zu machen.

Dieses schlimme Ereignis wurde erst vergessen, als das nächste schlimme Ereignis eintrat. Die jahrelange positive Arbeit der Gendarmerie war über Nacht fast wertlos geworden. Nur wer die Gendarmerie wirklich brauchte, rief sie auch, keiner wollte, dass ein Gendarm zu ihm ins Haus kam. Das war eine wirklich unangenehme Zeit und die dauerte, so viel ich mich erinnere, nach dem nächsten Ereignis noch mehrere Monate.

Wie gesagt, es dauerte nicht lange, da ereignete sich ein nächster rabenschwarzer Tag für die Gendarmerie. Nach 18 Tagen wurde ein Häftling im Höchster Gemeindearrest, in dem die Gendarmerie Verhaftete anhalten durfte, noch lebend entdeckt, der nach einer Verkettung von verhängnisvollen Verwechslungen und Irrtümern, dort eingesperrt und vergessen worden war. Dieses Ereignis übertraf das vorige noch um Längen, obwohl das Versehen nicht zum Tod, aber doch zu einer beträchtlichen Gesundheitsschädigung des Geschädigten geführt hatte. Zumindest medial schlug dieser Vorfall derartige Wellen, dass eine geordnete Gendarmeriearbeit über Monate überhaupt nicht mehr möglich war.

8 Tage ohne Wasser und Brot: Im Arrest von Höchst vergessen

Von Rudolf Gruber und Alfons J. Kopf

Gemeindepolizist Kurt Hämmerle fand den vergessenen Häftling im Höchster Gemeindearrest.

Unglaublich! Der Gendarmerie in Höchst passierte eine groteske Panne, die tödliche Folgen hätte haben können. Ein 18jähriger schmorte 18 Tage und Nächte im Höchster Gemeindekarzer, ohne Wasser, ohne Brot. Und er lebt! Gestern vormittag entdeckte ihn ein Polizist im Keller des Gemeindehauses. Auf den Mann hatten die Höchster Gendarmen, die ihn dort hatten einsperren lassen, völlig vergessen und hätten ihn beinahe verhungern lassen. Groteske in der Groteske: Der „Häftling" war als vermißt gemeldet.

Gestern vormittag stieg dem Höchster Gemeindepolizisten Kurt Hämmerle in Höchst penetranter Gestank in die Nase. „Es" kam von anjen herauf, aus dem Keller des Gemeindehauses. Er ging hinunter, machte die Türe zum Karzer auf und sah dann den 18jährigen Andreas Mihavecz aus Bregenz liegen, halb verhungert, völlig entkräftet, bis aufs Skelett abgemagert. Mit letzter Kraft röchelte er: „Ich hab' Durst ..."

Sofort wurde die Rettung verständigt, die Mihavecz in die Intensivstation des Stadtspitals Bregenz einlieferte. Dort wurde festgestellt, daß der 1,80 Meter große 18jährige während seiner Dunkelhaft 24 kg abgenommen hatte. Er wiegt derzeit noch ganze 54 Kilo.

Am Sonntag, d 1 April, ging es auf dem Gendarmerieposten Höchst rund. Ein schwerer Verkehrsunfall in Gaißau, in den mehrere Fahrzeu

ge verwickelt waren, mußte von diensthabenden Gendarmen aufgenommen werden. Gegen 17.46 Uhr wurde ein weiterer Zwischenfall gemeldet. An der Baustelle der B 202 in Fußach war ein Volvo über den Straßenrand geraten und lag jetzt in der Baugrube. Die Insassen waren geflüchtet, nachdem sie die Kennzeichen vom Auto montiert hatten.

Der Höchster Gendarm hat seine Harder Kollegen um Hilfe. Er selbst konnte den Posten nicht verlassen. Zwei Harder Beamte machten sich auf den Weg. Sie griffen tatsächlich zwei junge Burschen auf: Andreas Mihavecz und den Fahrer des Unfallautos, Arnold R. aus Höchbranz. Die beiden wurden zum Posten Höchst gebracht. Der diensthabende Gendarm, noch immer ausreichend mit Arbeit eingedeckt, bat seine Harder Kollegen, den Lenker des Autos vorläufig in den Gemeindearrest im gegenüberliegenden Gemeindeamt unterzubringen.

Jetzt passierte der Irrtum: Der Harder Gendarm griff sich den Falschen, nämlich den Beifahrer Andreas Mihavecz, und sperrte diesen ein. Als nun der Höchster Gendarm die Beteiligten am Gaißauer Unfall befragt hatte, fand er Arnold R. in einem Raum des Postens vor. Er war deshalb der Ansicht, daß die Harder es nicht für notwendig erachtet hatten, den Lenker einzubuchten und nahm die notwendige Vernehmung vor. Arnold R. wiederum meinte, daß sein Beifahrer freigelassen worden sei.

Diese Mißverständnisse führten dazu, daß niemand mehr an den Häftling dachte. Der Harder Gendarm nahm an, daß sein Höchster Kollege den vermeintlichen Fahrer schon holen und befragen würde.

Erschüttert sind alle über die lange Dauer der Dunkelhaft ohne Getränk und Nahrung. Postenkommandant Erwin Slezak der NEUEN: „Man kann es nur als unglücklichen Zufall bezeichnen, daß wir während der letzten 18 Tage nichts im Gemeindearrest zu tun hatten. Auch in dem direkt danebenliegenden Depot für gefundene Fahrräder war leider nichts zu tun. Sonst wäre jedem Beamten sofort aufgefallen, daß die Arresttüre

Unter dieser mehrfach gesicherten Türe des Gemeindearrestes von Höchst mußte der 18jährige Andreas Mihavecz 18 schreckliche Tage ohne jede Flüssigkeit und Nahrung verbringen. Foto: Ströhle

versperrt war. Die steht immer offen, wenn die Zelle nicht besetzt ist."

Auch Bürgermeister Franz Grabherr als Hausherr ist außer sich: „Das ist sehr bedauerlich. Ich weiß nicht, weshalb sich der Mann nicht entsprechend gerührt hat. Immer wieder kommt es vor, daß Arrest insassen Radau schlagen. Das hört man ja. Ich habe auch nichts gehört, ich während der letzten zwei Wo chen drei-, viermal in den Kellerräumen daneben etwas geholt habe."

Mich ließen die Ereignisse damals auch nicht kalt und ich wurde durch diese schwerwiegenden Vorfälle auf den Boden der Realität geholt, hatte ich mir doch vorgestellt, dass die

Gendarmerie als die Guten für den Kampf gegen die Bösen eine unumstößliche Institution von lauter Guten und Unfehlbaren war. Dass nun durch diese Institution ein nicht wieder gut zu machender Schaden eingetreten war, war anfänglich außerhalb meines Vorstellungsvermögens. Ich brauchte lange, um das zu verkraften, dass auch die „Guten" nicht vor „Bösem" gefeit sind und dass Jedem einmal etwas passieren kann, was er gar nicht wollte.

Später erlebte ich, dass es doch einige weitere negative Erfahrungen über Gendarmen oder Polizisten gab. Mein Weltbild, dass Polizisten nur zu den Guten gehören können, hat sich im Laufe der Zeit geändert. Allerdings gibt es wirklich viele, die nie etwas wirklich Böses (was ist schon wirklich böse ?) angestellt haben und gute Polizisten sind.

Die hier erwähnten beiden negativen Ereignisse rüttelten aber ganz kräftig an meinem damals noch sehr jungen Gendarmenleben und erschütterten meine Ansichten über die Unfehlbarkeit der Obrigkeit erheblich.

Medial schlugen sich diese beiden erwähnten Vorfälle im Vergleich zu den anderen wesentlich intensiver nieder.

Es gab aber auch noch andere negative Meldungen zu dieser Zeit, die die Arbeit der Gendarmerie nicht unbedingt in einem guten Licht erscheinen ließ.

So wurden mehrere Gendarmeriebeamte damals nach schweren Gesetzesbrüchen aus der Anstellung hinausgeworfen, obwohl man eigentlich glaubte, unkündbar zu sein.

Einer hatte eine Bank ausgeraubt, einer hatte mehrfach in ein Geschäft eingebrochen, zwei hatten ebenfalls mehrere Einbrüche verübt und nichts blieb vor der Öffentlichkeit verborgen.

Auch dass die Öffentlichkeit von solchen Dingen erfährt, zeugt von einer „guten Polizei". Das war mir damals aber noch nicht klar.

Auch diese Geschichte spielte sich damals ab und hinterließ tiefe Spuren.

Tod eines Motorradfahrers

Die warmen Abende haben es in sich. Es gibt nichts Besseres für einen Polizisten als kühle Regentage, obwohl es an solchen Tagen nicht angenehm ist, Dienst zu verrichten. Aber ein Großteil der schwerwiegenden Vorfälle hat einen direkten Zusammenhang mit schönem, warmem Wetter. Darum sind auch Jahre mit schönem Wetter in unseren Breitengraden ein gewaltiger Nachteil für eine rückläufige Kriminalstatistik. Ob man mir den Zusammenhang glaubt, überlasse ich dem Leser.

Es war jedenfalls ein heißer Sommerabend im August. Das Jahr weiß ich nicht mehr so genau, es könnte 1979 oder 1980, vielleicht auch zwei Jahre später gewesen sein. Es war jedenfalls ein Sonntag. Ich fing um 19.00 Uhr meine Funkstreife an. Es war noch lange hell und zu Beginn der Funkstreife (die damals Funkpatrouille hieß) war es noch so heiß, dass wir im kurzärmeligen Hemd herumfahren konnten. Kaum hatten wir uns zu dritt zusammengetan - jeder von uns kam von einer anderen Dienststelle – wurden wir von der damals als „Leitfunkstelle Rhein" bezeichneten Einsatzzentrale per Funk zu einem schweren Motorradunfall in der Burggräflerstraße in Vorkloster geschickt. Sofort schaltete der Fahrer unseres VW Passat (war damals das gängige Funkstreifenfahrzeug) das Blaulicht und das Folgetonhorn ein und wir fuhren einsatzmäßig von Lochau nach Vorkloster. Es herrschte zwar nicht viel Verkehr, doch durch die vielen Ampeln war unsere Einsatzfahrt nur im „stopp and go Verkehr" möglich. Wir waren alle drei ziemlich angespannt, obwohl der Einsatz am Funk nicht so dramatisch geklungen hatte.

Die zwei Beamten vom Gendarmerieposten Vorkloster waren schon am Unfallort. Wir trafen etwa sechs Minuten nach der Verständigung dort ein. Wir kamen aus Richtung Osten und stellen unser Auto auf der Fahrbahn mit eingeschalteter Warnblinkanlage ab. Die Straße war glücklicherweise keine Hauptverkehrsader und ein Stocken des Verkehrs an dieser Unfallstelle war weiter kein Problem. Als ich ausstieg, lag einige Meter vor mir ein bewegungsloser Körper im Lederkombi. Ein ziemliches Stück weiter lag ein gelbes Motorrad, eine schwere Kawasaki (ich glaube es war eine Z 900) aus den 70-iger Jahren. Etwas Flüssigkeit rann aus dem Motorrad. Ob es Bremsflüssigkeit, Öl oder Benzin war, konnte ich vorerst nicht feststellen. Einen zweiten Beteiligten sahen wir nicht. Einer meiner Kollegen eilte zum Motorrad, der andere regelte den Verkehr.

Ich ging langsam auf den am Boden liegenden Körper zu. Die Straße war trocken. Dennoch lagen kleine Teilchen auf dem Fahrbahnbelag. Ich konnte aufgrund der Vielzahl dieser Teilchen nicht ausweichen, bzw ich bemerkte diese Teilchen vorerst gar nicht. Beim Hingehen zum verunglückten Motorradfahrer trat ich, wie schon erwähnt, auf diese kleinen Teilchen. Bei jedem meiner Schritte hatte ich das Gefühl, als stünde ich auf irgendwelche weichen kleinen Stückchen (ähnlich kleinen Würmchen oder Schnecken, jedenfalls ganz weiche Teilchen). Ich wusste nicht, was das für eine Masse war. Ich kniete mich zu dem Verunglückten und dachte mir hoffnungsvoll: „Halb so schlimm!" Er hatte zwar seinen Helm verloren, eigenartigerweise lag er gleich neben ihm am Boden, der Kopf aber schien unverletzt. Damit der Verunglückte nicht so hart auf dem Asphalt liegen sollte, hob ich mit meiner linken Hand seinen Kopf etwas an und unterlegte meine Hand. Dabei kippte der Kopf langsam und zuletzt doch ruckartig auf die andere Seite. Ich hatte ihn doch ganz vorsichtig angehoben. Etwas stimmte mit der Gewichtsverteilung nicht.

Das ungute Gefühl wurde Wirklichkeit, Ich hätte am liebsten geschrien – aber das durfte ich nicht, das ging doch nicht. Ich wich auch nicht entsetzt zurück. Ich sah am linken Hinterkopf ein faustgroßes Loch im Kopf. Der Schädelknochen in diesem Bereich fehlte. Das Gehirn, das sich im Kopf befinden musste, war nicht mehr vorhanden. Die Hirnhöhle war leer. Eigentlich fehlte fast ein Drittel des gesamten Hinterkopfes. Nun wusste ich auch, was die schmierigen Teilchen auf der Fahrbahn waren, auf denen ich vorher gegangen war und die so eigenartige Geräusche verursacht hatten - es waren zahlreiche kleine Gehirnteilchen, die auf die Fahrbahn gespritzt waren, als der Schädel des Motorradfahrers am Boden zerschellt war, die nun an meinen Schuhen klebten.

Ich musste nun nicht mehr länger den Helfer spielen. Ich wusste, der Motorradfahrer war tot. Sein Schädel war auf dem Asphalt aufgeplatzt und sein Gehirn war auf die Straße gespritzt und war über die Fahrbahn verteilt. Nach einigem Verweilen und als ich mich etwas fing, zog meine linke Hand langsam wieder zurück und ließ den zersplitterten Kopf langsam zu Boden gleiten. Meine Hand war blutverschmiert. In der Mitte meiner Hand sah ich etwas Hirnmasse. Ich ekelte mich extrem, ohne das Gefühl zu haben, dass ich mich übergeben müsste. Ich fiel auch nicht in Ohnmacht. Aber ich war wie abgestellt. Ich hatte keine Wahrnehmungen mehr.

Ich weiß nicht, wo einige Erinnerungen zu diesem Vorfall verblieben sind. Ich weiß nicht mehr, mit wem ich dort auf dem Unfall war. Ich weiß auch nicht, wer damals Dienst auf dem Gendarmerieposten Vorkloster hatte und ich weiß auch nichts über den weiteren Verlauf der Unfallaufnahme. Den Großteil der damaligen Erinnerungen müssen durch die extremen Wahrnehmungen überlagert worden sein. Ein Psychologe würde schon eine Erklärung finden. Wahrscheinlich lief alles routinemäßig ab. Gemeindearzt, Leichenbestatter, Straßenreinigung. Ich kann mich erinnern, dass wir an der Unfallstelle nach Splittern des Schädelknochens suchten und auch mehrere größere Stücke fanden. Ich dachte mir noch: „Was wollen die denn jetzt mit dem Schädelknochenteilen?"

Ich erinnere mich auch noch, dass ich mir meine Hände nicht waschen konnte, obwohl ich wollte, da nirgends eine Waschgelegenheit vorhanden war und ich nicht in eines der angrenzenden Häuser wollte, um mich zu waschen. Erst eine knappe Stunde später, als wir nach einem anderen Einsatz auf eine Dienststelle einrücken konnten, war es mir endlich möglich, die Hände zu waschen. An der Stelle, an der ein Gehirnteilchen an meiner linken Hand kleben blieb, bekam ich eine Warze.

Fußballderby damals

So etwas gab es immer schon, auch damals Ende der 70-iger Jahre, Wolfurt – Kennelbach, beide Fußballmannschaften spielten in der gleichen Liga. Ich glaube, es war damals die Landesliga oder halt eine der unbedeutenden Ligen, die es immer schon gab. Aber für den Stolz in den Gemeinden waren die Fußballvereine immer schon wichtig, da konnte man doch ein wenig Patriotismus walten lassen, den es in Amerika zum Überfluss gibt, den es in Österreich auch gibt, aber nur im Kleinen, gemeindemäßig eben, wie zum Beispiel, wenn es darum ging, zu zeigen, dass Wolfurt besser als Kennelbach ist oder umgekehrt, und der Pöbel richtet sich danach. Österreicher sind nicht sehr patriotisch, hat man doch den Weltkrieg verloren, zusammen mit den Nachbarn, mit Deutschland. Daran knabbern wir immer noch, aber wenigstens in den Gemeinden, in den Städten, kann man ein wenig Patriotismus zeigen und zeigen zu wem man hilft.

Es war 1979 oder 1980 als H. und ich gemeinsam auf Streife waren. Wir waren im Außendienst, ein gemütlicher Samstagnachmittag, an dem die meisten Leute zu Hause im Garten arbeiteten oder sonstige Erledigungen durchführten, ein normaler Samstag eben. Das Wetter war annehmbar warm und wir konnten Dienst im Hemd verrichten. Es ist herrlich, die warme Jahreszeit, in der auch ohne Jacke Dienst verrichtet werden kann, so frei, so unbeschwert und H. und ich. Wir waren beide gemeinsam aus der Gendarmerieschule gekommen und durften nun, nach einigen Jahren im Außendienst miteinander auf Streife gehen. Eigentlich ist es besser, es geht ein älterer mit einem jüngeren Polizisten auf Streife, aber das ergab sich halt nicht und so waren wir Jungen für die Sicherheit in unserem Rayon zuständig und auch verantwortlich.

Es dürfte so gegen 17.00 Uhr gewesen sein, als plötzlich der Funk die Gemächlichkeit unseres Dienstes zerriss. Es war ja immer so, lange nichts und plötzlich von 0 auf 100. Meistens wenn länger gar nichts ist, kommt ganz plötzlich aus heiterem Himmel etwas völlig Neues, etwas, worauf man sich nicht vorbereiten konnte, etwas, was noch nie da war.

Der Funkspruch lautete: „Fahren sie auf den Sportplatz Wolfurt, die Schiedsrichterkabine wird belagert!"

Das war wirklich wieder einmal was Neues. Bisher kannte ich Fußballspiele aus dem Fernseher und manchmal hatte ich ein Ligaspiel in Bregenz oder Dornbirn angeschaut, weil dort gewichtigere Mannschaften situiert waren, Schwarz-weiß Bregenz oder FC Dornbirn. Aber FC Wolfurt oder FC Kennelbach ? Was konnte es da schon geben.

Da wir uns ohnehin im Außendienst befanden, fuhren wir schnurstracks zum Sportplatz an der Ach. Vorsichtshalber ersuchten wir noch, dass uns aus Bregenz Verstärkung geschickt werden soll. Das war rein vorsorglich, denn wir würden es schon selbst richten können, nur weil die Schiedsrichterkabine belagert würde, das war ja nun nicht gerade eine schwierige Situation, dachten wir.

Beim Eintreffen am Sportplatz, besser gesagt, auf dem Kiesplatz vor dem Fußballplatz, auf dem wir erst vor kurzem selbst ein Fußballspiel unserer Dienststelle gegen die Gemeindeangestellten von Wolfurt gespielt hatten, befand sich tatsächlich eine aufgebrachte Menschenmenge. Es waren vielleicht 200 Personen, die uns pfeifend empfingen. Obwohl anfangs nicht wir die Ausgebuhten waren, schlug die Stimmung gegen den in der Schiedsrichterkabine verschanzten Schiedsrichter plötzlich gegen uns über. Gellende Pfiffe machten den Lärm noch lauter, den die Menschenmenge verbreitete. Wir fuhren einfach in die Menge hinein. Wie damals Moses in der Bibel das Wasser teilte, so teilten wir hier die Menschenmenge (sehr unangemessen meine Äußerung). Sie ließen uns widerstandslos in sich hineinsickern, schlossen aber hinter uns sofort die Rückfahrmöglichkeit zu. Wir waren umzingelt. Genauso wie der Schiedsrichter befanden wir uns umgeben von ca 200 aufgebrachten Fußballfans. Offenbar hatte es in der letzten Minute einen Elfmeter gegeben, der zum 1 : 1 verwandelt wurde (soviel ich mich erinnere) und dadurch wurde dem FC Wolfurt der Sieg vom Schiedsrichter geraubt. Das war die Ursache, dass der Schiedsrichter nun offenbar „gelyncht" werden sollte. So ein Wahnsinn. Was wollten die Fans denn wirklich machen, wenn ihnen der Schiedsrichter in die Hände fällt ? Wegen so einer Kleinigkeit durften nun doch nicht die ganzen Leute ausflippen, aber es war so.

Unser Dienstauto, ein II-er Golf, begann plötzlich zu wackeln und zu schaukeln. Rundherum standen junge Männer, sie hatten sich hinuntergebeugt und hielten sich an den Kotflügeln des Dienstfahrzeuges. Sie schaukelten das Auto auf und es konnte nur Sekunden dauern, bis sie es umgeworfen hatten. So eine Menschenmenge kann ganz schön Kraft entwickeln. Wir hatten einen Lautsprecher im Auto (integriert in die Armaturen). Ich forderte die Menge auf, ihr Verhalten einzustellen und uns unsere Arbeit machen zu lassen. Sie mögen ihre Wut zügeln und ich weiß nicht mehr, was ich alles durchsagte.

Jedenfalls ließ die Menge das Dienstfahrzeug los und wir sprangen mit unseren Gummiknüppeln, die man damals am Körper trug, aus dem Auto und konnten dem Schiedsrichter ermöglichen, zu unserem Auto zu kommen. Es waren nur Sekunden, die uns blieben, so hatte ich es im Gefühl, bevor die Wut wieder aufflammte. Jedenfalls konnten wir im Rückwärtsgang aus der brenzligen Situation mit dem Schiedsrichter im Dienstfahrzeug flüchten und waren froh, wieder offenes Gelände (Straßen) zu erreichen und den Schiedsrichter absetzen zu können. Das war ein kleiner Sieg. Wir hatten zwar erreicht, dass der Schiedsrichter das Gelände unverletzt verlassen hatte, aber wir hatten weder einen Täter noch sonst irgendwelche Einzelheiten. Gerne hätten wir die aufgebrachten Teilnehmer dieser fast unbezähmbaren „Meute" wegen Ordnungsstörung angezeigt, aber es ging nicht, weil wir von keinem die Identität kannten.

Frustriert wie wir waren, begannen wir nun, nachdem wir den Schiedsrichter in Sicherheit gebracht hatten, mit Kontrollen abfließender Fans. Wir nahmen uns einen aufs Korn, der schon vorher negativ aufgefallen war und wollten von ihm seinen Ausweis. Er hatte angeblich keinen. Nun wollten wir ihn festnehmen, ohne uns über das Rechtliche so richtig im Klaren zu sein und unsere Unsicherheit übertrug sich sofort auf unsere Art der Festnahme. Nachdem er nicht freiwillig mitkam, packten wir ihn an den Armen und wollten ihn, wie wir es gelernt hatten, überwältigen und abtransportieren. Es war ein stattlicher junger Mann von 1,90 Meter, mit dem wir uns angelegt hatten. Groß und sehr kräftig und nicht zu überwältigen, wie wir rasch feststellten. Glücklicherweise brachte ein Kumpel von ihm den Ausweis herbei und wir konnten die Festnahme aufheben, bevor wir ganz schlecht aussahen. Jedenfalls hatten wir den Eindruck, dass der ganze Nachmittag miserabel gelaufen war. Die ersten Erfahrungen mit fanatischen Fußballfans hatten uns schwer beeindruckt, genauso wie das Gefühl, eine Festnahme nicht so durchziehen zu können, wie wir es eigentlich gelernt hatten.

Erfahrungen mit Fußballfans gab es noch viele, auch die Brisanz von Derbys wurde mir immer mehr bewusst.

Wachdienst

Einer der unbeliebtesten Dienste in meinem Berufsleben waren immer schon die Wachdienste. Schon seit Jahrzehnten sind Botschaften, Konsulate, besonders schützenswerte Objekte oder Personen durch die Polizei zu bewachen. Die Notwendigkeit solcher Bewachungen ergibt sich aus Behördenaufträgen oder durch internationale Gepflogenheiten. Solche Wachdienste sind genauso Teil der Polizeiarbeit wie der normale Polizeialltag. Allerdings habe ich eine ganze Palette von verschiedenen Arten der Verrichtung von Wachdienst erlebt. Tagsüber ist es keine Schwierigkeit, einen Wachdienst wirklich intensiv und „wach" und in der Art, dass auch wirklich alle zufrieden sind, durchzuführen. Bei Dunkelheit und vor allem zur Nachtzeit ist ein Wachdienst jedoch schon wesentlich schwieriger. Ich kannte besonders Verlässliche, einen dabei muss ich besonders erwähnen. Es war P.F. Eine Legende, dessen Wirken leider nur noch in den Köpfen von altgedienten Polizisten bekannt ist. Er nahm Wachdienste immer besonders ernst. Die normale Bewaffnung reichte ihm nie, er zog sich zusätzlich die im Wachzimmer aufliegende Schutzweste an, legte den schusshemmenden Helm an, hängte sich die Maschinenpistole samt allen Patronenmagazinen um und erschreckte so manchen Hausangestellten, wenn er bis auf die Zähne bewaffnet mit finsterer Miene seine Runden ums Objekt drehte und wirkliche Sicherheit verbreitete. Ich selbst erinnere mich, wie ich oft mit dem Schlaf kämpfte, dem größten Feind, der bei meinen Wachdiensten immer wieder aufgetaucht ist. Er war weder mit Waffengewalt noch mit Schlauheit zu bekämpfen. Ich erinnere mich, wie ich vor Müdigkeit an der Hausmauer lehnte, ich meine Dienstmütze in die Hand nahm und sie vor mich hinhielt, damit ich, sobald ich einschlafen sollte, vom

Hinabfallen der Mütze wieder aufwachte. Ich erinnere mich, wie ich die Sekunden zählte, wie ich ausrechnete, wie viele Minuten ich noch hier stehen musste, wie viele Herzschläge mein Herz bis zum Ende des Wachdienstes noch schlagen musste, wie viele Liter Blut bis zum Ende des Dienstes noch durch meinen Körper gejagt werden, wie viel Geld ich während des Dienstes verdienen würde. Es fielen mir viele Rechenbeispiele ein, durch die ich mich wach halten konnte. Einmal, als ich so angelehnt stand, schliefen mir beide Beine ein und ich hatte den Eindruck, ich wäre gelähmt, als ich nach gefühlten Sekunden auf den Beinen stehen musste und meine Runden drehen wollte. Ich wunderte mich, dass ich nicht umstürzte. Dabei waren die nächtlichen Kontrollen, die von den herumstreifenden Polizeipatrouillen durchgeführt wurden, eine willkommene Abwechslung, da man wenigstens ein paar Worte wechseln konnte. Jeder hat diesen Dienst anders erlebt. Solche Wachdienste (Botschaftsbewachungen, Konsulatsdienste) werden nun immer öfter von anderen Institutionen, wie vom Bundesheer übernommen werden sollen und teilweise auch schon durchgeführt werden, finde ich persönlich total falsch. Soldaten sind für die äußere Sicherheit, auch von Staatenverbünden, Polizisten für die innere Sicherheit zuständig. Da darf aus Kostengründen sicher nicht daran gerüttelt werden.

Plötzlicher Kindstod

Nun war ich doch schon einige Zeit im Dienst. Vielleicht sogar schon mehr als zwei, drei Jahre. Da konnte nicht mehr viel Neues kommen, dachte ich.

Wieder einmal ein ganz normaler Tag, die Zeit plätscherte so dahin zwischen einem Fahrraddiebstahl und dem Verlust eines Führerscheines. Da kam ein eigenartiger Anruf herein. Der Gemeindearzt aus Kennelbach rief bei uns an und teilte ganz kurz mit, er würde uns benötigen. Er gab die Adresse an und teilte mit, dass es sich um einen bedenklichen Todesfall handle, bei dem er momentan war, zu dem die Polizei kommen sollte.

Wieder einmal hatte ich mit P. Dienst. Er war erfahren, hatte doch schon ein paar Jahre mehr als ich auf dem Buckel. Wir trafen bald nach dem Anruf vom Arzt am Einsatzort ein und suchten die Adresse in der angegebenen Wohnsiedlung auf.

Als wir ungebeten die Wohnung betraten, in der sich der Vorfall befinden sollte, herrschte betretenes Schweigen. Junge Eltern mit verweinten Gesichtern standen im Wohnzimmer. Zu einem Nebenraum war die Tür geöffnet und der Gemeindearzt kam heraus. Er teilte uns mit noch knapperen Worten als zuvor am Telefon mit, dass das Kind dort drinnen sei. Eigentlich sollten wir alles schon wissen, so kam es mir vor. Er hatte offenbar gedacht, dass er uns am Telefon schon mehr Einzelheiten geschildert hatte, aber er hatte es nicht.

Mit versteinertem Gesicht betrat P. den Raum und sah sich das Kleinkind im Kinderbett an. Es war bleich und leblos. Der Arzt hatte es im Bettchen liegen lassen. Es sollte möglichst nichts verändert werden. Beim Anheben des 5-monatigen Babys sahen wir einen Fleck im Kissen. Offenbar erbrochene Milch- oder Nahrungsreste.

Ansonsten waren äußerlich keine Hinweise ersichtlich, was zum Tod des Kindes geführt haben könnte. Lag vielleicht ein strafbarer Tatbestand vor ? Sicher nicht! Aber es war unsere Aufgabe, zu klären, ob nicht vielleicht doch eine strafbare Handlung zum Tod des Kindes geführt hatte. Vielleicht Mord ? Blödsinn ! Vielleicht Körperverletzung mit tödlichem Ausgang ? Hatte es zu viel geschrien ? Oder woran konnte ein so kleiner Mensch denn überhaupt sterben ?
Der Gemeindearzt klärte uns auf. Er hatte zwar grundsätzlich keine Bedenken über den Todesfall, aber man wisse ja nie. Er meinte, dass möglicherweise ein „plötzlicher Kindstod" für den Tod des Kleinkindes verantwortlich sein könnte.

Dabei würde das Kind plötzlich aufhören zu atmen. Es fehlte der Impuls vom Gehirn zur Steuerung der Atmung. Das Kind vergaß zu atmen und erstickte. Das Erbrochene war kein Hinweis auf diese Art des Sterbens. Es war nur Zufall, dass es auch noch erbrochen hatte.

Zur Klärung aller Zweifel war es erforderlich, genau zu erheben, ob nicht doch etwas anderes vorlag. Zu all dem vorstellbaren Leid der Eltern, waren nun wir beiden Gendarmen in der Privatsphäre der Eltern am „Wühlen".

Wir befragten die Eltern, so gut es in deren Zustand überhaupt möglich war. Ich kam mir vor, wie ein Paparazzo, der am Leid von anderen noch seine Neugierde stillen musste. Aber nein, das ist doch unser Job !

Wir mussten klären, ob nicht etwas bei der Versorgung und Betreuung des Kindes schief gelaufen war, oder ob nicht doch ein verstecktes Tötungsdelikt dahinter steckte. Wir mussten, wie immer, vom Schlimmsten ausgehen.

Wir bekamen heraus, dass das Kind normal sein Fläschchen genommen hatte und dann über die Mittagszeit zum Schlafen gelegt wurde. P. kannte sich zum Glück gut aus, er hatte ja gerade selbst einen 7-monatigen Säugling zu Hause. Nach dem Schläfchen, nachdem es das Fläschchen ausgetrunken hatte, war das Kind nicht mehr aufgewacht.

Das Kind schien gut ernährt und es gab keinerlei Hinweise auf ein Fremdverschulden. Die Eltern standen immer noch in einer Ecke des Wohnzimmers dicht beieinander. Sie fühlten sich schuldig, obwohl sie nichts dafür konnten.

Unsere Erhebungen ergaben, dass offenbar kein Fehlverhalten zum Tod des Kindes geführt hatte. Trotzdem mussten wir den Staatsanwalt informieren. Auch er war überzeugt, dass kein Fremdverschulden vorhanden war und sah von einer gerichtlichen Obduktion ab. Der Gemeindearzt stellte den Totenschein aus: „Plötzlicher Kindstod!" Das Kind hat einfach aufgehört zu atmen.

Die weiteren Agenden (Trauerarbeit usw) überließen wir den Angehörigen und dem Leichenbestatter. Ein Kriseninterventionsteam gab es auch jetzt noch nicht, das gab es erst ab etwa dem Jahr 2000 oder 2001.

Plötzlicher Kindstod tritt in den ersten 5 bis 12 Monaten bei Säuglingen auf. In den Folgejahren, ab ca 1980, wurden neue medizinische Testreihen eingeführt und bei gefährdeten Säuglingen wurde eine spezielle Behandlung durchgeführt, worauf der plötzliche Kindstod eher zur Seltenheit wurde. Trotzdem war es für meinen Kollegen P. ein Schlag. Sein Bub war erst 7 Monate alt, als er diesen Vorfall aufnahm. Von diesem Tag an hatte er keine so guten Nächte mehr, wenn er das Atmen seines Sohnes einmal nicht hörte. Bei mir wurde das ganze verdrängt. Ich bekam ja erst etliche Jahre später einen weiteren Sohn. Als er zur Welt kam war der plötzliche Kindstod zwar noch ein Thema, die medizinische Vorbehandlung zur Vorbeugung war jedoch schon erheblich fortgeschritten und der „plötzliche Kindstod" war so gut wie verschwunden.

Erfolgreiche Räuber-Treibjagd

Ein ganz normaler Dienstagnachmittag, nur etwas heiß. Es war der 22. Juli 1980. Normale Belegschaft auf unserer Dienststelle. Drei oder vier Mann waren wir, die wir für die Sicherheit im Rayon von Wolfurt sorgen mussten. Unsere Tagesarbeit war schon zum Großteil erledigt und wir alberten noch etwas herum. Es war schon späterer Nachmittag kurz vor 18.00 Uhr. K-H. hatte Aufnahmedienst, als ganz unscheinbar das Telefon klingelte.

K-H. rannte aus seiner Kanzlei, er war, wie immer, hart am Arbeiten. Er hatte immer Arbeit, beispielhaft, er war ein fleißiger Gendarm, einer der ganz fleißigen. Und so voll Tatendrang, obwohl er eigentlich gar nicht mehr der Jüngste war, schon Mitte 40. Das war für mich damals schon ein erhebliches Alter für einen Polizisten. Wenn man selbst erst Anfang 20 war, war das Alter von Mitte 40 wirklich schon ein erhebliches Alter – das sieht man im Laufe des Lebens natürlich etwas differenzierter.

K-H. rannte, wie gesagt aus seiner Kanzlei zum stationären Funkgerät und riss das Mikrofon an sich und plärrte hinein: „Alarmfahndung – Raubüberfall" und halt den ganzen Spruch, der erforderlich ist, wenn eine schwere Straftat stattgefunden hat und eine Alarmfahndung ausgelöst werden musste. An der Art der Auslösung einer Alarmfahndung hat sich bis heute nichts geändert.

Wir schauten ihn an, er gab uns kurz die Daten für die Fahndung. Im Schwarzacher Ried sei ein Mann überfallen worden. Zwei Täter hätten versucht, einem knapp 60-Jährigen Mann sein Fahrzeug zu rauben. Sie hätten ihn mit einem Zaunpfahl niedergeschlagen und ihn schwer verletzt liegen lassen. Danach hätten sie versucht, mit seinem Fahrzeug davon zu fahren. Sie waren aber im weichen Riedboden eingesunken und waren nicht weiter gekommen. Sie mussten das Fahrzeug stehen lassen und waren zu Fuß geflüchtet. Einer von ihnen war nur in Socken. Rasch stellte sich heraus, dass es sich um zwei Häftlinge der Justizanstalt gehandelt hatte, die bei Außenarbeiten zu flüchten versuchten und bei dieser Gelegenheit das Auto dieses Bauern rauben wollten.

K-H. ermittelte viele Details, die für die Fahndung wichtig waren.

Ich raste mit meinem damaligen Chef gut gelaunt und voller Tatendrang und „Jagdeifer" nach Schwarzach. Auch die Kriminalabteilung (so hieß früher das Landeskriminalamt) war schon auf den Plan gerufen. Auch zahlreiche andere Streifen beteiligten sich an der Fahndung, die sich über die Bezirksgrenze nach Dornbirn erstreckte, da der Raubüberfall fast an der Rayonsgrenze zu Dornbirn war. Da wir ziemlich früh in die Fahndung eingestiegen waren, befanden wir uns gegenüber anderen Streifen im Vorteil. Wir konnten auf der Strecke, wo die Täter geflüchtet waren, einige Informationen einholen und brachten heraus, wohin die Flucht gegangen war. Außerdem bestätigte sich die Beschreibung. Wir suchten nach zwei Verbrechertypen, von denen einer barfuß bzw in Socken war. Die Jagd ging in Richtung Pfeller, über Haselstauden hinauf durch den Wald, wer weiß wohin. Die Gegend kannten wir beide nicht.

Wir hörten am Funk, welche Patrouillen sich an der Fahndung beteiligten. Mein Chef und ich begaben uns von einem abgelegenen Haus in Haselstauden zu Fuß bergwärts weiter. Meinen

Chef ließ ich rasch zurück, er war doch wesentlich älter als ich. Die anderen Streifen waren mit Fahrzeugen unterwegs. Es konnte ja sein, dass die Täter wieder irgendwo auf die Straße kommen würden und von dort wieder etwas Verbrecherisches anstellen könnten.

Als andere Gendarmen am Funk vernahmen, dass die Täter bergwärts geflüchtet waren, hörte ich plötzlich Schüsse. Die Sache wurde brisanter. Woher kamen die Schüsse? Die Täter waren doch nicht mit Feuerwaffen bewaffnet. Der Funk ließ wieder etwas von sich hören. Eine mir bekannte Stimme teilte am Funk mit, dass die Täter von unten gesehen wurden und dass die ihn verfolgenden Gendarmen mehrere Schüsse auf sie abgefeuert hätten. Es war interessant, wie weit so mancher Gendarm, der da von unten in den Wald hinauf geschossen hatte von den Flüchtenden entfernt gewesen war, denn der nächste Verfolger war ja ich. Und nicht einmal ich konnte die Flüchtenden zu dem Zeitpunkt wahrnehmen. Von „friendly fire" wusste ich damals noch nichts. Zwischen den Gendarmen, die unten bei der gut zugänglichen Straße geblieben waren bis zu den Tätern waren es bereits mehrere hundert Meter. Die „Wahnsinnigen" schossen über meinen Kopf in Richtung der Verdächtigen hinauf, in einer Entfernung von mehreren hundert Metern. Meiner Meinung hatten sie weder Sichtkontakt noch sonst irgendeinen Anhaltspunkt, wo die Täter sein könnten. Es wurden mindestens sechs Schüsse abgefeuert, die über mich in Richtung Wald gingen. Getroffen wurde glücklicherweise niemand, weder die Räuber, noch ich. Ich hetzte weiter. Es war ziemlich steil. Was mich dazu brachte, den eingeschlagenen Weg weiter zu gehen, kann ich nicht sagen. Ich war vermutlich von Erfolgswillen getrieben. Ich malte mir schon aus, wie es mir wohl gelingen könnte, die Täter zu verhaften, aber so richtig glauben konnte ich es nicht.

Wie aus dem Nichts tauchte plötzlich W, mein Kollege aus Wolfurt, auf. Wie eine Erscheinung stand er plötzlich da. Er war in Zivilkleidung, war aber bewaffnet und mit Handschellen ausgestattet. War ich froh, ihn zu sehen. W. war aufgrund der Alarmfahndung in seiner Freizeit in den Dienst gerufen worden und war sofort dorthin gefahren, wo er vermutete, dass sich die Täter aufhalten könnten. Hier schaltete er sich in die Fahndung ein. W. war ein „Jäger". Er hatte einen besonderen Instinkt und er wollte geradeaus aufwärts, mitten durch den Wald. Der beschwerlichste Weg, sagte er, den werden sie nehmen. Ich glaubte ihm nicht, folgte ihm aber, weil ich ja auch ein Ziel haben wollte. Ich dachte aber keineswegs daran, dass wir die Täter wirklich stellen könnten.

So ging es minutenlang bergwärts. Ich schwitzte kräftig, obwohl ich im Sommerhemd war. W. hatte eine gute Grundkondition, war körperlich stärker als ich. Ich war ja noch ein „junger Spund" – 23 Jahre, keine Ahnung vom Leben. W. war ein Kämpfer, der bisher schon einiges in seinem Leben mitgemacht hatte, er war ein Kind aus dem Kinderdorf, er war früher einmal Entwicklungshelfer und war auch schon in Bangladesch und wer weiß wo sonst noch. Ich war froh, W. bei mir zu haben, ich fühlte mich mit ihm einigermaßen sicher, jedenfalls wesentlich schlagkräftiger als ich mir vorher allein vorkam.

Wir hetzten weiter. Plötzlich – Täter in Sicht. Keine 20 Meter von uns entfernt, hinter einem quer liegenden Baumstamm im Wald lag einer der Täter. Er hatte sich dort offenbar versteckt. Wollte er uns auflauern ? Zum Glück waren wir zu zweit. Mit gezückten Pistolen schrien wir den Täter an, er soll sich sofort ergeben, sonst würden wir schießen. Ich hoffte, er würde gehorchen. Ich zielte auf ihn und W. rannte zu ihm. Er drückte ihn zu Boden und legte ihm die Handschellen an und schrie ihn an, er solle ja keine falsche Bewegung mehr machen und soll hier warten. Ich konnte mich fast nicht von dieser Situation lösen, als W. schon wieder weiter hetzte. Er hatte gut 20 Meter weiter den zweiten Verdächtigen hinter einer dicken Buche gesehen. Auch er war außer Atem. W. hetzte weiter zum zweiten Täter. Auch ihn überwältigte er, obwohl sich dieser ohnehin schon ergeben hatte. Ich hoffte bei diesen Festnahmen, dass wir auch wirklich die Richtigen hatten. Ich erinnere mich noch gut an die beiden Gesichter. Für mich waren es richtige „Verbrechergesichter". Der eine hatte ein pickliges Gesicht, vernarbt, etwas aufgedunsen, er war überhaupt etwas untersetzt und schwabbelig, aber sicher 1 m 80 groß und kräftig. Er hatte wuscheliges halblanges Haar. Ich konnte mir nicht vorstellen, dass er eine gute Stunde vorher einem älteren Mann einen Zaunpfahl über den Kopf geschlagen und diesen schwer verletzt hatte, nur um an sein Auto zu gelangen.

Der zweite war ebenso groß, hager und eher drahtig mit glattem, dunklem Haar. Er hatte ein eher unscheinbares Aussehen.

Jedenfalls hatten wir sie gefasst. Das waren zwei große Brocken und ein toller Erfolg. Wir führten die beiden zu Fuß durch den Wald und danach über einen steilen Weg nach unten nach Haselstauden. Es waren einige hundert Meter, die wir noch zu Fuß mit ihnen zurücklegen mussten. Wir fühlten uns wie Helden. Es war ein herrliches Gefühl.

Als wir unten mit den Tätern ankamen, übernahmen andere nicht nur die Täter sondern auch unseren Erfolg. Ich wusste gar nicht mehr, wie uns geschah. Jedenfalls gehörten die Täter nicht mehr uns. Sie wurden uns regelrecht entrissen. Es gab einige, die sich vordrängten. Sie waren später auch in den Medien vertreten und ernteten unseren Erfolg. So schön diese Festnahmen für uns persönlich auch waren und so toll die Rückmeldungen aus der Bevölkerung über die Verhaftung klangen, umso schwächer fand ich die Reaktion unserer Vorgesetzten. Für unser Einschreiten gab es weder Lob noch sonst eine Anerkennung, lediglich unsere persönliche Erinnerung an unsere „Heldentat".

Aber was soll's ? Wichtig war doch, dass wir sie gefangen hatten, dass die Bevölkerung sich wieder sicher fühlen konnte. Das hatten wir erreicht.

Erinnerungen und Erkenntnisse nach 35 Jahren:

Nach gut 35 Jahren traf ich W. wieder einmal und wir erzählten uns die Geschichte von damals noch einmal. W. war in der Zwischenzeit nach Mittelamerika ausgewandert und war nach vielen Jahren wieder nach Österreich zurückgekehrt und wir trafen uns mehr oder weniger zufällig wieder und feierten unser Wiedersehen, wobei auch die Geschichte mit diesen beiden Verbrechern wieder hochkam. Er erinnerte sich an andere Einzelheiten wie ich, doch grundsätzlich hatten wir das gleiche Erfolgserlebnis. Auch bei ihm hatte der Fang damals tiefen Eindruck hinterlassen.

Der oben geschilderte Fahndungserfolg und natürlich auch viele weitere Erfolge der Gendarmerie im ganzen Land half der und uns zumindest ein wenig darüber hinweg, was sich nach den Vorfällen mit dem unglücklichen Todesschuss und dem vergessenen Häftling abgespielt hatte und half auch, wieder etwas Vertrauen durch die Bevölkerung in die Gendarmerie zu gewinnen.

Nach Raubüberfall: Socken führten auf Spur der Gangster

Schwarzach/Dornbirn. — Brutaler Raubüberfall in Schwarzach: Zwei bei Außenarbeiten entwichene Häftlinge verletzten gestern gegen 18 Uhr den Schwarzacher Landwirt Josef Fußenegger schwer, weil sie sein Auto zur weiteren Flucht benötigten. Das Vorhaben scheiterte: Die beiden 21jährigen Räuber, Egon Schachner und Gerhard Schwarz, blieben mit dem gestohlenen Auto im Morast stecken. Mehr Erfolg hatte die Gendarmerie, die sofort eine Alarmfahndung einleitete: Schon nach zwei Stunden konnten die Flüchtigen wieder dingfest gemacht werden. Der entscheidende Hinweis kam von einer Passantin: Ihr fiel einer der beiden Socken auf der Mühlegasse in Dornbirn in den nahegelegenen Wald flüchtete. (Bericht Seite 6/7)

Kurz nach dem Raubüberfall werden die beiden Häftlinge Egon Schachner (links) und Gerhard Schwarz (rechts) wieder gefaßt. Fotos: Mohr

Gemeinsame derartige Erlebnisse schweißen Kameraden zusammen. Jahre später kommt es einem so vor, als hätte man das Ganze erst kürzlich erlebt und der Puls wird schneller, wenn das Erlebte beim Erzählen nochmals durchlebt wird.

Es ist ohnehin interessant, wie verschieden Ereignisse erlebt werden. Jeder erlebt seinen eigenen Teil. Beim Zusammensetzen der Teile ergibt sich ein objektiveres und wahrhaftigeres Bild des Ganzen. Genau darauf bauen die Ermittlungen bei der Polizei auf. Es sind möglichst viele Zeugenvernehmungen, Befragungen und Beweismittel zu sammeln, um ein halbwegs abgerundetes und wahrheitsgetreues Bild des Geschehenen wiederzugeben.

Zugsunglück

Ein ganz normaler Vormittag, etwas trübes Wetter, normaler Arbeitsbeginn, keine wichtigen unaufschiebbaren Arbeiten, die heute warteten, es konnte kommen, was wollte, wir waren für alles gewappnet, auf zu neuen Taten ! Mit dieser Einstellung meisterte ich viele meiner Dienste und ich freute mich eher, als hätte ich mich vor dem „gefürchtet", was wohl kommen würde. Den Morgenkaffee zur Frühbesprechung hatten wir schon konsumiert, aufgekocht mit der alten Kaffeemaschine mit Filter auf dieser kleinen Dienststelle, auf der man in der Mannschaft nicht so viel Geld in der Postenkasse hatte, damit es reichte, einen Automaten zu kaufen. Aber egal, die Filtermaschine passte schon, es dauerte halt zehn Minuten, bis der Kaffee angerichtet war. Wir waren ohnehin nur zu zweit, wie es meist auf kleinen Dienststellen war und wie es auch heute noch ist. Manchmal war man ja sogar allein, aber immerhin war jemand in der eigenen Gemeinde, der sich zu einhundert Prozent für die Sicherheit zuständig fühlte. Besser einer der zu 100 Prozent für die eigene Bevölkerung da ist, als zehn, die es gar nicht interessiert, was in einer anderen Gemeinde vor sich geht.

An irgendeiner Arbeit war man immer dran, so auch an diesem Vormittag, als wir plötzlich und völlig unvermittelt um 09.37 Uhr einen ohrenbetäubenden Schlag oder Krach hörten. Es klang wie eine riesige Explosion, gleichzeitig erzitterte die Erde. Vielleicht war es ein Erdbeben ? Wir konnten uns den Krach jedenfalls nicht erklären, da es ein Geräusch war, das wir noch nie zuvor gehört hatten. Keine zwei Minuten verstrichen, bis ein Anruf einlangte, der uns erklärte, was diesen Krach verursacht hatte.

„Zugsunglück im Bahnhof Lochau – zahlreiche Verletzte!"
Diese Kurzmeldung kam zu uns herein. Das war nun nicht gerade das, was wir uns gewünscht hatten, aber egal, es wird
schon klappen. Ich habe ja schon einmal erwähnt, dass es immer wieder etwas gibt, das man noch nie vorher bearbeiten
musste. Und ein Zugsunglück war nicht alltäglich.

W. und ich fuhren rasch zum Bahnhof. Schaute ja gar nicht so
schlimm aus. Der ohrenbetäubende Schlag hatte sich ergeben,
weil ein aus Deutschland hereinfahrender mit vielen Menschen besetzter Schnellzug auf einen abgestellten Güterzug
aufgefahren war, der im Bahnhof Lochau stand. Glücklicherweise konnte der Lokführer die Geschwindigkeit vor dem Zusammenstoß noch relativ weit hinunter bremsen und der eigentliche Zusammenstoß dürfte nur bei einer Geschwindigkeit
von knapp über 30 km/h erfolgt sein. Dennoch hatte er erhebliche Folgen. Es gab 18 Verletzte, eine Person davon war
schwer verletzt, sie hatte sich ein Bein gebrochen.

Die ganze Rettungsmaschinerie war bereits angelaufen. Aufgrund der Alarmierung unserer Leitfunkstelle „Rhein", wie die
Landesleitzentrale damals hieß, waren sämtliche verfügbaren
Rettungseinheiten nach Lochau beordert worden. Außerdem
wurde der Gemeindearzt aus seiner Ordination geholt, auch er
musste helfen, das Notarztsystem war damals noch nicht so
ausgebaut wie heute.

W. und ich versuchten, halbwegs Klarheit zu bekommen, wie
es zu dem Unglück gekommen war und wir versuchten auch,
die Verletzten zu identifizieren. Auch der Bezirksgendarmeriekommandant Rudolf M. war eingetroffen, die Kriminalabteilung ebenfalls. Der Einsatz lief gut koordiniert ab, obwohl von
der Gendarmerie nicht allzu viele Kräfte anwesend waren. Wir

trugen die Daten der Verletzten zusammen und hatten mittlerweile 32 Verletzte auf unseren Zetteln. Diese Meldung wurde anfangs auch an die Medien weitergegeben. Schwierigkeiten bereitete uns, dass ein Ersatzzug aus Bregenz angefordert worden war, der die Passagiere beim Bahnhof Lochau abholte und sie so rasch wie möglich nach Zürich bringen sollte, da viele Zugspassagiere zum Flugplatz nach Zürich wollten. Viele Leichtverletzte konnten von uns gar nicht erfasst werden, da sie so rasch wie möglich in den Ersatzzug wechselten.

Erst beim Vergleichen unserer Listen mit den Verletzten stellten wir fest, dass wir einige der Verletzten doppelt notiert hatten. So konnten wir einige wieder wegstreichen und schlussendlich blieben 18 Verletzte übrig. Ein Teil war in Krankenhäuser abtransportiert worden – auch deren Verbleib machte Schwierigkeiten, da nicht nachvollzogen werden konnte, wer in welches Krankenhaus gebracht worden war.

Eine Rekonstruktion des Unfallverlaufs durch den Kriminalbeamten Hans G. wurde durchgeführt und nach eingehenden Vernehmungen des Bahnpersonals schien sich die Ursache des Zugsunglücks herauszustellen. Offenbar war eine Weiche falsch gestellt worden, was dazu geführt hatte, dass der aus Deutschland einfahrende Zug auf das Gleis geleitet wurde, wo der Güterzug abgestellt war. Aufgrund der schnellen Reaktion des Lokführers des Schnellzuges wurde ein schwereres Unglück verhindert. Lediglich eine Person brach sich, wie gesagt ein Bein.

Das war eigentlich nicht so schlimm, wenn ich an andere Zusammenstöße mit Zügen zurückdenke, zB bei einem, bei dem ein junger Mann nach selbstmörderischer Absicht überrollt wurde und nicht mehr zu erkennen war, welche Gliedmaßen wohin gehörten, wo der Kopf war, obwohl alles noch vorhanden war, nur nicht dort, wo es hingehörte.

Ich hatte aber auch schon einmal einen Zugszusammenstoß eines Mannes, der bei der Pipeline beim Militärbad nicht aufpasste und vom Zug zurück gestoßen wurde und nur eine schwere aber nicht tödliche Kopfverletzung erlitt.

Kurios war das Überfahren von zwei Hunden im Bereich des Güterbahnhofs in Wolfurt, wo der Lokführer meldete, dass er zwei kopulierende Hunde überfahren habe. Als wir nachschauten, fanden wir über 250 m nur noch kleinste Teilchen von den beiden Hunden und viel Flüssigkeit. Sie waren zerplatzt, als sie der Zug mit 110 km/h erfasst hatte.

Nur einer der Köpfe der Hunde lag, fast unversehrt, neben dem Gleis, wo sie zusammen gefahren worden waren, er schaute zufrieden aus.

Bei den weiteren Zugsunglücken im Land, in Lauterach und Vorkloster und später in Dalaas war ich nicht dabei und kann dazu nichts schreiben.

Grausiger Fund

1981: Eigentlich befand ich mich zu dem Zeitpunkt, von dem ich jetzt erzähle, auf Fachkurs in der Gendarmeriezentralschule in Mödling. Das war damals ein zehn Monate dauernder Lehrgang auf Bundesebene für die mittlere Führungsebene bei der Gendarmerie – für sogenannte „Dienstführende". In einer Aufnahmeprüfung musste ich mich bewerben und bestand diese mit gutem Ergebnis. Es handelte sich bei dem Kurs um ein Fortbildungselement, bei dem die Absolventen kasernenmäßig, eben in der Gendarmeriezentralschule in Mödling, untergebracht waren. Dieser Kurs sollte die Beförderung in eine andere Arbeitsebene mit sich bringen. Ich konnte dann aufsteigen und hätte vielleicht auch einmal etwas zu sagen. Das Problem bei dem Kurs war, dass außer dem Grundgehalt keine Nebengebühren verdient wurden, also einige finanzielle Ausfälle hinzunehmen waren. Wenn man vorher gewohnt war, mit dem normalen Volk mitzuhalten, ging einem ziemlich schnell das Geld aus, da man viele Aufwendungen für die Fahrerei benötigte. Der Kurs dauerte jeweils von Montag bis Freitag. Die Fahrt führte ich jeweils mit dem Zug durch. Manche fuhren auch mit dem Auto in Fahrgemeinschaften. Also am Freitag gleich nach dem Kurs, mit dem Taxi mit Hochgeschwindigkeit zum Westbahnhof und ab mit dem Zug nach Westen. Spätabends am Freitag zu Hause, nach 9 Stunden Fahrt, ein kurzer Samstag und Sonntagvormittag. Dann wieder ab zum Bahnhof und ab Mittag wieder Fahrt in Richtung Wien. Wieder 9 Stunden und wieder war ich in Mödling. Das kurze Wochenende reichte kaum aus, um sich mit der Frau und Kindern auszutauschen.

Ganze zehn Monate dauerte dieser Kurs – ein Elend – und gescheiter als vorher war man auch nicht.

Ein Nachbar von mir arbeitete im höheren Dienst, auch bei der Gendarmerie, wir nannten die im höheren Dienst damals Offiziere. Er wurde an einem Samstag, an dem ich zu Hause bei der Familie war, als Leiter einer Suchaktion nach Eichenberg eingeteilt. Kurzentschlossen teilte er auch mich für diese Suchaktion ein. Ein ca 16-jähriges Mädchen war als abgängig gemeldet worden. Den Familiennamen weiß ich heute noch. Eine Suchaktion gemeinsam mit der Feuerwehr wurde gestartet. Damals war mir dieser Dienst willkommen, da durch ein paar Überstunden, die es im Fachkurs nicht gab, ein paar Schillinge dazuzuverdienen gab.

Systematisch durchkämmten wir den Wald, von Eichenberg abwärts. Es war schwierig, da es zeitweise sehr steil war. Es gab keine besonderen Hinweise, wo das Mädchen sein könnte. Trotzdem war eine Suchaktion das einzige Mittel, um unserem Auftrag nachzukommen. Schließlich war das Mädchen doch schon einige Zeit abgängig, war sonst verlässlich, soviel erzählt wurde.

Ich konnte mir nicht vorstellen, dass man so aufs planlose jemanden mit einer Suchaktion finden könnte. Aber, nichts ist unmöglich.

Die Suchaktion dauerte gar nicht allzu lange, als aus einem Seitenweg hallte, „GEFUNDEN". Die Feuerwehrkräfte zogen sich zurück. Sie überließen uns (der Gendarmerie) den Fundort. Eine Spurensicherung war erforderlich, es konnte sein, dass ein Gewaltverbrechen stattgefunden hatte. Tatsache war jedenfalls, dass das 16-jährige Mädchen tot war.

Zur Abrundung der Suchaktion, mit der ich eigentlich gar nichts zu tun gehabt hatte, muss ich natürlich auch den Fundort besichtigen – gesunde Neugier – oder wie sollte man es nennen – Sammeln von Erfahrungen?

Jedenfalls näherte ich mich dem Fundort, der mitten im Wald, kurz unter einem Holzerweg lag. Ich traf dort mit etwas gemischten Gefühlen ein - . Es ist immer ein ungutes Gefühl, wenn man weiß, dass man gleich einer Leiche gegenüber steht. Was würde schon sein? Ich ging um den Baum herum, an dem das Mädchen lehnte. Sie lehnte nicht mehr dran. Das, was übrig war, lag zusammengefallen hinter dem Baum. Die Leiche war bereits mehrere Wochen alt. Der Mund stand offen, zahllose mittelgroße, dicke, weiße Maden quollen aus Mund und Nasenlöchern. Aus der Größe der Maden kann man die Zeit des Todeseintrittes ungefähr errechnen. Die Augen waren nicht mehr vorhanden. Dort wo sie waren befanden sich nur noch zwei dunkle Höhlen. Grausig!

Musste ich das sehen? War es das wert, dass ich da unbedingt dabei sein musste. Das Mädchen war doch auch Tochter einer Mutter und eines Vaters. Ich durfte mir nicht zu viel vorstellen. Gerade weil ich zu der Zeit ohnehin unbedingt Familie leben wollte fand ich den Umstand sehr schlimm, was so alles passieren konnte.

Im Nachhinein wurde bekannt, dass das Mädchen nach dem Konsum von irgendwelchen Suchtmitteln immer schwächer geworden und schließlich von den Kollegen hinter dem Baum abgelegt wurde. Dass sie sterben musste, hätte wohl keiner gedacht.

Obwohl der Anblick sehr grausam war, erinnere ich mich nicht mit Schrecken daran, sondern habe eher das Gefühl, dass es ein sanfter Tod war, den das Mädchen ereilte.

Alarmfahndung nach Raubmord und Geiselnahme

Ende der 60-iger Jahre, ich glaube im Jahr 1968, wurde der Begriff „Alarmfahndung" ins Leben gerufen. Sinn und Zweck war es, alle neuralgischen Punkte durch Exekutivbeamte zu besetzen und den Täter einzuengen und aus der Reserve zu locken. Alarmfahndungen wurden dann ausgelöst, wenn schwere Straftaten stattgefunden hatten, es Fahndungshinweise gab und die Tat noch nicht zu lange zurück lag. Diese Art der Fahndung ist auch heute noch üblich.

Es war der 30. August, ich glaube im Jahr 1984, ich weiß zwar noch genau an welchem August das war, aber die Jahreszahl ist mir entfallen.

Ein normaler Arbeitstag. Der Vormittag war rasch verflogen. Es war gegen elf, als aus Bregenz über die Leitfunkstelle per Funk ein Alarm hereinkam. Überfall auf das Waffengeschäft D. in Bregenz. Wieder einmal ein Fehlalarm, war der erste Gedanke, wie so oft. Ein Großteil von Alarmen sind Fehlalarme.

Verdammt, das war ein echter Alarm. Die Alarmauslösung hatte den ganzen Gendarmerieposten Bregenz mobil gemacht. Schon nach kurzer Zeit wurde am Funk durchgegeben, dass es zu einer Geiselnahme gekommen sei. Eine Alarmfahndung wurde ausgelöst.

So nach und nach sickerten Hinweise ein. Ein ca 30-Jähriger hatte im Waffengeschäft D. versucht, eine Pistole zu kaufen. Als das nicht so richtig klappte, schoss er dem Besitzer, mit der Pistole, die er kaufen wollte, in den Hals. Der verblutete an Ort und Stelle. Draußen ging ein Finanzbeamter der Zollfahndung in Stellung, der zufällig in der Nachbarschaft unterwegs war. Er war bewaffnet und schien beim Eintreffen der ersten

Gendarmen, dass er der Täter sein könnte. Niemand kannte ihn. Es war dem Urteilsvermögen der ersten Beamten, die dort eintrafen, zu verdanken, dass sie nicht auf ihn schossen. Er zeigte kein typisches Täterverhalten, das war sein Glück.

Der wirkliche Täter befand sich noch im Waffengeschäft, als die Gendarmen eintrafen. Er sah von dort, dass Exekutive eingetroffen war. Er fackelte nicht lange und nahm eine weibliche Person im Geschäft, ich glaube, sie war die Tochter des Geschäftsführers, als Geisel. Er hielt ihr die Pistole an den Hals und begab sich mit ihr aus dem Geschäft.

Draußen setzte er sich gemeinsam mit der Frau in deren Auto und sie musste losfahren. Sie fuhr ein Stück im oberen Teil von Bregenz in Richtung Lochau - Gehren. Dort befahl er die Frau, weiter bergwärts zu fahren, dumm für ihn, in eine Sackgasse. Am Ende der Straße rannte er aus dem Fahrzeug und flüchtete ohne die Frau in den Wald weiter.

Erst jetzt begann die Fahndung so richtig auf Hochtouren zu laufen. Der Waffenhändler war bereits verstorben, es war dem Täter nicht gelungen, außer der Pistole und Munition, etwas zu rauben. Trotzdem: Raubmord mit anschließender Geiselnahme. Ich war am Kontrollposten in Lochau beim damaligen Gasthaus Klause eingeteilt, keine 5 Kilometer vom Tatort entfernt. Wir waren gut besetzt und konnten den Kontrollpunkt sehr gut managen. Es war allerdings sehr heiß, hatte bis zu 30 Grad an diesem Spätsommertag. Normalerweise dauerte eine Alarmfahndung nicht länger als 2 bis 3 Stunden. Es war schon schwierig, diszipliniert den Kontrollpunkt zu besetzen und nicht schnurstracks nach Bregenz zur Unterstützung zu fahren. Aber wir waren der letzte Kontrollpunkt in Richtung Deutschland, strategisch wichtig.

Bei diesem Schwerverbrechen wurde die Fahndung nicht so rasch abgebrochen. Das Mittagessen war ohnehin passé. Es gab heute – nichts -, das konnte man schon einmal einen Tag aushalten.

Zahlreiche Streifen aus dem ganzen Land wurden zusammengezogen. Auch die Beamten der Gendarmerieschule wurden für die Fahndung aktiviert. Überall in der Gegend wurden Fahndungstrupps zusammengestellt. Diese durchstreiften das Gelände – der Täter war immer noch nicht gefasst, auch nach Stunden nicht. An die 200 Beamte suchten nach ihm. Es war eine der größten Alarmfahndungen, die es bislang gegeben hatte. Wegen der Hitze wurde die Fahndung langsam zäh. Am Nachmittag heizte die Luft an diesem Sommertag auf fast 30 Grad auf. Wir standen an der stechenden Sonne. Kein Sonnenschutz, nichts. Der Durst begann zu quälen. Manche Autofahrer, die uns schon mehrfach passiert hatten, schauten schon etwas mitleidig zu uns her. Glücklicherweise hatten wir Familie. Eine eigene Versorgung über die Exekutive gab es nicht und gibt es auch heute kaum. Die Fahndung dauerte nun schon 6 Stunden. Meine Frau brachte etwas zum Essen vorbei. Sie hatte im Radio gehört, dass schon seit Stunden eine Alarmfahndung laufe. Sie brachte nicht nur ein paar Brötchen, sondern auch etwas zu trinken.

Ein Kollege, Hans P., einer, der an diesem Tag frei hatte, brachte ebenfalls Getränke. Er hatte unsere Notsituation erkannt und versucht, wenigstens unseren schlimmsten Durst zu lindern, bevor einer von uns umkippte. Die Aktion von P. und natürlich auch die meiner Frau werde ich nicht vergessen. Es kommt selten genug vor, dass Polizisten, die „draußen" sind, ohne Hintergedanken versorgt werden.

Keiner von uns kippte um, wir bissen durch.

Die Fahndung lief weiter. Sie schien kein Ende zu nehmen. Nein, da konnte man nicht einfach aufhören, bevor der Täter gefasst war.

Es wurde langsam dunkel. Es konnte doch nicht sein, dass die Fahndung immer noch nicht abgebrochen wurde. Offenbar sah die Fahndungsleitung die Chance, dass der Täter doch noch gefasst werden könnte. Wir brachen schon fast zusammen. Wir standen nun schon seit fast 10 Stunden.

Jetzt wurden entlang der Hauptstraße kleine Trupps zusammengestellt, um auf ein allfälliges Auftauchen des Täters reagieren zu können. Die Einsatzleitung dachte, dass er bei Dunkelheit irgendwo aus seinem Versteck kommt und schon auftauchen würde. Er war nach wie vor bewaffnet.

Wie Recht die Einsatzleitung hatte. Tatsächlich spazierte der Verdächtige gegen 22.00 Uhr bei der Sannwald Auffahrt auf die B 190 herunter. Er wurde durch Einsatzkräfte, die sich dort versteckt hatten, überrascht und überwältigt. Er kam nicht dazu, seine Waffe einzusetzen.

Er hatte sich vorher den ganzen Tag über in einem leeren Jauchefass versteckt. Er hatte dabei seine Pistole in Anschlag und wartete nur, bis der Deckel angehoben wird. Zum Glück schaute dort niemand nach.

Nach mehr als 10 Stunden ging diese längste Alarmfahndung in der Geschichte der Vorarlberger Exekutive erfolgreich zu Ende. Der Täter war gefasst, das Volk war beruhigt. Ein toller Fahndungserfolg. Wir waren müde, aber auch stolz.

Ein alltäglicher Verkehrsunfall

Es kam oft vor, dass ich zu Verkehrsunfällen gerufen wurde. Für jeden Polizeibeamten ist es eine alltägliche Angelegenheit, Verkehrsunfälle aufzunehmen und nach der Unfallaufnahme sämtliche dokumentierten Fakten zusammenzuschreiben und der Staatsanwaltschaft anzuzeigen. Allerdings ist es bei jedem Verkehrsunfall gleich, es ist nicht bekannt, welche Situation an der Unfallstelle angetroffen wird.

Glücklicherweise ist ein Großteil der Unfälle nur leichter Art, das heißt, es gibt Abschürfungen und Prellungen, vielleicht auch einmal eine Rissquetschwunde.

In weitaus weniger Fällen kommen bei aufzunehmenden Verkehrsunfällen Personen wirklich schwer zu Schaden oder sterben sogar. Eine alte Weisheit bei der Exekutive ist aber, immer das „Schlimmste" annehmen.

Schon beim Eintreffen an der Unfallstelle ist oft klar, wie das Verletzungsbild der beteiligten Personen aussehen wird, jedenfalls ist die Einschätzung, wie schwer Personen verletzt sein werden leicht von der Unfallendlage und von der Art der Beschädigungen der Fahrzeuge ableitbar. Oft gibt es unsichtbare Verletzungen, wie Verrenkungen und auch Schleudertraumata.

Aber es gibt auch Verletzungsunfälle, die in eingeprägter Erinnerung sind.

Einmal ereignete sich in Lochau beim Gasthaus Klause ein Frontalunfall, bei dem ebenfalls schon beim Eintreffen an der Unfallstelle davon ausgegangen werden konnte, dass es sicherlich Schwerverletzte gab. Ein Geradeaus in Richtung Lochau fahrender junger Fahrzeuglenker war in den Gegenverkehr geraten, unklar warum, jedenfalls waren die Fahrzeuge stark beschädigt. Der Lenker des aus Richtung Deutschland kommenden Fahrzeuges, der einen größeren Pkw gelenkt hatte, blieb unverletzt.

Der junge Mann im anderen Auto, das ein Kleinwagen war und das beim Zusammenstoß völlig deformiert war, wurde von der Feuerwehr aus dem Auto geholt, weil es geheißen hatte, er sei eingeklemmt. Er war aber nicht eingeklemmt, aber er hatte sich aber offensichtlich eine schwere Kopfverletzung zugezogen.

Leider war die Rettung noch nicht am Unfallort, weshalb ich mich um den Verletzten kümmerte. Ich musste ihn ohnehin befragen, wie es aus seiner Sicht zu dem Unfall gekommen war.

Der junge Mann wurde von den Feuerwehrkräften an den Rand der Fahrbahn gesetzt, unmittelbare weitere Hilfe konnten wir vorerst nicht leisten. Ich sollte nun seine Befragung starten.

Durch den starken Anprall mit dem anderen Fahrzeug aus dem Gegenverkehr hatte es den Mann, der offenbar nicht angeschnallt war, aus seinem Fahrersitz gehoben und er hatte sich den Kopf am Fahrzeugdach im Bereich Windschutzscheibe angeschlagen. Dabei hatte er eine fast 20 cm quer über die Stirn verlaufende Rissquetschwunde erlitten. Die Kopfhaut hatte es ihm daraufhin vom Kopf gerissen, er war skalpiert. Glücklicherweise hatte es ihm die Kopfhaut nicht abgerissen, sondern lediglich zurückgestülpt. Ich war versuch, die Kopfhaut wieder nach vorne zu ziehen, damit sie wieder dort sitzen sollte, wo sie hin gehört. Ich musste meinen Schrecken über die Verletzung vor diesem jungen Mann verbergen, um bei ihm keine Panik auszulösen. Zum Glück war kein Spiegel zur Stelle. Er schaute schrecklich aus. Wie man sich in so einer Situation als Helfer verhalten soll, hatte ich nicht gelernt, jedenfalls nicht, wie ich ihm helfen konnte. Ich hatte aber schon gelernt, dass ich mich nicht erschrocken zeigen darf, damit er nicht in Panik gerät, und das gelang mir gut.

Wären nicht ein paar Passanten an uns beiden vorbei gekommen und hatten sich geschockt vom Unfallopfer abgewendet, hätte der junge Mann selbst überhaupt nicht mitbekommen, dass er fast skalpiert worden wäre. Blut rann über sein Gesicht. Ich stellte ihm meine Fragen, mehr um die Zeit bis zum Eintreffen der Rettung zu überbrücken, denn als wirklich etwas von ihm zu erfahren. Mehrere Minuten war ich allein mit dem jungen Mann und seinem furchtbaren Anblick.

Bislang hatte ich es mir nicht vorstellen können, wie es aussieht, wenn jemand skalpiert wurde – jetzt konnte ich es. Wieder einmal hatte ich etwas erfahren, was ich mein ganzes weiteres Leben bisher nie wieder gesehen habe.

Erfreulich war, dass nach dem Eintreffen der Rettung der junge Mann bestens versorgt werden konnte. Soviel ich weiß, konnte seine Kopfhaut wieder völlig hergestellt werden.

Obwohl es sich bei diesem Einsatz um keinen folgenschweren Unfall handelte, geistert mir das Bild des Skalpierten manchmal im Kopf herum.

Tod durch Rauchgase

Es war schon wieder September. Ich war zu dem Zeitpunkt in meiner Heimatgemeinde im Dienst. Auch hier hatte ich schon einiges erlebt. Es gab immer wieder etwas Neues, etwas „Spannendes". Die Nächte waren schon wieder kühl und ich musste eine Jacke anziehen, wenn ich in den Außendienst ging. Herrlich, die Sommernächte, in denen im Hemd Außendienst verrichtet werden kann – aber ich glaube, das habe ich schon erwähnt. Aber diese Zeit war schon wieder vorbei. Es sind ohnehin nur die Nächte vom Juni, wenn es ein warmer Sommer wird, bis Anfang September oder zu ganz warmen Zeiten vielleicht noch etwas früher und im Spätsommer noch etwas länger.

Die Heizsaison hatte schon wieder angefangen und die ersten Brände würden nicht mehr lange auf sich warten lassen. Das war jedes Jahr so, immer wiederkehrend. Je mehr sich in einem bestimmten Bereich abspielt, um so mehr kann da passieren – auch beim Heizen – auch eine alte Weisheit.

Wir befanden uns damals noch im alten Dienstsystem, bei dem jede Dienststelle selbständig besetzt war und bei Bedarf die Funkstreife oder auch der Nachbarposten angefordert wurde. Ein sogenannter 24-iger. Das hieß, ich war 24 Stunden für die sicherheitspolizeilichen Belange in meinem Gebiet zuständig. Das System war nicht schlecht, auf Dauer aber belastend, da 24 Stunden am Stück doch eine lange Zeit und bei mehreren Vorfällen eine echte Belastung war.

Jedenfalls befand ich mich auf der Dienststelle, als ich von der Funkleitstelle in Bregenz wegen eines Dachstuhlbrandes angefunkt wurde. Die Feuerwehr sei schon verständigt.

Ich beeilte mich nicht besonders, zumal ich wusste, dass die Polizei später als die Feuerwehr und die Rettungsorganisation verständigt wird. Was das sollte, weiß ich bis heute nicht. Bei Bränden musste ich ohnehin warten, bis die Feuerwehr ihre Arbeit erledigt hatte. Ich sollte dann ermitteln, warum es gebrannt hatte. Ich fuhr zum angegebenen Ort, zu einer Wohnsiedlung mit zahlreichen verstreuten Mehrfamilienhäusern. Als ich eintraf, war die Feuerwehr bereits da. Auch die Rettung traf ein – was will denn die hier? dachte ich mir.

Viel von einem Brand war nicht zu sehen. Ein kleiner Haufen brannte unterhalb einer Stiege. Der Haufen schaute aus wie eine Decke. Ich konnte nichts damit anfangen.

Da ich hektisches Treiben durch die Feuerwehr sah, begab ich mich zum Löschtrupp. Ich sah, wie auf dem Dach des Gebäudes, bei dem der Haufen vor der Stiege brannte, die Balken sichtbar waren. Offenbar hatte das Feuer doch keine halben Sachen gemacht. Das Feuer hatte sich vom obersten Stockwerk des Hauses durch den Dachboden und durch das Dach gefressen. Besser gesagt, das Dach wurde durch die Feuerwehr aufgerissen, damit von oben das Feuer bekämpft werden konnte.

Ich begab mich mit dem Löschtrupp ins Haus. Eine schmale Stiege führte nach oben. Das Haus war noch stark verqualmt. Ich kam nicht ganz bis nach oben, als die Feuerwehrleute eine leblos scheinende Person herunter brachten. Die alte Frau konnte kaum angefasst werden. Ihre Haut war geschwärzt von Ruß. Ich versuchte trotzdem, zu helfen, sie nach unten zu tragen. Es war schwierig, über die schmale Treppe und weil kaum etwas zu sehen war. Wie immer, sah ich schwarz. Ich glaubte, die Frau war schon gestorben. Wir brachten sie vor das Haus, wo zu meinem Erstaunen bereits eine andere, ebenso ältere Frau, am Boden lag. Auch sie war von Ruß geschwärzt. Auch sie sah leblos aus. Die Rettungsleute kümmerten sich um sie.

Die Feuerwehr kümmerte sich um die Glutnester in dem Haus. Ich ermittelt, dass es sich bei dem brennenden Haufen um eine Heizdecke handelte. Ich brachte heraus, dass der Brand vermutlich aufgrund dieser Heizdecke entstanden war.

Die Feuerwehr brachte eine tote Katze aus der Wohnung, aus der wir vorher die Frau bargen. Hoffentlich lebte die Frau noch.

Als ich mich wieder den Rettungsleuten zuwendete, wurde die zweite Frau zugedeckt. Sie war tot. Die andere wurde von der Rettung ins Krankenhaus gebracht.

Ich erfuhr nun, dass die Frau, die tot geborgen worden war. Sie war zuerst selbständig aus dem Haus nach draußen gegangen, habe dann jedoch nochmals zurück gewollt, um etwas zu holen. Dann kam sie nicht mehr lebend hinaus. Die Rauchgase hatten sie getötet.

Es dauerte eine Zeit, bis sich die Aufregung in der Nachbarschaft etwas gelegt hatte und bis die Bewohner, die nicht mehr ins Haus zurück konnten, durch den Bürgermeister bzw die Gemeinde versorgt waren.

Die Tragweite, dass jemand ums Leben kam, wurde den Nachbarn erst einen Tag nach dem Brand bewusst. Anfangs hatte alles nicht so schlimm ausgeschaut.

Fast gleichzeitig mit diesem tragischen Brand Lochau ereignete sich ein besonders schwerer Vorfall in Bregenz. Noch während meiner Ermittlungen zu dem Brand hörten wir, etliche Kilometer entfernt, in Bregenz auf einem Camping-Platz eine schwere Explosion, die wir zwar alle bei dem Brandgeschehen wahrnahmen, die wir anfänglich aber nicht deuten konnten. Später erfuhren wir, dass auf einem Campingplatz in Bregenz ein Zuhälter mit seinem Kind in die Luft gesprengt worden war.

Mich beschäftigte damals jedoch dieser Wohnungsbrand mit Todesfolge mehr, da es mein Fall war. Der Fall in Bregenz-Vorkloster gehörte einer anderen Partie. Ich hätte nicht gedacht, dass diese Frau, die wir geborgen hatten, schon gestorben war. Bei meinen Ermittlungen und Erhebungen erfuhr ich, wie die Feuerwehr zur Bekämpfung des schon fortgeschrittenen Wohnungsbrandes vorgegangen war. Der damalige Trupp war in die brennende Wohnung der Frau mit der Heizdecke eingedrungen und hatte trotz kaum vorhandener Sicht und extremer Hitze den Brand erfolgreich bekämpft. Für mich waren die Männer vom Löschtrupp Helden. Sie werden für mich immer Helden bleiben. Einer hieß Walter F., der andere Name ist mir entfallen. Sie hatten auch daran mitgewirkt, die überlebende Frau und auch die Tote zu bergen. Ich ziehe heute noch den Hut vor diesen Feuerwehrmännern. Helden des Alltags.
Mein Respekt vor Feuerwehrleuten während meiner Dienstzeit ist enorm gewachsen. Wie schnell doch die Zeit vergeht und wie schnell solche Heldentaten vergessen sind.

Einsatzuniform damals

So schaute die Uniformierung Mitte der 80-iger Jahre bei der Gendarmerie aus – genauso, wie damals als wir 1975 anfingen, es hatte sich in zehn Jahren so gut wie nichts getan. Lediglich bei den Streifenwagen hatte sich etwas verändert. Wr fuhren mittlerweile VW Golf II und VW Golf Diesel, die ersten Dieselfahrzeuge. Davor gab es nur Benziner. Als Oberbekleidung hatte allerdings die lange Lederjacke ausgedient und es wurde eine Zeitlang eine Art Anorak eingeführt – das Schlechteste, was es an Uniform je gab. Zum Glück war das nur eine kurze Zeit so, bis dann zunächst noch eine schwarze Stoffjacke, dann die grauen Goretex Jacken eingeführt und endlich eine gute Uniformierung gefunden wurde.

Der alte Anzug hatte ausgedient. Er wurde nur noch für repräsentative Dienste angezogen.

Auszug aus dem Gemeindeblatt „Lochau heute" von damals.

Verwirrt – tot

Wieder einmal verrichtete ich am Wochenende allein Dienst. Schon vor einigen Tagen wurde eine Frau als abgängig gemeldet. Sie war ca 40 Jahre alt. Angeblich litt sie an Depressionen. Sie war schon länger verheiratet und hatte, ich glaube zwei Kinder. Meiner Meinung war sie abgehauen, hatte wahrscheinlich einen anderen, dachte ich. (ich stellte mir immer für mich eine These zusammen, wenn es etwas gab, was für mich nicht ganz erklärbar war). Nur die Verwandtschaft wollte nicht an so etwas glauben. Sowohl der Mann als auch die Kinder waren sich sicher, dass sie irgendwo im Wald war und ihr etwas zugestoßen sein könnte.

Unsere Fahndung hatte sich auf das Notwendige beschränkt. Bei erwachsenen Abgängigen wird vorerst lediglich registriert, dass jemand als abgängig gemeldet ist, außer es gibt klare Hinweise, dass ein Verbrechen oder ein Unglück vorliegen könnte. Es gibt auch selten Anhaltspunkte bei Erwachsenen, wo gesucht werden soll, wenn nicht klar ist, wann und wo sie zuletzt gesehen worden sind.

Wie gesagt, bisher wurde nur gemeldet, dass sie abgängig sei und dass die Familie glaube, dass ihr etwas zugestoßen sein könnte. Sie wurde von uns zunächst im Nahbereich der Wohnung gesucht. Am Tannenbach. Leider erfolglos. Sie war dort öfters wandern und spazieren gegangen und so war es auch möglich, dass sie dort irgendwo verschwunden sein könnte.

Wie gesagt, es war Samstag. Plötzlich kam eine karge Mitteilung eines Wanderers herein, eine leblose Person war oberhalb des Tannenbaches, unterhalb eines Wasserfalles gefunden worden. Die Person müsse geborgen werden. In der Nähe der Leiter.

Ich kannte mich in dieser Gegend überhaupt nicht aus. Ich war noch nie dort in diesem unwegsamen Gelände unterhalb des Pfänderhanges auf Lochauer Gemeindegebiet.

Der damalige Bezirksgendarmeriekommandant, R. M. (nicht Rudolf sondern Roman) kam mir zur Hilfe. Der würde eine Hilfe sein, dachte ich mir, mit seinen 130 kg. Außerdem war er nicht mehr der Jüngste. Wenigstens psychisch konnte er mir eine Hilfe sein. Denn zu wissen, dass die Meldewege eingehalten wurden und alles den normalen Gang nahm, war auch schon eine Hilfe.

Ich suchte mir die österreichische Militärkarte - ÖMK 50 - heraus und fand den Wasserfall und auch die Leiter. Ich fuhr mit M. hinauf zum damaligen Gasthaus Seibl, von wo aus ich die Suche starten würde.

Ich überkletterte einen Zaun und ging talwärts, den Tannenbach entlang und kam tatsächlich zur besagten Leiter. Ich war in der normalen Uniform, keine Sonderausrüstung oder ein besonderes Hilfsmittel, sogar Halbschuhe trug ich nur. Ich kletterte die Leiter nach unten. Tatsächlich ! Unterhalb des Wasserfalles in eiskaltem Wasser schwebte der Leichnam der 40-jährigen Frau im Wasser. Ein Anblick, der so irreal war. Er passte überhaupt nicht in diese wilde unberührte Landschaft. Wie in einem Werbefilm, ein plätschernder Wasserfall, ringsum grün, die Sonne blinzelte durch die Bäume. Und in diesem kalten kristallklaren Wasser trieb eine Leiche. Ein Anblick, den niemand braucht. Doch wie sollte ich sie dort heraus bringen ? Ich war allein. M. hatte mir aufgrund seines Übergewichtes nicht folgen können. Die Bergrettung war noch nicht an Ort und Stelle. Selten wird einem bewusst, wie allein man

sein kann. Allein im Dienst ist noch etwas ganz anderes als
sonst allein zu sein. Kurzerhand watete ich ins kalte Wasser,
das mir rasch bis zum Bauch ging. Ich erfasste den Leichnam
an einem Bein und zog ihn heraus. Die Tote fühlte sich kalt an.
So kalt wie das Wasser. Ich war klitsch nass und legte sie ans
Ufer dieses Tümpels, durch den das kalte Wasser rann. Ich war
samt Halbschuhen, in langen Hosen und in einem Anorak ins
Wasser gestiegen. Ich funkte die Bergrettung über den Erfolg
der Suche an, die von unten her, den Tannenbach herauf, auf
der Suche nach der Frau unterwegs war. Rasch gelangten die
Bergrettungsleute zu mir herauf. Sie führten den Transport
des Leichnams über die Rinne des Tannenbachs bis zur Neuen
Schanze in Lochau Tannenbach durch. Dieser irreale, ja die
Idylle störende Zustand, war wieder beseitigt. Und ein Ereignis mehr war in meiner Speicherplatte festgeschrieben.
Mir blieb die traurige Pflicht, die Angehörigen über das Auf-
finden der Ehefrau und Mutter zu verständigen. Ich war überrascht, als ich keine erschrockenen Gesichter vorfand. Die Familienangehörigen hatten so etwas erwartet und auch befürchtet und waren nun sichtlich erleichtert, dass ihre Ungewissheit
über den Verbleib der Frau ein Ende gefunden hatte.

Viren, unsichtbare Feinde

Periodisch und regelmäßig führen Polizisten Einsatztrainings durch. Auch früher schon gab es solche Trainings, in denen Transportgriffe und Techniken, aber auch das Schießtraining geübt werden. Es hieß damals „Anwendung einsatzbezogener Körperkraft – kurz AEK". Für alle möglichen Einsätze wurden wir geschult, es gab ja wirklich Angriffe auf Gendarmen, vielleicht nicht in der Häufigkeit wie heute, aber es gab sie – der Respekt vor der „Obrigkeit" war damals noch etwas besser. Man kann darüber philosophieren, warum das so ist.

Worauf wir nicht trainiert wurden waren versteckte Feinde. Nichts ist schwieriger zu bekämpfen, als der Feind, den man nicht sieht.

Bei einer Verkehrskontrolle plötzlich beschossen werden, bei einem Hausstreit plötzlich mit einem Messer angegriffen werden – alles reale Annahmen. Bei offenen Angriffen ist eine Abwehr möglich, bei verdeckten Angriffen ist das um vieles schwieriger. Angriffe aus dem Hinterhalt, aus dem Versteck heraus, oder völlig unsichtbar.

In der Mitte der 80-iger Jahre führte mein Kollege Robert K. gemeinsam mit einem weiteren Kollegen eine Kontrolle einer verdächtigen weiblichen Person durch. Die Kontrolle verlief völlig problemlos und endete mit der Feststellung der Personalien, eine Straftat lag nicht vor, lediglich eine Ausschreibung zur Aufenthaltsermittlung war vorhanden.

Dann ging es plötzlich los. Bei der genaueren Überprüfung der vorher kontrollierten Person stellte sich heraus, dass diese offenbar an einer ansteckenden Krankheit litt. Oje – was sollte das heißen ? Es ließ sich nicht eruieren, an welcher Krankheit diese Person gelitten hatte. Also suchte R. seinen Hausarzt auf. Auch der versuchte, herauszubekommen, was für eine ansteckende Krankheit diese Person wohl hatte. Es gab keine Möglichkeit, herauszufinden, woran die Person litt. Damit war auch die vorbeugende Behandlung von R. nicht möglich. Er war bereits etwas konsterniert, denn er hatte wie ich auch, gerade ein Baby zu Hause, das gerade einmal ein Jahr alt war – war auch hier Ansteckungsgefahr gegeben ?

Eine unmögliche Situation, die nicht geklärt werden konnte. Der Hausarzt verabreichte Robert schließlich einen „Cocktail" zur Vorbeugung, er wurde zum Glück nicht krank.

Was für eine Krankheit die Person hatte, wissen wir heute noch nicht.

Das Problem ist geblieben. Im Laufe meiner Dienstzeit habe ich diese Erfahrung mehrfach machen müssen, dass es meine Kollegen oder ich mit Personen mit ansteckenden Krankheiten (Hepatitis, AIDS, TBC) zu tun bekamen und nach der Amtshandlung nicht klar war, ob eine Ansteckung erfolgt war oder nicht. Nur teilweise konnte durch diverse Impfungen oder auch durch das Tragen von Handschuhen bei Amtshandlungen eine leichte Vorbeugung erzielt werden.

Ich habe zwischenzeitlich gelernt, dass es mir einfach egal sein muss, an welcher Krankheit die Person leidet. Ich muss meine Amtshandlung durchziehen, egal was es kostet. Wenn ich erkranke, muss ich es so sehen, als wäre ich wie bei einem anderen Einsatz dummerweise von einer Kugel getroffen worden. Ein besseres Rezept zur Verarbeitung dieser Angst habe ich bisher nicht gefunden.

Lustiges auf dem Straßenstrich

Zur Bekämpfung der illegalen Prostitution wurde bei uns Anfang der 80-iger Jahre eine überörtliche Einheit geschaffen, die den sogenannten Straßenstrich bekämpfen sollte. Es gab bei uns keine Richtlinien oder sonstigen Kenntnisse, wie dieses, bei uns in Vorarlberg damals und auch heute noch verpönte Gewerbe bekämpft werden konnte. Es war lediglich die Vorgabe gegeben, dass in möglichst vielen Nächten dem Straßenstrich offensiv begegnet werden soll, um den Anrainern ruhigere Nächte zu bescheren. Denn der Straßenstrich war sehr offensiv, obwohl er verboten war.

Es hatte sich einiges entwickelt, in der Zeit vor der intensiveren Bekämpfung des illegalen Straßenstrichs, in der nicht viel gegen die illegale Prostitution und auch gegen die damit verbundene Zuhälterei getan wurde. Bis zu 25 Dirnen tummelten sich jede Nacht entlang der Hauptstraße im Gebiet der damaligen B 202 von Lochau bis Höchst. Insgesamt waren an die 70 Prostituierte registriert, die sich abwechselnd in seltsamen, teilweise erotischen Outfits anboten.

Endlich wurde zur Jagd geblasen. Es konnte doch nicht toleriert werden, was sich da nächtens entlang des Straßenstrichs im braven und züchtigen Ländle abspielte. Mit einem Zivilfahrzeug, so wurde vereinbart, fahndeten zwei uniformierte Polizisten nach den Liebesdienerinnen.

Sie sollten eingesperrt werden, eine nach der anderen. Das Problem dabei war: Sie mussten zweimal in einer Nacht erwischt werden. Zuerst mussten wir sie ermahnen. Nur wenn sie die Ermahnung ignorierten und wenn sie nicht abzogen, waren sie festzunehmen. So füllten wir täglich, oder besser gesagt, jede Nacht, die Arreste im gesamten Großraum Bregenz und erzürnten die diensthabenden Polizisten der umliegenden Dienststellen, weil sie auf die ungebetenen Gäste aufpassen mussten und mit der Verantwortung für diese Häftlinge belegt wurden. Damals waren die einzelnen Dienststellen in der Nacht teilweise durch einen Beamten besetzt, der bei Bedarf unter Anforderung der Funkpatrouille ausrückte. Allerdings durfte der Beamte, wenn der Arrest belegt war, nach den Vorfällen von Höchst (Der vergessene Häftling) die Dienststelle nicht verlassen.

So einfach war die Einsperrerei der Dirnen aber gar nicht. Schon die erste Abmahnung gestaltete sich oft schwierig. Sobald die Dirnen mitbekamen, mit welchem Fahrzeug wir unterwegs waren und ihnen nachzustellen versuchten, verständigten sie sich untereinander per Funk oder wurden von ihren sogenannten „Buckeln" vor uns geschützt. Die Buckel, (Kleinzuhälter) saßen in ihren aufgemotzten Autos (damals waren diese Autos meilenweit als Zuhälterfahrzeuge erkennbar – sie fuhren mit Karossen, wie in schlechten amerikanischen Gangsterfilmen) entlang dem Straßenstrich und warnten die Prostituierten, ebenfalls per Funk, wenn wir uns näherten. Es gab alle möglichen Strategien gegen uns und die Rotlichtzugehörigen waren ziemlich gut durchorganisiert. Also war es schon schwierig, die Nachtengel schon beim ersten Mal, nur um sie abzumahnen, zu erwischen. Aber auch die Gendarmen entwickelten ihre Strategien.

Fallweise gab es richtige „Treibjagden" auf die Dirnen. Dies ist vielleicht falsch ausgedrückt, Treibjagd klingt doch sehr jagdlich oder gar verklärt. Jedenfalls versuchte nicht nur die Spezialeinheit, die sogenannte „Dirnenpatrouille", diese „bösen" Weiber zu fangen, sondern auch andere Streifen, die gerade keine andere Arbeit hatten. So war es auch bei uns. Normalerweise war man in der Nacht zu zweit unterwegs. Lediglich die Funkpatrouille (Funkstreife) war zu dritt. In einer dieser langen Nächte war ich Kommandant dieser Funkstreife und ich war des untätigen Herumfahrens müde, weshalb wir ein Auge auf die leichtbekleideten Damen warfen. Es war uns an dem Abend schon mehrfach aufgefallen, dass im Bereich der Rheinbrücke in Fußach zwei aufreizend gekleidete Damen ihre Dienste anboten. Immer, wenn wir in die Nähe kamen, flüchteten sie unter die Brücke und waren spurlos verschwunden. Trotz Nachsuche konnten wir sie nicht mehr finden.

Also fuhren wir weiter und bestreiften die Gegend intensiver. Wir wollten den zweien keine Ruhe lassen und sie fangen. Kaum kamen wir in ihre Nähe, flüchteten sie vor uns unter die Brücke. Obwohl wir uns zu Fuß sofort an ihre Fersen hefteten, konnten wir sie nicht einholen, sie waren verschwunden. Besonders die eine war etwas unvorteilhaft für die Jahreszeit gekleidet. Es war Winter, es lag etwas Schnee und es hatte höchstens 3 Grad. Sie trug lediglich einen Einteiler mit Netzstrümpfen. Der Slip in Tangaform, ein wahrlich schöner Anblick. Sie war eine von denen, die wirklich hübsch aussahen und die ihre Arbeit richtig gern auszuüben schien. Sie war eine sogenannte Edelnutte. Leider wurde sie mehrere Jahre später von einem Bus überfahren und starb eines unnatürlichen Todes. So bedenklich wie bei ihr (vom Bus überfahren), waren mehrere dieser Dirnen, mit denen ich es damals dienstlich zu tun hatte, ums Leben gekommen. Mir tat es um jede Leid, denn sie waren nicht die schlechtesten Menschen, die ich kannte. Vor allem waren sie noch zu jung, um zu sterben.

Da die zwei genannten Frauen immer wieder bei unserem Eintreffen rasch flüchteten, rannten wir ihnen, vom Jagdinstinkt getrieben, einmal so schnell es ging nach und konnten gerade noch wahrnehmen, wie sie in ein Erdloch im Bereich des Brückenlagers der Rheinbrücke verschwanden. Ich konnte gerade noch das schöne Hinterteil der Leichtbekleideten schimmern sehen, dann waren sie weg, vom Brückenlager verschlungen, bis dahin unentdeckt. Das hätten wir nicht gedacht, dass man sich in einem Brückenlager verstecken kann. Doch wie sollten wir sie da heraus bekommen ? Und wozu ? Zum Abmahnen ? Sollten wir da hinein kriechen und sie heraus holen ? Zunächst kroch W., ein jüngerer Kollege, ein Stück hinein, ich hielt ihn an seinen Beinen fest und sollte ihn wieder herausziehen, wenn er eine erwischt hatte. Das Loch war leider zu tief. Ich zog W. wieder heraus.

Wir schauten uns etwas ratlos an und suchten nach dienstlichen Hilfsmitteln, mit denen wir dem Recht und der Staatsgewalt zum Durchbruch verhelfen konnten, ohne gezwungen zu sein, in dieses Loch hinein zu kriechen.

Als erstes sprachen wir absichtlich laut vor dem Schlupfeingang, was wir jetzt durchführen würden. Vielleicht würden sie freiwillig herauskommen, wenn sie hörten, was für verwegene Pläne wir schürten.

W. war der erste, der zur Tat schritt. Er warf einen Schneeball hinein. Reaktion, ein schriller Schrei und laute Flucherei. Heraus kamen sie nicht.

M., der zweite Kollege, hatte die weitere Idee. Eine Rute oder ein Stecken musste her. W. fand eine Haselrute, knapp zwei Meter lang, ein ganzer Busch stand neben der Straße, so wie für uns dort gewachsen. Er riss sich eine Rute weg und stocherte damit in dem Erdloch herum und traf manchmal ein Etwas. Auch jetzt gab es nicht die Reaktion, die wir erhofft hatten. Sie kamen einfach nicht heraus. Sie jauchzten nicht einmal.

Pfefferspray gab es damals noch nicht. Ich überlegte, ob wir einen Diensthund einsetzen sollten. Allerdings war auch das nicht möglich, weil es keine flächendeckenden Diensthunde-Streifen gab und ein Diensthund nur auf komplizierte Art angefordert werden konnte. Also auch nicht das richtige Mittel.

Was hätten die Indianer getan, war eine weitere Überlegung. Ausräuchern? Das schien uns als ein probates Mittel. M. war Raucher und hatte die erforderlichen Utensilien dabei. Also schnell ein Feuerchen gemacht im Bereich des Erdlocheinganges. Das klappte überraschend gut. Die Rauchentwicklung ließ noch etwas zu wünschen übrig, aber es klappte.

Der Rauch zog nicht, wie von uns beabsichtigt, in das Erdloch. Er schlug uns entgegen und schnell rochen wir wie die Pfadfinder – so ein Quatsch.

Die Wirkung wurde trotzdem nicht verfehlt. Die Damen mussten unser Feuer und den Rauch mitbekommen haben. Sie krochen schweigend aus dem Loch. Sie kamen, Kopf voraus, und ergeben sich.

Jetzt das Kurioseste dieser Geschichte. Was wir hier mit „allen" Mitteln zu erreichen versucht hatten, war eingetreten. Wir wurden ihrer habhaft, nur um zu erfahren, wer sie waren. Nach der Prüfung ihrer Personalien und Feststellung ihrer Identität und der Abmahnung nach der Begehung einer Verwaltungsübertretung setzten wir sie wieder auf freien Fuß.

Allen Spekulationen zum Trotz trafen wir dieses Duo in dieser Nacht nicht wieder auf dem Straßenstrich an.

Doch nicht so ungefährlich

Wie bereits beschrieben, ging es in den 80-iger Jahren auf dem Straßenstrich ganz anständig ins Zeug. Jede Nacht waren sie unterwegs, die Prostituierten, und wir natürlich auch. Jede Nacht ein paar Dirnen, die festgenommen wurden. Einmal mehr, einmal weniger. Es gab einige von uns, die hatten immer ihre Festnahmen und manche, denen ging nie eine ins Netz. Heute verstehe ich es, warum es da Unterschiede gab. Damals plagte mich der Ehrgeiz und ich dachte mir auch, dass das wohl meine Pflicht sei, so energisch wie möglich gegen diese Frauen vorzugehen und damit auch ihre Zuhälter zu schädigen, die auf Kosten ihrer Huren lebten. Zuhälterei war damals wie heute eine gerichtlich strafbare Handlung. Und wir, die Polizei, war die, die dem strafbaren Treiben ein Ende setzen sollten.

Die seinerzeitigen Streifen waren Anfang der 80-iger Jahre ins Leben gerufen worden. Sie dauerten jeweils von 20 Uhr bis 4 Uhr morgens und konnten bedarfsangepasst auch ausgedehnt werden. Es war eine Streife, die nichts anderes machen sollte, als Dirnen vom Straßenstrich wegzubringen und die Zuhälterei zu bekämpfen. Bei dringendem Bedarf natürlich auch etwas anderes. Wir quälten natürlich auch die Freier, die oft aus der Schweiz kamen und kaum einmal irgendwo auf einem Fahrradstreifen stehen durften, ohne gleich ein Organstrafmandat verpasst zu bekommen.

Mir traf es monatlich eine bis zwei solcher Streifen. Aufgrund des damals noch alten Dienstzeitsystems waren größere Freizeiträume zwischen den einzelnen Diensten vorhanden, in denen solche Zusatzstreifen für manche willkommen waren, um etwas dazuzuverdienen, da diese Streifen ausschließlich in

Überstunden gefahren wurden. Ich erinnere mich noch gut, damals war ich auch noch einer der Jungen. Ich war ein wehrhafter Polizist, sollte mir einmal was widerfahren, immer Doppelbewaffnung – Dienstpistole und den privaten Revolver verdeckt getragen. (Damals waren Revolver bevorzugt). Keiner von uns wollte damals einer allfälligen Auseinandersetzung mit Zuhältern chancenlos ausgeliefert sein, also wenigstens eine zweite Waffe. Dass man die zweite Waffe wirklich einmal brauchen würde, daran dachte wahrscheinlich niemand, ich jedenfalls nicht. Es kam öfter vor, dass man nach Dienstschluss von einem eifrigen Zuhälter oder von irgendeinem Helfershelfer der Dirnen nach Hause „verfolgt" wurde. Ein bisschen einschüchtern, war die Devise. Aber nur nicht unterkriegen lassen, war die Devise der Gendarmen damals wie heute.

Die Prostituierten, mit denen wir zu tun hatten, kannten wir alle. Vornamen, Familiennamen, teilweise sogar das Geburtsdatum. Pro Nacht standen, wie bereits in der vorigen Geschichte erwähnt, an die 25 Dirnen entlang dem Straßenstrich an der Rheinstraße auf eine Entfernung von ca 7 Kilometer. Es war eigentlich eine lustige Tätigkeit, die wir damals durchführen mussten, wenn es auch für die Prostituierten gar nicht so lustig war. Es war vergleichbar mit der Jagd. Meistens entwischten uns die „Hasen". Auf unserer Jagd machten wir auch unsere Trophäen. Es kam vor, dass die jungen Frauen vor uns davon rannten, quer über Stock und Stein, durch Wiesen und Wege. Manchmal blieben sie im Morast stecken und ihre hochhackigen Stiefel oder Schuhe blieben im Dreck stecken. Wir zogen sie heraus und lieferten diese Stücke beim Fundamt ab. Die Prostituierten mussten barfuß weiter. Manchmal rannten wir bei den Verfolgungen zu Fuß minutenlang hinter einer Dirne her, bis diese dann erschöpft aufgab und manchmal endete die Jagd auch an einem völlig anderen Ort als geplant.

Einmal konnte ich am Straßenrand eine Prostituierte anhalten, die normalerweise kaum greifbar war, weil sie ihren Standort genau bei ihrem Wohnort hatte. Sie war immer gleich ins Haus geflüchtet und öffnete einfach nicht mehr, wenn Einlass begehrt wurde. Einen Grund zum gewaltsamen Eindringen gab es dann doch nicht.

An diesem Tag konnten wir uns aber von hinten anschleichen und sie so überraschen, dass sie nicht rechtzeitig davon kam. Es gab ein kurzes Handgemenge, da sie nicht gewillt war, mit mir mitzukommen. Mein Begleiter war noch nicht hier, also war ich kurzzeitig auf mich allein gestellt. Im Zuge der Festnahme verlor ich meine Brille, da ich mir versehentlich ins Gesicht griff. Sie rannte, wie gewohnt, wieder ins Haus, ich ihr nach. Beim Hineinrennen riss sie die Türe zu und dann gleich hinauf in den oberen Stock, ich ihr auf den Fersen. Ich konnte eintreten, noch bevor die Tür zugeschlagen war. Ich rannte ebenfalls in den ersten Stock und stand plötzlich in einem Wohnzimmer. Auf dem Sofa saßen zwei mir bekannte Zuhälter, dahinter stand eine Prostituierte und zu meinem Schreck, zwei Dobermänner. Ich zuckte innerlich zusammen. Damals hatte ich noch ziemlichen Bammel vor Hunden, was sich später änderte. Jedenfalls schreckte ich ziemlich zusammen als ich dieser „hochrangigen Gesellschaft" gegenüberstand. Ich dachte mir, wie ich da wohl wieder hinauskommen würde. Ich konnte nur bluffen. Ich sprach davon, dass draußen das Einsatzkommando Cobra warte und dass die Wohnung gleich gestürmt werde, wenn ich nicht augenblicklich mit der verfolgten Prostituierten hinaus käme. Auf der Hinterseite des Sofas die beiden Dobermänner, die sich wie Wilde gebärdeten. Ich sah nur ihre fletschenden weißen Zähne und hörte das ohrenbetäubende Bellen. Ich war so froh, dass sie angeleint waren. Vor ihnen hatte ich mehr Angst als vor den Zuhältern. Mein glaubhaft vorgebrachter Bluff hatte offenbar gewirkt. Er veranlasste die Zuhälter, die festgenommene Dirne zum Verlassen des Hauses aufzufordern. Ich wunderte mich, dass sie so widerstandslos nachgaben und die Dirne so leicht aus ihrer Obhut entließen. Es war ihnen offenbar völlig egal, was mit ihrer „Dame" passierte. Sie wurde ja nur eine Nacht eingesperrt. Zufrieden und erleichtert konnte ich das Haus mit der Prostituierten verlassen und sie in einen Arrest bringen, wo sie bis zum Morgen ausharren musste. Ich war froh, heil aus dieser Sache herausgekommen zu sein.

Etwas anders verlief unser nächtliches Einschreiten bei einer anderen Gelegenheit. Ich hatte mit N. Dienst, der heute Leiter einer wichtigen Abteilung des Landeskriminalamtes. Wir jagten gemeinsam nach unseren „geliebten Feindinnen" auf dem Straßenstrich. Es war eine eher ruhige Nacht. Wir konnten kaum Prostituierte ermahnen, weil es wochentags war und wochentags fast immer weniger los war als am Wochenende. Es gelang uns mit Müh und Not, wenigstens drei oder vier Dirnen zu ermahnen, den Straßenstrich zu verlassen und sich in ihre Behausungen zurückzuziehen. Ganz besonders hatten wir es mit einer von zwei Halbschwestern zu tun. Beide klein gewachsen, frech, blond und agil und nie um eine Antwort verlegen. Beide Schwestern waren nicht ganz schlank und standen mit beiden Beinen auf ihrer unsicheren Seite des Lebens. Eigentlich eine lustige Gesellin, mit der es immer wieder etwas Spaß gab, sofern man so was Spaß nennen konnte.

Wir hatten sie also so gegen zwei Uhr abgemahnt und überlegten uns schon, wie wir die Zeit bis vier herumbringen würden, denn es war schon ziemlich ruhig geworden. Da trafen wir dummerweise wieder auf diese Prostituierte. Da sie ja schon abgemahnt war, mussten wir nun zur Festnahme schreiten. Mit ihr war es nie einfach, wenn sie festgenommen werden sollte. Dieses feine „Früchtchen" ließ nicht alles mit sich geschehen. Kaum war die Festnahme ausgesprochen, schwang sich die junge Dirne, sie war grad knapp 20, auf ein neben ihrem Standort stehendes Moped, das sie rasch startete und damit davonfuhr. Sie hatte uns erwischt, sie war schneller als wir und fuhr nun in Richtung ihres Wohnortes. Wir sprangen sofort in unser Dienstfahrzeug und fuhren ihr nach. Wir konnten sie leicht einholen, denn das Moped lief, wider Erwarten, nicht mehr als die damals erlaubten 40 km/h. Das Problem allein war, dass sie nicht stehen blieb, obwohl wir ihr deutliche Anhaltezeichen gaben. Sie fuhr und fuhr, immer mit gleichbleibender Geschwindigkeit. An ein Stehenbleiben dachte sie nicht im Geringsten. Ich war der Lenker unseres Fahrzeuges und ich überlegte kurz, ob ich ihr seitlich in ihr Moped fahren sollte. Davon sah ich aber ab, weil mir das zu gefährlich schien. Ich sah, wie machtlos wir waren. Obwohl sie etwas angestellt hatte, gelang es uns einfach nicht, sie anzuhalten. Sie zeigte uns klar, was für uns im Bereich des Möglichen war. Wir waren nicht im Stande, ein nicht einmal frisiertes Moped anzuhalten, wenn es der Lenker nicht wollte. Sie fuhr und fuhr und wir „begleiteten" sie bis nach Hause. Das konnten wir uns doch nicht gefallen lassen. Sie würde schon einmal stehen bleiben.

Sie blieb nicht stehen. Sie fuhr bis nach Hause. Endlich hielt sie an. Vor einem Zweifamilienhaus blieb sie stehen, den Roller rasch abgestellt. Wir erwischten sie nach raschem Aussteigen auf dem Stiegenaufgang, der noch ohne Geländer war, da es sich um einen nicht fertig gestellten Neubau handelte. Gerade noch, bevor sie zur Haustüre hineinhuschte, konnten wir sie an den Armen ergreifen und zu unserem Dienstauto ziehen. Kaum hatten wir sie erreicht, öffnete jemand von innen die Haustür. Ihr Zuhälter, ein amtsbekannter, wirklich schwer vorbestrafter „Knastbruder" kam zur Türe heraus, packte die Frau an einer Hand und zog in seine Richtung. Sie gehörte doch uns, dachten wir. So gab es ein Hin und Her. Er zog in seine, wir in unsere Richtung. Für Zuschauer musste es ein aufheiterndes Bild gewesen sein, das sich da bot. Hätten wir noch stärker gezogen, hätte es passieren können, dass wir sie auseinanderreißen, dachte ich – so ein Blödsinn. Das musste ja wirklich super ausgeschaut haben. Der Zuhälter, der noch einen Helfer bekam, auf der einen Seite, wir auf der anderen. Es ging Minuten so und es zeichnete sich vorerst kein Sieger ab.

Unserem Empfinden nach, nach geraumer Zeit, setzten wir uns doch durch. Es war uns, den Guten, gelungen, die „Beute" den Bösen zu entreißen. Das wäre ein Bild für die Medien gewesen, dachten wir uns. Schlussendlich hatten wir gesiegt. Das Gesetz, das Recht, die Polizei, war als Gewinner dieser nächtlichen Auseinandersetzung hervorgegangen, die sich an diesem Tag um drei Uhr nachts in Fußach abgespielt hatte. In den nächsten Wochen erfuhren wir, dass der Zuhälter, mit dem wir zu tun hatten, meist mit einem Revolver bewaffnet war. Der Revolver, ein 357 Magnum Revolver, war später bei einer

Hausdurchsuchung sichergestellt worden. Er hatte diesen Revolver sicher auch in dieser Nacht bei sich. Unser Widersacher war einige Zeit später in eine Schießerei unter Zuhältern mit zwei Toten verwickelt. Deswegen wurde er auch verurteilt, unser Widerstand aus dieser Nacht wurde nebenher mitverhandelt und stellte nur eine ziemlich unwichtige Sequenz in dem Gerichtsverfahren dar. So ganz ungefährlich war unser nächtlicher Einsatz doch nicht gewesen. Am Rande bemerkt: Auch diese Prostituierte, mit der wir es hier zu tun hatten, wurde einige Jahre später in Italien ermordet.

War es wirklich Mord ?

Es muss so im zweiten Drittel der 80-iger Jahre gewesen sein. Der Straßenstrich war durch dauernde Gendarmeire-Streifen und hohe Strafen zurückgedrängt worden, das Dirnen- und Zuhältermilieu hatte sich drauf eingestellt und war in Privatwohnungen ausgewichen, wo nun dem horizontalen Gewerbe gefrönt wurde.

Die Wohnungen waren auf den Gendarmerieposten in etwa bekannt, die Bekämpfung der in Vorarlberg illegalen Prostitution war schwieriger geworden. Wenn es keine Nachbarn gab, die das Ganze mit Argwohn beobachteten und laufend Anzeigen erstatteten, war die Wohnungsprostitution gar nicht mehr so einfach aufzudecken und anzuzeigen.

Dennoch, wo das Dirnen- und Zuhältermilieu Einzug hielt, da war auch Gewalt, Betrug, Streit und Tod ein ständiger Begleiter.

Ich glaube, es war im späten Dezember, da kam eine Verständigung herein, ich war damals in Lochau, in der Klausmühle, in einer amtsbekannten Wohnung sei ein massiver Streit im Gange, eine Person sei leblos. Ich weiß nicht mehr genau, wie der Wortlaut hieß, ich glaube, die Anzeige langte über die Funkleitstelle Rhein bei mir ein.

Damals war eine Dienststelle wie Lochau mit einem Mann, also mir, besetzt. Wenn Unterstützung benötigt wurde, wurde die Funkstreife gerufen, die auch zu diesem Vorfall anrückte – damals zu dritt. Wenn ich mich recht erinnere, war Josef E. bei der Funkstreife dabei. Er kannte die Milieuwohnung der besagten Person auch.

Ich kam als erstes bei der Wohnung an. Ich traf auf einen total konsternierten Zuhälter, der sich in der Küche sein Gesicht wusch und keuchte. Er hatte offenbar ein zerschmettertes Nasenbein und blutete wie, eben wie ein Schwein. Völlig unwirklich lag auf dem Fußboden ein Mann, reglos, die Rettung war ebenfalls hier, versuchte ihn zu reanimieren. Es war offenbar eine südländische Person, mit schwarzem gekrausten Haar, groß, kräftig, aber leblos. Der Zuhälter war ihm körperlich eher unterlegen, meiner ersten Grobeinschätzung nach. Trotzdem hatte er ihn „niedergemacht". In kurzen Worten schilderte die ebenfalls anwesende Prostituierte, die später ein Opfer des berühmten Jack Unterweger wurde, warum ihr Zuhälter mit dem Kunden in Streit geraten sei. Der Kunde sei zu brutal zu ihr geworden und sie habe ihren Mann, ihren Zuhälter, der im Nebenzimmer gewesen sei, gerufen. Daraufhin hätte der Kunde ihren Mann angegriffen, der mit einem Knüppel auf den Kunden eingeschlagen habe. Der Kunde habe ihrem Mann einen schweren Faustschlag ins Gesicht verpasst, worauf der Kunde von ihrem Mann am Hals gepackt und gewürgt wurde, bis er Ruhe gab. Der Kunde war nicht mehr zu retten, die Reanimation funktionierte nicht, er war tot.

Der angetroffenen Situation nach und der Schwere der Verletzung des Zuhälters nach konnte ich nachvollziehen, dass er im Kampf der Stärkere war. Er hatte die Auseinandersetzung als Sieger beendet, der Kunde war dem Ganzen zum Opfer gefallen.

Der Fall wurde von der Kriminalabteilung übernommen, der Zuhälter verhaftet und wegen Mord angezeigt.

Ich konnte es nicht glauben, für mich war es kein Mord. Für mich war das Ganze augenscheinlich maximal eine Notwehrüberschreitung. Der Zuhälter hatte meiner Meinung nach um sein Leben gekämpft. Er war zwar nicht in den Kampf gegangen, um selbst Schläge einzustecken, aber er war meiner Meinung auch nicht in den Kampf gegangen, um den anderen umzubringen, mehr, um ihm eine Abreibung zu verpassen.

Dass alles so endete, war sicherlich nicht in seiner Absicht.

Schlussendlich kam es zu einer Gerichtsverhandlung. Der Zuhälter wurde nicht wegen Mordes, sondern wegen Körperverletzung mit tödlichem Ausgang angeklagt. Das konnte ich besser nachvollziehen. Ich machte meine Aussage und schilderte meine vorstehend dargelegten Wahrnehmungen, musste mir aber im Anschluss an die Verhandlung schwere Misstöne eines Kollegen der Kriminalabteilung anhören, weil ich nicht ausgesagt hatte, dass es Mord war.

Ich konnte ihn damals nicht verstehen und ich verstehe dieses Rechtsempfinden auch heute noch nicht.

Ihm ging es nur darum, dass ein Zuhälter eingesperrt werden konnte, möglichst wegen Mord, möglichst

lange. Ob er es verdient hatte war egal. Mir war wichtig, dass Recht gesprochen wurde, diese Anschauung habe ich auch heute noch nicht verloren, obwohl ich im Nachhinein seine damalige Anschauung besser verstehen kann.

Der Zuhälter wurde zu 10 Jahren verurteilt, das war die Höchststrafe für diese Tat.

Seine Frau, wurde, wie bereits erwähnt, in den 90-iger Jahren, vom berühmt berüchtigten Serienmörder Jack Unterweger im Lustenauer Ried umgebracht.

Wo ist mein Kind ?

Meine Kinder waren schon aus dem Gröbsten heraus, zumindest die Großen. Dass wir später nochmals einen Sohn bekommen, einen Nachzügler, wusste ich damals noch nicht, als sich dieser äußerst schlimme Vorfall ereignete:

Wieder einmal hatte ich auf dem verschlafenen Posten, einem kleinen Vorort zu einer Kleinstadt mit knapp 6000 Einwohnern Dienst, bei dem ich allein für die Sicherheit der Einwohner dieser Gemeinde und einer weiteren Kleingemeinde zuständig war. Das war nichts Besonderes. Allein für die Sicherheit für so viele Leute verantwortlich zu sein war ein gutes Gefühl. Soviel Vertrauen hatte die Bevölkerung in die Arbeit der Polizei (damals der Gendarmerie). Wie ein Sheriff in Amerika, Herr darüber, was in meinem Gebiet so alles ablaufen darf.

Es war ein relativ warmer Spätsommertag, September, Samstagnachmittag. Viele Leute arbeiteten noch in ihren Gärten oder machten sich Brennholz zurecht. Es gab viele Einzelhäuser in meinem Überwachungsrayon, alles ziemlich ländlich. Die meisten Häuser befanden sich im flachen Gemeindegebiet, doch in Richtung Hausberg waren auch zahlreiche Häuser in guter Lage errichtet, obwohl es eigentlich hieß, dass man am Hang dieses Berges gar nicht bauen dürfte. Dort wohnten die etwas Betuchteren, jedenfalls die, die für ihre Häuser etwas mehr Geld ausgeben konnten und wollten. Das war auch die Gegend, in der die Vorfälle nicht zu Hause waren. Das heißt, der Großteil unserer Arbeit war nicht dort, denn dort verhielten sich die Leute meist mustergültig und für die Polizei gab es dort kaum oder sehr wenig Arbeit.

Darum wunderte ich mich, dass ich gegen 14.00 Uhr einen Anruf einer Frau erhielt. Sie erklärte mir mit kurzen, bestimmten, aber ruhigen Worten, dass sie in dieser, wie vorher beschriebenen Hanglage wohne, und ihre dreijährige Tochter verschwunden sei. Allerdings sei sie nun schon mehr als eine halbe Stunde verschwunden und sie mache sich ernsthaft Sorgen, weil sie schon rundherum nach ihr gesucht, aber nicht gefunden habe.

Ich maß dem Anruf keine besondere Dramatik oder Dringlichkeit zu, da der Anruf sehr gefasst und in keiner Weise beunruhigend wirkte. Ich nahm an, dass aufgrund der Einschätzung der Mutter nur angenommen wurde, dass das Kind in der Nähe ihres Hauses offenbar einen Erkundungsgang machte und ohnehin gleich wieder zu Hause sein würde.

Ich beschwichtigte die Frau und sagte ihr, dass ich umgehend eine Suchaktion einleiten werde. Sie möge mich aber sofort unterrichten, wenn das Kind wieder auftauchte.

Eine kurze Analyse meinerseits mit der Annahme einer Wahrscheinlichkeit, was wohl passiert sein könnte ging mir durch den Kopf:

- Eine Entführung in dieser Gegend → eher unwahrscheinlich
- Einen Spielkameraden getroffen und die Zeit vergessen→ sehr wahrscheinlich
- Ein Unfall → möglich

Ok, eine Suchaktion war angesagt, um alle Möglichkeiten des Verschwindens zu erkunden und die erforderlichen Maßnahmen zu setzen:

Feuerwehr verständigen, umliegende Dienststellen um Unterstützung ersuchen, Vorgesetzte unterrichten, Hubschrauber verständigen, Hundeführer in den Dienst holen !

Meine Maßnahmen wurden eine nach der anderen in die Tat umgesetzt. Insgeheim hoffte ich jede Minute, dass die Mutter gleich anruft und mitteilen würde, die Kleine sei nach Hause gekommen. Es habe sich alles aufgeklärt. Leider rief sie nicht an. Es war nun wirklich schon verdächtig lange, eine Dreijährige, die in dem Gebiet abgängig war, sie müsste doch längst irgendwo aufgefallen sein.

Ein Auflauf von Menschen hatte sich bereits in der Parzelle versammelt, überall wurde gesucht, der Hubschrauber kreiste tief über dem Hang. Die Besatzung suchte intensiv mit. Das berührt jeden wenn eine Dreijährige abgängig ist und erst recht in so einer Gegend. Bei den meisten Häusern waren Zäune um die Grundstücke gezogen. Da konnte niemand hinein. Wir läuteten bei jedem Haus und fragten nach oder fragten die Leute in ihren Gärten, wenn sie draußen waren. – Nichts !

Sie konnte doch nicht spurlos verschwunden sein.

Ich begab mich zur Mutter zu ihrem Wohnort am Hang, falls das Kind doch zurückkommt. Sie konnte den Funkverkehr mithören, die intensive Suchaktion, die Meldungen, wo schon überall nach ihrem Kind gesucht worden war.

Der Helikopter kreiste über uns. Die Besatzung wies die Suchmannschaften an, weil sie aus der Vogelperspektive mehr sehen konnten als wir am Boden. Der Pilot teilt mit, man möge bei einem Grundstück ganz in der Nähe des Hauses der Eltern des verschwundenen Kindes bei einem Swimmingpool nachsehen. Dort sei eine Plane über den Pool gespannt. Mir lief es heiß und kalt über den Rücken. Ich durfte der Mutter nicht zeigen, was ich gerade dachte. Sie bekam am Funk mit, was gesprochen wurde. Sie verstand zwar nicht alles, was gesprochen wurde, da die fremdartig verzerrten Stimmen am Funk nur schwer verständlich sind, aber den Inhalt bekam sie mit. Völlig aus dem Häuschen schrie sie plötzlich, nun doch die Fassung verlierend: „Wo ist mein Kind?" Ihr zuerst gefasstes und eigentlich ruhiges Gesicht wechselte die Mimik zu einer völlig fassungslosen und verzweifelten Fratze. Sie ahnte offenbar die schreckliche Nachricht, die gleich folgen und ihr in absehbarer Zeit Gewissheit über den Verbleib ihrer Tochter bringen würde.

Die Bodenmannschaften der Feuerwehr waren rasch an der angegebenen Stelle. Der Hubschrauber landete in der Nähe des Grundstücks mit dem Pool an einer ebenen Stelle des Hanges, bei dem ich nie geglaubt hätte, dass er hier überhaupt landen konnte.

In einer kurzen Meldung vom Hubschrauberpiloten an mich gab er durch: „Kind geborgen – es war unter der Plane – kein Lebenszeichen - Rettungsflug ins Krankenhaus wird durchgeführt! "

Ich war froh, dass sich die Besatzung relativ vorsichtig ausgedrückt hatte. Die Mutter stand immer noch neben mir. Sie schien wieder ihre Fassung gefunden zu haben. Sie war völlig ruhig. Schuldgefühle waren ihr anzusehen. Sie machte sich Vorwürfe, warum sie nicht besser aufgepasst hatte. Allerdings hatte sie Hoffnung, obwohl wir beide wussten, es konnte nur zu spät sein. – Und ⁻ es war zu spät.

Motorradfahrer gegen Moped

1982: Wieder einmal ein 24-Stunden Aufnahmedienst im verträumten Ort Lochau, Nachbarort von Hörbranz im Leiblachtal im Norden von Vorarlberg. Tagsüber sind die üblichen Vorfälle, Verlust eines Führerscheines, ein Fahrraddiebstahl und sonst ein paar Kleinigkeiten. Ich war allein. Wieder einmal alleiniger Verantwortlicher für die Sicherheit in Lochau und Eichenberg. Gelegentlich halfen wir den Hörbranzer Kollegen aus, die eine gleich große Dienststelle hatten und umgekehrt natürlich auch.

Wie gesagt, mein Dienst dauerte von 08 Uhr morgens bis zum nächsten Tag um 08 Uhr. Den Großteil des Tages war ich allein. Auch den Nachtdienst trat ich allein an. Das war immer so auf kleinen Dienststellen und änderte sich erst im Jahr 1993 mit einer neuen Dienstzeitregelung.

In Hörbranz hatte mein Kollege D. Dienst.
Er war etwas jünger und etwas unerfahrener als ich. Wie meistens, wenn einer von den Jungen Dienst hatte, hoffte er, dass vor Mitternacht noch eine ausgiebige Streife in seinem und in meinem Rayon gefahren würde. So machten wir es auch an diesem Tag.
Es war ein normaler Werktag, ich glaube ein Donnerstag. Normalerweise waren die Nächte im Leiblachtal eher ruhig. Mit der Ruhe in der Nacht im Leiblachtal war es erst vorbei, als im Bereich der Gemeindegrenze zwischen Lochau und Hörbranz eine große Diskothek gebaut wurde. Sobald es in einem Rayon eine Nachtbar oder eine Diskothek gibt, schnellen die relevanten Vorfälle um ein vielfaches hinauf. Diese Diskothek gab es aber damals noch nicht.

Es gab vorerst nichts Besonderes. Doch plötzlich durchriss ein Funkspruch diese relativ ruhige Nacht.

„Verkehrsunfall mit einem Motorradfahrer, B 190, Gemeindegrenze Lochau-Hörbranz! Fahrzeug brennt! War der kurze Funkspruch Die Feuerwehr sei verständigt. Was würde das schon Wildes sein? alberten wir herum. Ein Motorrad würde brennen - na und? Dass ein Motorrad überhaupt brennen konnte?

Trotzdem rasten wir einsatzmäßig zur Unfallstelle zur B 190 (damals waren die Hauptstraßen noch in der Bundesverwaltung und hießen daher „B" – jetzt heißen sie „L" für Landesstraße), unmittelbar an der Gemeindegrenze zwischen Lochau nach Hörbranz. Kurz über dem Ruggbach, auf Höhe der Chemiefirma Deuring war der Unfall. Ich war froh, dass es nicht mein Vorfall war, den ich bearbeiten musste. So hatte ich nur Unterstützungsfunktion und „action"- so wie es sein sollte. Es war immer schon so, dass man als Polizist lieber den anderen beim Aufnehmen von Sachverhalten half als selbst der Bearbeiter zu sein. Dann hatte man nämlich nach dem Vorfall keine Arbeit mehr. Die Bevölkerung sieht die Polizei nur auf der Straße beim Aufnehmen von Vorfällen, oder beim Abstrafen von Tatbeständen, nicht aber bei den folgenden Schreibarbeiten, die sich nach einem Ereignis türmen.

Wir waren jedenfalls innerhalb von wenigen Minuten an der Unfallstelle. Als wir ankamen: Tatsächlich, ein Motorrad brannte lichterloh. So wie ich es mir nie für möglich gehalten hätte, dass ein Motorrad brennen konnte. Meterhohe Flammen, mindestens 5 Meter schossen die Flammen in hellem Feuer gerade nach oben, sehr heiß, es gab nur wenig Rauch. D. stellte das Dienstfahrzeug mit eingeschaltetem Blaulicht zur

Absicherung ab (wir fuhren damals 2-er Golf), dass es zu keinen Folgeunfällen kommen sollte. Wir näherten uns der eigentlichen Zusammenstoßstelle bzw der Stelle, wo die Unfallendlage war. Oh nein ! Was sah ich da unter den Flammen. Der Motorradfahrer lag mit dem Gesicht nach unten unter dem brennenden Motorrad. Er bewegte sich nicht und Schreie hörte ich auch nicht – zum Glück. Er musste tot sein, dachte ich. Diese Hitze konnte keiner überleben, auch nicht kurze Zeit. Ich näherte mich auf ca 7 m und spürte, dass man aufgrund der Hitze nicht näher heran konnte. Zu heiß. Es pfiff und knallte, vermutlich die Reifen und zwischendurch Geräusche, wie beim Grillen – schauderhaft. Ich sah, wie eine dickflüssige Masse aus dem still liegenden Kopf quoll und beim Auftreffen am Boden fest wurde. Diese Wahrnehmungen waren nur Bruchteile von Sekunden, aber sie sind immer noch in meinem Kopf, auch jetzt, 35 Jahre später. Ich habe das Gefühl, als dauerten diese Augenblicke viel länger als es in der Realität war. In der Realität waren es nur Sekundenbruchteile.

Ich rannte zum nahe gelegenen Kiosk (ca 50 m entfernt) und riss dort einen Feuerlöscher von der Wand, ohne lange zu fragen und dann rannte zurück zum Unfallort. In unseren Dienstfahrzeugen hatten wir damals noch keine Feuerlöscher. Auf dem Weg dorthin warf ich meine weiße Dienstmütze, in das angrenzende Wäldchen, da sie mich beim Rennen beeinträchtigte. Normalerweise behalte ich meine Mütze immer auf dem Kopf, nur selten entledige ich mich ihrer. Ich sage immer: „Wenn die Mütze vom Kopf fällt, ist es zu weit gegangen." Ich brauchte nur kurze Zeit, bis ich zurück war. Ich sprühte ein paar Mal mit dem Pulverlöscher in die Flammen bzw auf das brennende Fahrzeug und versuchte, den darunterliegenden

Körper nicht zu stark zu treffen, um ihm nicht die Luft zu nehmen. So ein Blödsinn, dachte ich später. Er war ohnehin schon
tot. Trotzdem versuche ich, nicht auf den Körper zu sprühen.
Überraschend schnell ließen sich die Flammen ersticken. Ich
kam dabei nicht näher als auf 3 Meter heran. Es war immer
noch alles so heiß. Möglicherweise würde das Fahrzeug erneut
beginnen zu brennen war mein Gedanke. Aber es blieb gelöscht.
Nun kam die Feuerwehr an. Ich war froh, dass sie kam, obwohl
schon gelöscht war. Mit mehreren Stößen Wasser aus dem
Sprührohr wurde das Fahrzeugwrack heruntergekühlt. Auch
die Rettung traf ein und weitere Gendarmen, die sogenannte
Funkpatrouille. Ich weiß noch, dass W. R. mit dabei war, er ist
auch auf dem Foto.

Die Feuerwehr löschte das Gewirr aus Schrott gänzlich und der verunglückte Motorradfahrer konnte endlich unter dem Fahrzeug herausgezogen werden. Er war tot. Ich war so froh, dass er bei unserem Eintreffen nicht mehr geschrien hatte. Später erfuhr ich, dass der Motorradfahrer lediglich einen Beinbruch erlitten hatte. Keineswegs eine tödliche Verletzung. Er war also tatsächlich, vermutlich bei Bewusstsein, verbrannt. Das war ein grausamer Tod. Wir konnten nicht helfen.

Wir versuchten nun, die eigentliche Polizeiarbeit aufzunehmen. Ich musste husten. Ich hatte wohl einiges Pulver vom Löscher eingeatmet oder Rauch? Jedenfalls war mir etwas schwindlig. Doch das interessierte niemanden, ich sagte es aber auch niemandem und brauchte mich nicht zu wundern, dass es niemand bemerkte. Trotzdem versuchten wir, Licht in den Unfallverlauf zu bringen. An der Unfallstelle befand sich eine leichte Kuppe. War der Motorradfahrer möglicherweise zu schnell auf diese Kuppe zugefahren und ins Schleudern geraten und gestürzt? Bei der genaueren Besichtigung des Wracks fanden wir bald die Lösung. In dem zerschellten und verbrannten Haufen fanden wir die Überreste eines zerrissenen Mofas.

Er musste auf ein Moped aufgefahren sein. Bei der Besichtigung der schlecht sichtbaren Spuren auf dem Boden, sie waren im Dunkeln nur schlecht zu sehen, kamen wir drauf, dass das Moped auch gefahren sein musste. Offenbar hatte ein Mopedfahrer kurz nach der Kuppe die B 190 in Richtung See überquert. Doch, wo war der Mopedfahrer? Es waren schon mehr als 5 Minuten vergangen, seit wir das Motorrad erfolgreich löschen konnten. Nun begannen wir mit der Suche nach dem Mopedfahrer.

Wir brauchten nicht lange zu suchen. Wir fanden ihn auf der B 190. Er lag am gegenüberliegenden Fahrbahnrand auf dem Fahrradstreifen. Weil dort keine Straßenbeleuchtung war und er dunkel gekleidet war, hatten wir ihn nicht gleich entdeckt. Sein Körper lag bäuchlings auf dem Boden. Auch sein Kopf lag, wie hingelegt, auf dem Gesicht. So konnte ein Kopf normalerweise gar nicht liegen, er würde normalerweise immer zur Seite fallen. Er lag genau auf der Nase. Er lag so und war offenbar leblos. Die Rettung war bereits zur Stelle und kümmerte sich um ihn. Kein Lebenszeichen. Auch er war tot.

Wir fertigten zur Dokumentation einige Fotos an. Ich habe sie mir oft wieder angesehen und mir Vorhalte gemacht. Warum, hatten wir keinem von beiden helfen können? Der eine war sicher schwierig zu löschen. Hätten wir ihn nicht vielleicht doch noch unter dem brennenden Motorrad herausziehen können?

Wenigstens den Mopedfahrer hätten wir retten können, denke ich mir manchmal. Wir hätten ihn schneller finden müssen ! Leicht gesagt, es war nicht so.

Nach unserem nächtlichen Einsatz trennten sich mein Kollege D. und ich und wir traten unsere Bereitschaftszeit auf den eigenen Dienststellen an.

Das war eine der ersten Nächte, in denen es mir schwer fiel, das Erlebte so zu verarbeiten, dass ich nachher abschalten konnte. Ich war nun doch schon lange dabei, immerhin schon 5 Jahre im Außendienst. Da würde man wohl einmal nicht so gut abschalten können ? Das brachten die Ereignisse halt mit. Mit D. habe ich über den Unfall später nie wieder gesprochen. Wie er wohl den Unfall verarbeitet hat ?

Es ergab sich allerdings auch kaum mehr die Gelegenheit, das Erlebte mit ihm zu besprechen. Er war bald im Innendienst, in unserer „Tintenburg" verschwunden, wie so viele, wie ich es schon erwähnt habe. Und wenn wir uns getroffen haben, ist mir dieses intensive gemeinsame Erlebnnis nie eingefallen. Das kommt immer nur dann, wenn ich alleine bin und den Dienst Revue passieren lasse.

Überbringen einer schlimmen Nachricht (intern)

Es war ein ungemütlicher Herbsttag, die Nebel machten den Nachtdienst zu einem missmutigen Begleiter der Sektorstreife. Die Sicht nicht besonders, die Straße so halb trocken, halb feucht, einfach unangenehm, um Dienst zu machen. Die kalte Jahreszeit war angebrochen und dennoch tagaus – tagein, jeden Tag eine Doppelbesatzung für die Sektorstreife, zwei Polizisten auf Streife, die ihr Bestes geben, wenn es erforderlich ist, die sich aber auch zurücknehmen können, wenn kein Bedarf besteht.

Eine Mischung aus halbjung und jung hatte es heute zum Nachtdienst getroffen. Der halbjunge Polizist, eigentlich erfahren und umsichtig, ein ausgemusterter Cobra Beamter, der seine Höhen im Außendienst bereits in sehr jungen Jahren präsentieren konnte und es auch machte. Außerdem ein ausgezeichneter Sportler. Der zweite, ein unscheinbarer, sehr ruhiger junger Bursch, umsichtig und nett, noch ohne viel Diensterfahrung.

Eine gute Mischung, genauso wie es die Bevölkerung braucht, um für alle Eventualitäten das Richtige zu wissen.

Ein Funkspruch durchbricht die Stille der Nacht, zerreißt virtuell den Nebel und die ungemütliche Streife. „Rauchentwicklung beim Holzlagerplatz" einer großen Firma in Hörbranz.

Dem Erfahrenen schießen viele Gedanken durch den Kopf. Feuerbekämpfung im Anfangsstadium ist noch mit guten Erfolgsaussichten möglich, also rascher Einsatz, rasche Erkundung. Also einsatzmäßig zum Brandort. Es ist nicht so ganz klar, ob es keine Nebelschwaden sind, oder ob es wirklich Rauch eines Feuers ist, alles ist noch völlig unklar. Der Anzeige ging jedenfalls von einem Feuer aus, also muss etwas dran sein.

Es vergeht keine Minute, bis die beiden Polizisten am vermeintlichen Brandobjekt eintreffen.

Ein hoher Zaun umschließt das Firmengelände, auch im Torbereich. Eine Erkundung von innen ist unbedingt erforderlich.

Eine gute Gelegenheit für den Ex-Cobra Mann, seine Fähigkeiten im Überwinden von hohen Hindernissen, vor dem jungen Beamten auch jetzt noch unter Beweis zu stellen. Das Eisentor war ca 2,20 m hoch und nicht für jedermann leicht zu überklettern.

Hinaufgehebelt, das Tor angesprungen, hochgezogen, Beine nachgezogen und Absprung nach innen.

Alles klappte bestens, bis auf ein kurzes Versehen. Das Überwinden des Hindernisses hatte nicht mal 10 Sekunden gedauert. Beim Absprung hatte A. jedoch ein eigenartiges Klacken gehört und schon sekundenbruchteile nach seinem Aufsprung im Inneren des Objektes stellten sich extreme Schmerzen an seiner Hand ein.

Er hatte sich beim Hinunterspringen mit dem Ehering in einem stählernen Kantenschutz an der oberen Kante des Tores verfangen, war voll in den Ringfinger gesprungen und hatte sich den Finger zwischen dem 2. Glied und der Handwurzel abgerissen.

Der vermeintliche Brand war zu einem Dienstunfall geworden, der es natürlich nicht zuließ, die Streifentätigkeit fortzusetzen.

Die Feuerwehr traf ein, stellte fest, dass es sich bei dem angeblichen Rauch nur um Wasserdampf aus der hauseigenen Trocknungsanlage des Holzlagerplatzes gehandelt hatte. Der Einsatz war mehr als unnötig, aber was weiß man vorher?

Jedenfalls fuhr der junge Beamte mit dem schwerverletzten Polizisten nun einsatzmäßig nach Bregenz ins Krankenhaus. Den ausgerissenen Finger verstaute er in der Dienstmütze und Minuten nach dem Unfall waren sie bereits in bester Behandlung im damaligen UKH Bregenz.

Der Finger konnte leider nicht gerettet werden.

Die Geschichte ist zwar tragisch, aber eine doch eher alltägliche Situation, wenn man mit Blaulichtorganisationen zu tun hat.

Allerdings berührte mich der Vorfall doch über das Maß hinaus. Der Ex-Cobra Mann war verheiratet, hatte ein Kind, die Frau war, soviel ich mich erinnere gerade beim zweiten Kind schwanger.

Noch in der Nacht, nachdem mich meine Kollegen von dem Unfall verständigt und ich mit dem Verunfallten selbst ein Gespräch geführt hatte, war die Überlegung, wie und wann ich die Verständigung seiner Frau durchführen sollte. Mit dem verletzten Kollegen machte ich aus, dass die Verständigung erst in der Früh erfolgen soll.

Nun war es so weit, es war Morgen, ich hatte die unangenehme Pflicht, die Nachricht von dem Unfall der schwangeren Frau des Kollegen zu überbringen.

Viele Gedanken schossen mir durch den Kopf. Er wohnte in einem kleinen Einfamilienhaus in der gleichen Gemeinde, in der er Dienst machte.

Schon beim Hinfahren würde sie mich sehen. Wenn ich zu zweit komme und er nicht dabei ist, würde sie sich das Schlimmste ausmalen. Ich kam mir vor, wie die Männer, die ich aus Filmen kenne, die in Kriegen die Todesnachrichten von gefallenen Soldaten überbringen. Es war eine scheußliche Situation. Und ich war allein. Es wäre auch kein weiterer Beamter anwesend gewesen, kleinere Dienststellen sind oft nur mit einem Mann besetzt.

Der Verletzte hatte mir zudem den Ehering mitgegeben, er wollte, dass ich ihn seiner Frau gebe. Ich hatte das Gefühl, als er mir die Überbringung der Nachricht überließ, dass er froh war, dass er das nicht selbst machen musste.

Ich war überfordert, wusste nicht, wie ich mich verhalten soll. Ich klingelte. Seine Frau öffnete und sah mich ungläubig an. Ich sagte ihr, dass in der Nacht ein Unfall mit ihrem Mann passiert sei. Er sei im Krankenhaus. Ich konnte nicht weitererzählen, sie hörte nicht, was ich weiter sagte. Sie hatte ihren Kleinen auf dem Arm.

Sie schluchzte, begann zu weinen, Tränen rannen über ihr Gesicht. Furchtbare Augenblicke, die man ertragen muss.

Erst nach und nach fing sie sich, hörte wieder, was ich sagte, dass er zwar schwer verletzt aber nicht in Lebensgefahr sei.

Langsam begann sie zu realisieren, dass der Unfall, der passiert war, zwar schlimm, aber nicht lebensbedrohlich war. Die Minuten davor, als sie nichts mehr registrierte, waren aber schrecklich, für sie und mich, und kamen mir wie eine Ewigkeit vor.

Wie furchtbar muss es erst sein, wenn man eine noch weit schlimmere Nachricht über ein Unglück eines Kollegen an nahe Angehörige überbringen muss?

Doppelmord

1982: Ich hatte Funkpatrouille. So hießen die bezirksweiten Streifen damals von Mitte der 60-iger Jahre bis zum Jahr 1993, als drei Beamte von verschiedenen Dienststellen miteinander auf Streife fuhren und den Zweck hatten, bei Vorfällen die Dienststellen zu unterstützen.

Beginn 19.00 Uhr – Ende 04.00 Uhr, an Samstagen Dienstende 05.00 Uhr. Wir waren schon beieinander, einer vom Gendarmerieposten Bregenz, einer von Wolfurt und ich aus Lochau, wo ich zum damaligen Zeitpunkt Dienst verrichtete.

Zuerst wieder einmal den gewohnten Kaffee zu Dienstbeginn, den eigentlich gar keiner mochte. Aber es war so Brauch, dass vor Antritt einer Streife Kaffee getrunken wurde. Keiner sagte nein, obwohl so viel Kaffee gar nicht gut ist.

Wir hatten ihn kaum ausgetrunken, also kurz nach 19.00 Uhr, rief uns die Leitfunkstelle „Rhein": „Schießerei in Lauterach, Wolfurter Straße 27 ! – Zwei Verletzte !"

Mit unserem weißen VW Passat – Kombi (Funkpatrouillenfahrzeuge waren etwas stärker als die normalen Streifenfahrzeuge), rasten wir mit eingeschaltetem Blaulicht und bei Erfordernis auch mit dem Folgetonhorn mit hoher Geschwindigkeit auf der Bundesstraße 190 von Lochau über Bregenz nach Lauterach. Wir wussten noch nicht mehr über den Vorfall und wurden auch während unserer Fahrt nach Lauterach mit keinen weiteren Informationen versorgt. Die Funkgeräte waren damals übrigens schon die gleichen, die auch heute noch in

Verwendung sind. Wo der Tatort lag, war uns einigermaßen bekannt – die Wolfurterstraße ist die Verbindungsstraße vom ehemaligen Gendarmerieposten Lauterach in Richtung Wolfurt. Ein Navigationsgerät gab es damals nicht.

Es dauerte acht bis zehn Minuten bis wir am Tatort eintrafen. Die Rettung war bereits anwesend. Auch der Beamte des tatortzuständigen Gendarmeriepostens Lauterach, S. R., war bereits da und versuchte, aus der angetroffenen Situation Licht ins Dunkel zu bringen. Niemand wusste etwas Genaueres. Am Anfang wusste keiner, wer geschossen hatte, wer die Verletzten waren. S. vom Gendarmerieposten Lauterach kam die Stiege herunter und sagte: „Der ist tot!" Er wies hinauf zu einem Raum, aus dem Klagen und Schreien, wie aus Filmen über Unglücke bei südländischen Familien bekannt, zu hören war. Wir waren in einer sogenannten „Gastarbeiterburg", einem alten Bauernhaus, das von mehreren jugoslawischen Gastarbeiterfamilien bewohnt wurde. Damals waren viele alte Bauernhäuser, die niemand mehr bewohnen wollte, oftmals bis zum Dach mit Gastarbeiterfamilien voll gepfercht. Jeder Winkel wurde vermietet. Das gab „gutes" Geld, so die damaligen Ansichten der Vermieter. Seitens der Polizei mussten wir oft in solchen Unterkünften nachsehen, ob die Wohnungen „ortsüblich" waren. Nur wenn ortsübliche Wohnungen angeboten wurden, durften Leute dort wohnen. Das war natürlich ein sehr dehnbarer Begriff. Doch zurück zum Ereignis. Es gab erhebliche Verständigungs-probleme. Jugoslawisch sollte man können. Ich warf einen kurzen Blick ins Zimmer, wo der Tote sein sollte. Das Zimmer entpuppte sich als Küche mit Essecke und ich sah auf einer, mit altem, grünen Stoff überzogenen Eckbank, eine Person schräg daliegen. Der Mann bewegte sich nicht. Eine Verletzung sah ich nicht. Ich verließ mich aber auf die Aussage des erfahrenen Beamten des Gendarmeriepostens Lauterach. Er war in seiner Freizeit ein hochrangiger Funktionär beim Roten Kreuz (wie konnte man neben den aufreibenden Diensten noch Zeit für eine derart intensive Freizeitgestaltung haben) und hatte gesagt, dass die Person tot sei.

Aufgeregt versuchten mir, die noch im Raum anwesenden zwei Frauen zu erklären, dass der Daliegende von einem Verwandten angeschossen worden sei. Ich versuchte herauszufinden, wo sich der Schütze befand. Erst nach längerem Hin und Her war für mich klar, dass der Täter gleich nach der Tat geflüchtet war.

Ich eilte nach unten, um eine Alarmfahndung auszulösen. Das Täterfahrzeug, der Name, alles war bekannt. Vermutlich war er aber schon über alle Berge. Er musste uns sogar entgegengekommen sein, als wir von Lochau in Richtung Bregenz fuhren, denn er dürfte in Richtung Deutschland geflüchtet sein.

Beim hinunter Rennen im Stiegenhaus traf ich auf die Rettungsleute, die auf einer Trage einen weiteren Gastarbeiter hinuntertransportieren. Dieser jammerte laut und klagte, dass er angeschossen worden sei. Ich sah bei ihm im Bereich der Hüfte, die von den Rettungsleuten freigemacht worden war, ein kleines Einschussloch und dachte mir noch. So ein Gejammer wegen so einer kleinen Verletzung. Doch das Klagen wurde schwächer. Dann trugen sie den Verletzten, der offenbar noch einen weiteren Schuss abbekommen hatte, ins Rettungsauto. Sie fuhren in Richtung Krankenhaus Bregenz. Ein Notarztsystem gab es, soviel ich mich erinnere, noch nicht. Später erfuhr ich, dass auch dieser Mann seinen Verletzungen erlegen war. Ich glaubte es kaum, da seine Verletzungen vorerst überhaupt nicht akut gewirkt hatten.

Auch diese Erfahrung musste ich noch öfter in meinem dienstlichen Leben machen. Gerade Verletzungen, die nicht so spektakulär aussehen, sind oft wesentlich schwerwiegender als
man sie einschätzt.

Wir halfen dem Beamten aus Lauterach weiter mit den ersten
Ermittlungen am Tatort, wurden dann aber von der Funkleit-
stelle zu einer Rauferei nach Vorkloster gerufen, wo dringend
Unterstützung benötigt wurde. Froh, den verworrenen Tatort
verlassen zu können, fuhren wir einsatzmäßig zum nächsten
Tatort.

Erst später realisierten wir, welch schwerwiegende Tat sich in
dem alten Haus in Lauterach abgespielt hatte. Ich dachte öfter
an die klagenden jugoslawisch stämmigen Frauen und auch an
die Kinder, die sich an dem Abend in den Räumen aufhielten
und die Streiterei bis zum Exzess unter ihren Verwandten miterleben mussten. Damals gab es keine weitere Betreuung
durch ein Kriseninterventionsteam oder sonstige ähnliche Organisationen.

Die Alarmfahndung hatte keinen Erfolg.

Etwa ein halbes Jahr später wurde der mutmaßliche Verdächtige in Jugoslawien verhaftet und vor Gericht gestellt. Ich
glaube, er fasste 6 Jahre wegen Totschlags aus.

Ein Holzerunfall

Wieder einmal so ein Tagdienst auf der kleinen Dienststelle in Lochau, eher einsam, ich war, wie so oft allein im Dienst. Ich hatte mir nichts Besonderes vorgenommen, es würde schon kommen, was kommen muss. Die Post unterschreiben, alles aufräumen, in unerledigten Akten wühlen und diese fertig stellen. Nur, wenn etwas anderes dazwischenkommt, dann wäre das zuerst an der Reihe.

Es war einer dieser nebligen Tage, im Tal Nebel, kalt, ungemütlich, je höher hinauf man kommt, umso eher könnte die Sonne durch diese undurchdringliche Schicht leuchten und wenigstens für ein paar Stunden das diesige Licht vertreiben und alles in bunte Farben mischen und den Herbst so zeigen, wie er in den Büchern beschrieben wird.

Wegen des Straßenlärms war nichts von den Holzarbeiten im Pfändergebiet zu hören. Zahlreiche Landwirte waren heute in den Wäldern unterwegs und nutzen den „guten Mond", um im richtigen Zeichen Holz zu schlagen und herzurichten.

Es war knapp vor 10 Uhr vormittags, als der Postbeamte, der im Pfändergebiet die Post zustellte, ich glaube er hieß Franz L. bei mir am Posten läutete und mitteilte, dass in einer abgelegenen Parzelle neben der Pfänderstraße (ich weiß heute nicht mehr wie sie hieß) ein Holzunfall geschehen sei. Er sagte, er bringe mich hinauf zur Unglücksstelle, weil ich die Stelle selbst nicht finden würde. Also fuhren wir los. Rasch – vielleicht war noch etwas zu machen. Zuvor verständigte ich noch die Rettung, damit auch diese ihre Kräfte losschicken konnte.

Über einen steilen unbefestigten Weg, etwa in der Mitte der Pfänderstraße, führte mich Franz immer weiter nach oben, die Sonne blinzelte etwas durch. Ich dachte mir – „herrlich, hier oben". Es war komischerweise ganz still im Wald. Nichts deutete auf ein Unglück hin, das sich hier abgespielt haben soll.

Wir erreichten das Ziel. Auf dem steinigen Weg gelangten wir zu einem Bauern aus der Gegend. Eine Masse von einem Mann, sicher 130 kg schwer, einen gewaltigen Umfang, ein Bär von einem Mann. Wie ein Haufen Elend saß er auf dem Boden und weinte bitterlich. Es war ein herzzerreißendes Weinen und Schluchzen.

Was war geschehen ? Als er sich nach Minuten einigermaßen gefangen hatte und erzählen konnte, was passiert war, teilte er mir in kurzen Worten mit, dass er zusammen mit einem Verwandten zum Holzrücken oben im Wald war. Sie hätten riesige Holzblöcke (8 bis 10 m lange Rundholzblöcke mit bis zu einem Meter Durchmesser, Fichten und Tannen) zu Tal gehievt, um diese auf dem Waldweg aufzuschichten und schließlich abholen zu lassen. Einer dieser Blöcke, tonnenschwer, habe sich selbständig gemacht und habe seinen Verwandten (ich glaube es war einen Schwager) erfasst und überrollt. Zum Unglück sei der Block auf dem jungen Mann zu liegen gekommen und hätte ihm die Luft geraubt. Es war ihm nicht möglich, den Holzblock wegzuräumen und seinen Brustkorb von dem schweren Holz zu befreien, damit er atmen konnte. Nicht einmal diesem bärenstarken Bauern war es möglich, diesen Holzblock wegzubringen und dem Verunglückten dadurch das Weiterleben zu ermöglichen. Der Tod eines Menschen tritt in der Regel nach ca 5 Minuten, nachdem er nicht mehr atmet, oder atmen kann, ein. Genauso war es auch bei diesem Holzer. Hilfe war in der notwendigen Zeit nicht möglich. Der junge Mann verstarb innerhalb kürzester Zeit an der Unglücksstelle. Er war noch gar nicht lange verheiratet und hinterließ eine trauernde Witwe. Ich kann mich noch an die Feuerwehrhochzeit erinnern, wo mit Pauken und Trompeten und mit allem was die Feuerwehr aufbieten konnte, die Hochzeit in der Pfarrkirche Lochau gefeiert worden war – und nun das – ein Schicksalsschlag, wie so viele.

Dieser schwere Schlag blieb nicht nur in der Erinnerung der Verwandten des Verunglückten, sondern auch beim Postbeamten Franz und auch bei mir, obwohl wir ihn eigentlich gar nicht besser kannten. Mit seinem Tod hatten wir ein ganz kleines Stück seines kurzen Lebens sehr intensiv miterlebt. Noch heute denke ich oft an diesen jungen Landwirt, der auf so tragische Weise sein blühendes Leben bei einem Holzerunfall verloren hat. Der Vorfall zeigte mir auch, wie gefährlich Holzarbeit sein kann. Auch diese Erfahrung habe ich mehrfach in meinem Leben durchgemacht.

Kuriose Tierschänder

Es war Frühsommer. Die Natur zeigte sich von der schönsten Seite. Die Bäume waren verblüht und das Vieh wurde auf die Weiden getrieben. So auch in dem Ort, in dem ich jetzt Dienst machte, in Lauterach. Der Ort hatte eine gute Mischung von Industrie und Landwirtschaft als Wirtschaftsmotoren. Am Rand der Gemeinde befand sich ein großes Riedgebiet, das teilweise auch landwirtschaftlich genutzt wurde. Auch hier waren die Rinder wieder auf der Weide. Nachts wurden sie in einen Stadel gebracht, wo sie Schutz vor der Dunkelheit und vor Regen hatten, damit sie sich nicht ihre Beine brechen sollten. Es war idyllisch, wie die Rinder vom Morgen bis zum Abend grasten. Am Morgen ließ sie der Bauer aus dem Stall, abends brachte er sie in den sicheren Stadel zurück. → Wie schnell so eine Idylle gestört sein konnte.

Der Bauer einer dieser Städel kam gegen 11 vormittags auf unsere Dienststelle. Er kam herein und wollte etwas mitteilen, was ihm offenbar unangenehm war. Es war ihm anzumerken, dass er Schwierigkeiten hatte, das zu melden, was er melden wollte. Aber es musste heraus.

Nach einigem Herumdrücken erklärte er, dass er im Ried einen Stall habe und darin mehrere Kühe stehen. Eine der Kühe sei verändert. Offenbar sei sie von einem Perversen gequält worden. Das sei aus ihrem Verhalten ersichtlich. Sie mache einen runden Rücken und sei offenbar innerlich im Geschlechtsbereich verletzt. Der Bauer ließ die Kuh kurzerhand in Absprache mit mir von einem Veterinär untersuchen, und richtig, es wurde eine Genitalverletzung festgestellt. Offenbar hatte der

Täter der Kuh einen stumpfen Gegenstand eingeführt und hatte sie dabei verletzt.

Wir machten vorerst ratlose Gesichter. Was sollte man da machen ? Einer der Kollegen nahm die Anzeige auf. Großes Rätselraten. Die Spurensicherung mit Gewinnung von DNA Material war damals noch nicht aktuell. Fingerabdrücke, Spuren und dergleichen waren in dem Stall nicht vorhanden. Was tun ? Das war ja nicht so eine alltägliche Geschichte, das war wieder einmal etwas Neues, bei dem keiner so richtig wusste, wie man die Sache angehen sollte.

Strom war übrigens in dem Stall auch nicht vorhanden.

Auch das Landeskriminalamt, das damals Kriminalabteilung hieß, wurde mit dem Fall befasst. Nach eingehenden Beratungen und Besprechungen wurde beschlossen, trotz des an sich nicht besonders schwerwiegenden Verbrechens, das allerdings bei der Bauernschaft für einige Unruhe sorgte, eine technisch ausgefeilte aufwändige Falle zu bauen, um dem allfälligen Täter, der vermutlich wieder zuschlagen würde, habhaft zu werden. Damals, es war Anfang der 90-iger Jahre, waren die technischen Möglichkeiten noch bei weitem nicht so fortschrittlich wie heute.

Es vergingen nur einige Tage und die Falle schnappte zu. Als der Alarm durchkam, wurde das besagte Objekt von mehreren Streifen gezielt angesteuert und der Tatverdächtige konnte nackt in eindeutiger Pose gestellt und verhaftet werden. Die Scham beim Täter war groß, der Erfolg der Gendarmerie konnte sich sehen lassen. So rasch hatte die Falle zugeschnappt, fast schon zu einfach. Egal – wir hatten den Verdächtigen und die Bauern und die Kühe konnten wieder ruhig schlafen.

Die Falle wurde entfernt und das Leben konnte seinen Gang nehmen, wie gewohnt.

Wir glaubten es kaum, als der gleiche Bauer nur einige Tage später wieder auf den Posten kam und neuerlich Anzeige erstattete, dass genau die gleiche Kuh wie beim letzten Mal, die offensichtlich verletzt war, neuerlich so einen komischen Buckel mache. Eine neuerliche Untersuchung ergab, dass der Sodomist offenbar neuerlich zugeschlagen hatte.

Wir dachten uns: „So dreist kann doch ein Täter gar nicht sein, das gibt es doch gar nicht!" Wie die alte Polizistenweisheit schon sagt: „Es gibt nichts, was es nicht gibt", machten wir uns wieder an die Arbeit, überprüften das Alibi des ersten Täters, das standhielt und ihn als Täter ausschloss und errichteten die bereits abgebaute Falle neuerdings. Sie hatte ja gut geklappt und warum sollte sie nicht neuerlich zuschnappen.

Gesagt, getan. Wiederum mit großem technischen Aufwand wurde die Falle wieder aufgestellt. Es verging genau einen Tag, bis sie neuerlich zuschnappte und der Tatverdächtige geschnappt werden konnte. Obwohl wir alle vermuteten, dass bei der Alibibeschaffung des ersten Verdächtigen sicher etwas faul war und der Ersttäter neuerlich zugeschlagen hatte, wurden wir alle eines Besseren belehrt. Es war ein völlig anderer zweiter Täter, der innerhalb von zwei Wochen in dem gleichen Stall bei der gleichen Kuh sein perverses Verlangen stillen wollte.

Wir wunderten uns über nichts, Polizisten wundern sich nicht, und jeder dachte für sich: Das „ganz normale" Leben.

Nach diesem zweiten Aufgriff kam der Landwirt und Besitzer des Stalles an der Senderstraße nicht mehr. Ob das bedeutete, dass es keine weiteren ähnlich gelagerten Straftaten gab oder ob er resigniert hatte, weiß ich nicht.

Polizeiliche Erfahrungen mit Sodomisten gab es im Laufe meiner weiteren Dienstzeit noch mehrere. Dies war jedoch meine erste Begegnung mit diesem Thema und das, was mir in eindrücklicher Erinnerung blieb.

Bezirksmusikfest

Ein nicht unbedeutender Teil der Dienstzeit, vor allem früher, wurde damit verbracht, Feste und Veranstaltungen zu überwachen. Eine Tätigkeit, die in der letzten Zeit immer mehr in den Hintergrund gedrängt und immer mehr den privaten Sicherheitsdiensten überlassen wurde, da die Überwachung von Festen nach Ansicht von vielen offenbar nicht in die Ur-Aufgaben der Polizei fällt, was meiner Ansicht nach nicht richtig ist. Vielmehr glaube ich, dass es in der Verantwortung der Polizei liegt, ob ein Fest oder eine Veranstaltung gesetzmäßig und für alle wirklich wie ein Fest abläuft.

Ich kann mich erinnern, dass ich viele Abende bei einem Jugendtreff zugebracht habe, nachdem es dort immer wieder Auseinandersetzungen gegeben hat, und das so lange, bis die Jugendlichen diesen Veranstaltungsort aufsuchen konnten, ohne dass befürchtet werden musste, dass etwas passiert. Und auch andere Veranstaltungen fielen in unsere Überwachungstätigkeit.

An einem verlängerten Wochenende im Juni, vermutlich 1989 oder 1990 fand das Bezirksmusikfest in Lauterach statt. Als Hauptband am Samstagabend waren die Klostertaler angesagt, die Klostertaler waren damals ein Garant für ein volles Zelt und für gute Stimmung.

Leider spielten für die Polizei wieder einmal alle Faktoren zusammen, die zusammen gehören, um nicht nur für volle Kassen, sondern auch für aggressive Stimmung unter den Gästen zu sorgen. Sowohl die Mondphase, die schwülheiße Witterung mit teilweise heftigen Gewittern, die enge Situierung des Festplatzes und des Eingangsbereiches und offenbar auch die Besucher des Festes trugen zu einer ausgelassenen Stimmung, die rasch in Aggression umschlagen konnte, bei.

Wie immer, vor 23 Uhr gab es kaum Vorfälle, dann die ersten Pöbeleien, da die ersten Alkoholisierten aneinandergerieten, die ersten kleinen Polizeieinsätze folgten. Nach 1 Uhr gesellten sich die Anrufe von erbosten Anrainern zu den Herausforderungen an die Exekutive, die den Anzeigern klar machen muss, dass Sperrstunde erst um 4 Uhr ist. Nur die Kassiere waren zufrieden, obwohl sie froh wären, wenn die Sperrstunde um 4 Uhr wirklich durchgezogen würde. Oft wollen die Gäste auch nach 4 Uhr den Festplatz und vor allem die Bar immer noch nicht verlassen, da man ja noch einen Schluck im Glas oder im Becher hat.

So war es auch bei diesem Bezirksmusikfest.

Erste Pöbeleien gab es, nachdem sich irgendwelche Rechte in die Zuschauer gemischt hatten, die mit dem „normalen" Publikum nicht zu Recht kamen und diese Streitereien zogen sich dann bis weit nach Mitternacht hinein. Außerdem meldeten zahlreiche Anrainer, dass die Gäste des Festes laut schreiend durchs Dorf zogen. Der Appell, dass die Anrainer etwas Toleranz walten lassen mögen, zählte natürlich nicht – immer wieder dasselbe.

Gegen 03.50 Uhr wieder ein Anruf wegen einer Streiterei im Zelt, mehrere Streifen mussten zusammen helfen, um die Streithähne aus dem immer noch gut gefüllten Zelt zu holen. Gleich war es 4 Uhr. Die letzte Rauferei war der siebte oder achte Vorfall auf dem Fest, bei dem die Polizei gerufen wurde. So sollte das nicht weiter gehen. Ich war erst kurz Kommandant in Lauterach und wollte es mir nicht gefallen lassen, wie einem die Leute da auf der Nase herumtanzten. Das richtige Gefühl für solche Vorkommnisse hatte ich auch noch nicht. Nachdem ich mich voll durchsetzen wollte, ersuchte ich die zusammengezogenen Streifen um 4 Uhr, mit mir gemeinsam die Sperrstunde im Festzelt zu vollziehen. Gesagt – getan. Doch so einfach, wie das klingt, war das nicht. Eine betrunkene Gesellschaft, in leicht aggressiver Stimmung, von der niemand nach Hause gehen wollte dazu zu bewegen, die Sperrstunde einzuhalten, war eine Herausforderung.

Wir begaben uns zu zehnt ins Zelt zur Bar, die ganz am anderen Ende des Zeltes war. Zwei oder drei Beamte postierten wir draußen, dass sie auf die Dienstfahrzeuge aufpassten. Dann bildeten wir eine Kette und drängten die Personen, obwohl sie die Bar noch nicht verlassen wollten, in Richtung Ausgang. Schon als wir ins Zelt gingen, verließen viele Vernünftige freiwillig das Zelt.

In der Bar wurde es wesentlich schwieriger. Rundherum gab es bösartige Kommentare und ich sah meine Felle dahin schwimmen. Ich wollte mich auf jeden Fall durchsetzen. Der Nächste, der eine „blöde Röhre" führen würde, wird festgenommen, so mein Plan. Und der ging auf. Im Vorbeigehen, betitelte mich ein Kleingewachsener, ich glaube einer aus dem Vorderwald, als „Arschloch". Außerdem zeigte er mir den Vogel und stellte mich vor allen noch im Barzelt anwesenden Personen bloß. Das war genug – „Abgemahnt – festgenommen!" konnte nur meine logische Antwort sein. Ich packte ihn sofort in einem bekannten Griff, packte aber etwas kräftig zu und schon wurde es dem Festgenommenen schwarz vor Augen und er sackte zusammen, wie ein leerer Sack. Er war zum Glück nicht schwer. Meinen Griff lockerte ich, packte ihn an seinem Gürtel und schleppte ihn wie einen schlappen Koffer aus dem Barzelt – gefolgt von zahlreichen anderen Gästen, die schreiend und schimpfend mein Geschehen verfolgten. Sie begaben sich annähernd mit gleicher Geschwindigkeit wie ich aus dem Zelt, gefolgt von der Kette der im Zelt anwesenden Polizisten (Gendarmen), die meinen Rücken sicherten. Innerhalb von fünf Minuten war sowohl die Bar als auch das ganze Zelt leer. Es war zwanzig Minuten nach 4. Überall wurde herumgeschimpft, es gab weitere Festnahmen, ich glaube vier an der Zahl. Doch das Zelt war geräumt, die Anrainer konnten zufrieden sein mit der Polizei, so beruhigte ich mich selbst. Ich war mir nicht sicher, ob mein Vorgehen wirklich so ganz richtig gewesen war, aber ich musste Stärke zeigen und musste mir auch einreden, dass mein Vorgehen richtig war.

Bei einer Bilanz des Abends zählte ich schließlich sieben Verletzte (alles kleinere Blessuren) von kleineren Schlägereien, vier Festnahmen, vierzehn Anzeigen. Eine stolze Bilanz, ich war zufrieden. Der Bericht für die Medien fiel für viele schockierend aus. Dabei war das Fest einfach nur so wie viele solcher Feste verlaufen, nur dass die Polizei auch eingeschritten war. Wenn die Polizei nicht einschreitet kräht auch kein Hahn danach (nur kurze Zeit ein paar Anrainerbeschwerden). Welches ist wohl die schlauere Variante ? Welches ist die richtige Variante ? Welches ist die beste Variante ?

Abwarten und Kaffee trinken – oder das tun, was die Bevölkerung von der Polizei erwartet.

Eine einfache Antwort – oder nicht ? Ich weiß es heute noch nicht.

Tage vor Weihnachten

Wie jedes Jahr vor Weihnachten, „der glücklichsten Zeit im Jahr" häuften sich auch heuer wieder die Konflikte in den Familien. Die Tage werden kürzer, das Tageslicht ist nur neun Stunden vorhanden, die dunkle Jahreszeit kommt. Jedes Jahr wiederkehrend, Familienstreitigkeiten, Eifersüchteleien, Kaufdruck, Depressionen, Konsumzwänge, Schwierigkeiten in der Schule, am Arbeitsplatz, all das sind die Probleme, die zwar auch während des übrigen Jahres anstehen, aber genau vor Weihnachten ist der Druck am größten.

Hinzu kommt die Vorweihnachtszeit, der Advent, der mittlerweile schon Anfang November beginnt, damit die Kaufhäuser ihre Waren kundenfreundlich und extrem aufdringlich mit Untermalung durch Weihnachtslieder feilbieten können.

Natürlich haben auch in dieser Zeit Polizeibeamte Dienst, die sich der Dinge die da kommen annehmen und für Recht und Ordnung sorgen.

Wir hatten Funkstreife, die Zusammensetzung weiß ich nicht mehr, ist auch völlig Nebensache. Jedenfalls ereilte uns ein Funkspruch, dass wir uns zur Eisenbahnbrücke Lauterach – Bregenz begeben sollen, dort hätte sich eine Person vor den Zug geworfen.

Ein völlig banaler Funkspruch denkt sich jeder Polizist, der schon lange im Dienst ist und so einen Funkspruch hört. Schon derjenige, der den Funkspruch weiter gibt überlegt sich die wohl gewählten Worte. Oder vielleicht auch nicht? Was gibt er denn da überhaupt per Funk an die Einsatzkräfte weiter? Analyse von Worten, was bedeuten schon Worte? Wortklauberei?

Eine Person = jung? alt? männlich? weiblich? – ok – eindeutig – ein Mensch

Zug = ein mehrere hundert Tonnen schweres Gefährt, Massentransportmittel; viele Insassen; vorwiegend aus Eisen (heißt ja auch Eisenbahn) – hart, unelastisch, tödlich;

Sich selbst vor den Zug werfen – ein Mensch hat sich vor den Zug geworfen – so ein Blödsinn – ok – es muss eine aktive Tat des Opfers sein, also vermutlich ein Selbstmord oder Versuch;

Ergebnis – ein verstecktes Wort in der Mitteilung – was wird wohl für ein Ergebnis vorhanden sein, wenn sich eine Person vor einen Zug geworfen hatte? – aus der Erfahrung heraus musste man vom Schlimmsten ausgehen – vermutlich tot, mit Sicherheit schwerstens verletzt – vielleicht nur leicht verletzt – vielleicht ist der Zug darüber hinweg gefahren, ohne eine Verletzung verursacht zu haben, wie in manchen Filmen (Wunschvorstellung).

All diese Mutmaßungen gingen durch den Kopf, nachdem der Funkspruch eingelangt war.

Wir gingen nachschauen · der Zugsverkehr war unterbrochen, die Geleise wurden gesperrt.

Wir trafen am Einsatzort ein – ein ungutes Gefühl, auf Eisenbahnschienen entlang zu gehen, um zu schauen, wo das Opfer verblieben ist, welche Situation würden wir vorfinden?

Die Feuerwehr, unsere Leidensbrüder, waren bereits am Einsatzort. Sie waren wieder einmal schnell – wie immer. Sie hatten schon dafür gesorgt, dass der Strom in der Oberleitung vorübergehend abgeschaltet wurde. Zuerst wunderte ich mich über diese Maßnahme, fand dann aber rasch eine Erklärung, sie spülten nach den Ermittlungen durch die Polizei (uns) die Geleise mit Wasser ab und wollten natürlich mit dem Wasserstrahl nicht mit dem Strom in der Oberleitung in Konflikt geraten.

Wir gingen die Geleise entlang bis in die Mitte der Eisenbahnbrücke. Ein Windstoß riss mir plötzlich meine weiße Dienstmütze vom Kopf. Sie wurde hinunter in die Bregenzer Ache geweht – auf Nimmerwiedersehen – so ein Verlust (völlige Nebensache- selbst schuld – immer Mütze auf dem Kopf).

Nun fanden wir den vermeintlichen Zusammenstoßpunkt. Hier begannen die Spuren am Boden. Wer jemals einen Selbstmord mit dem Zug aufgenommen hat weiß, wie wenig bei einem Zusammenstoß mit einem Schnellzug übrig bleibt. Wenn man auf der Autobahn dahinfährt und eine Fliege prallt gegen die Windschutzscheibe und sie zerplatzt kann man sich vorstellen, was da auf den Schienen und an der Front der Lok von einem Körper übrig blieb, der mit 100 oder mehr km/h von einem Zug erfasst wurde - fast nichts. Dabei wird auch klar, dass der menschliche Körper zu einem hohen Prozentsatz aus Wasser besteht. Nichts als Flüssigkeit und Fetzen und ein paar Knochensplitter.

Schrecklich, was da passiert war. Das Mädchen war gerade einmal 19 Jahre alt, die hier an diesem 21.Dezember, kurz vor Weihnachten, unter den Zug ging, wie man so sagt. Sie machte es aus einem nichtigen Grund, jedenfalls war für alle anderen unverständlich, was sie in den Tod getrieben hatte.

Am Unverständlichsten war es sicherlich für die nächsten Angehörigen. Was kann einen jungen Menschen zu einer so unüberlegten Handlung hinreißen lassen? Oder war es gar nicht unüberlegt?

Je näher Weihnachten rückt, umso größer wird der Druck, der auf vielen lastet. Es sollte ein fröhliches Fest des Friedens sein, bei dem die Familien zusammen feiern und zufrieden sind.

Was aber, wenn diese Sehnsucht durch irgendwelche Störungen aus dem Gleichgewicht ist? Was, wenn sich ein derart schweres Ereignis, wie hier geschildert, einstellt?

Das Leben geht weiter, Weihnachten kommt, Weihnachten geht, es sind die gleich langen oder kurzen Tage wie sonst in dieser dunklen Zeit, mit der nicht alle zurechtkommen.

Meine weiße Mütze ist weg – so eine Nebensache.

Ich muss jetzt auch Weihnachten feiern, mit MEINEN Lieben – kann ich das noch? Nein, nichts geht mehr.

Wilde Verfolgungsjagd

Es war Sommeranfang, Mitte Juni. Gemeinsam mit R. war ich zu einer Sektorstreife eingeteilt. Ein Sonntagabend, an dem eigentlich nicht viel los sein sollte, obwohl es schon schön warm war, an die 20 Grad. So schöne Temperaturen waren um diese Zeit nicht so selbstverständlich. Wir machten gerade eine kurze Pause, um einen Kaffee zu trinken und hörten am Funk, dass in Bregenz eine Fahndung ins Laufen kam. Ein junger Bursche in einem roten Ford Escort sei beobachtet worden, wie er dort herumfuhr. Auf seinem Schoß sei eine Frau verkehrt herum gesessen. Als ihn die Gendarmen anhalten wollten, habe der Bursche Gas gegeben und flüchtete mit dem Fahrzeug über Gehsteigkanten und Wiesen auf eine andere Straße. Es war ein Pkw mit Schweizer Kennzeichen. Ob ein Diebstahl vorlag, war zu dem Zeitpunkt nicht bekannt.

Da die Flucht gar nicht so weit weg von uns war, beschlossen wir, uns in die Fahndung mit einzubringen. Wir fuhren los, unklar, ob wie auf das gefahndete Fahrzeug treffen würden.

Wir waren agil und hofften, dass es doch noch etwas zu erleben gab an diesem so langweiligen Sonntagabend.

Wir fuhren an die Autobahnausfahrt Dornbirn Nord und warteten. Es dauerte nur einige Minuten, da kam der rote Ford Escort mit Schweizer Kennzeichen. Wir waren überrascht, da sich unsere Einschätzung, dass er hier vielleicht wieder von der Autobahn abfahren würde, bewahrheitet hatte. Es hing keine andere Streife an ihm dran. Das wunderte mich. Er war ihnen also entwischt.

Stimmte alles zusammen, Kennzeichen, Fahrzeug, Lenker – wie in der durchgegebenen Fahndung - nur Frau sahen wir keine. Da wir gehört hatten, dass er bei Anhaltungen nicht stehen geblieben war, versuchen wir erst gar nicht, ihn anzuhalten. Wir fuhren ihm in einem respektablen Abstand nach. Es überraschte mich, wie schnell er sich von uns entfernte, obwohl ich schon 100 km/h fuhr. Er musste mindestens 130 gefahren sein, obwohl hier eine 80 km/h Beschränkung bestand. Um ihm folgen zu können, musste ich anständig Gas geben. Wir waren aber gut motorisiert. Ich lenkte einen Mitsubishi Lancer Allrad mit ca 110 PS.

Trotzdem war es nicht ganz einfach, an dem gefahndeten Fahrzeug, das noch nicht einmal flüchtete, dran zu bleiben.

Ich sagte zu R., dass der wohl nicht weit kommen wird, mit dieser Geschwindigkeit. Ich dachte, er würde beim ersten Kreisverkehr über den Fahrbahnrand hinausfliegen.

Falsch gedacht, er kurvte um den Kreisverkehr wie auf Schienen, mit fast 80 km/h. Jetzt schaltete ich das Blaulicht ein. Ich wollte nicht länger mit einer Geschwindigkeit von 130 dahinfahren, ohne dass andere Verkehrsteilnehmer gewarnt würden. Ich glaubte es kaum, ich konnte nicht zu ihm aufschließen. Eher vergrößerte sich der Abstand zwischen ihm und uns, obwohl ich voll aufs Gas drückte.

Kurz später fuhren wir in Lauterach durchs Radar. 128 km/h zeigte es an. Der vor mir fahrende wurde zwar geblitzt, sein Kennzeichen war bei der Auswertung im Nachhinein aber nicht erkennbar.

Ein ganzes Stück hinter mir folgte ein weiterer Streifenwagen. Woher er gekommen war, wusste ich nicht. Ich erfuhr es aber, es war P. aus Dornbirn. Er fuhr mit 132 km/h durchs Radar.

Jedenfalls versuchten wir, an dem Verrückten dran zu bleiben. Der Abstand zwischen uns und ihm betrug zwischen 100 und 300 Meter.

Der Verrückte fuhr mit unverminderter Geschwindigkeit durchs dicht verbaute Ortsgebiet von Lauterach. Von hinten sahen wir nicht viel vom Fahrer. R. gab laufend per Funk unsere Position durch. Ich wollte mich vorher, als wir den avisierten Pkw zu verfolgen begannen, noch anschnallen, ich kam aber nicht mehr dazu. Jetzt fuhr ich nicht angegurtet mit einer solch halsbrecherischen Geschwindigkeit. Es war mir gar nicht wohl. Ich wollte ihn trotzdem nicht entwischen lassen. Innerhalb von höchstens einer Minute waren wir durch Lauterach durch.

Am Ende des Ortes an der Lauteracher Achkreuzung befanden sich mehreren Abbiegespuren und eine Ampel. Vielleicht würde er dort zum Stehen kommen?

Falsch gedacht. Ich freute mich zwar, als ich etwa 100 m an ihn heran kam und vorne sah, dass die Ampel auf Rot stand und mehrere Autos an der Kreuzung in die gleiche Fahrtrichtung wie wir anhielten. Er lenkte sofort auf den Gehsteig rechts neben der stehenden Kolonne vorbei, nahm keine Rücksicht darauf, dass dort Fußgänger zur Seite sprangen, er fuhr einfach durch. Auch die rote Ampel interessierte ihn nicht. Ich hatte Mühe, links, neben der Linksabbiegespur an der stehenden Fahrzeugkolonne unbeschadet vorbei zu kommen. Es gelang aber doch und ich konnte schließlich links bis auf seine Höhe herankommen.

Wir befanden uns auf der Lauteracher Seite der Bregenzer Ach-Brücke, die dreispurig war. Roland kurbelte das Fenster hinunter und zielte mit seiner Pistole auf den Pkw. Die Möglichkeit einer guten Schussabgabe wäre hier schon gegeben gewesen. Ich sagte zu ihm, er soll noch warten, es sei zu viel Verkehr hier und auch zu viele unbeteiligte Leute. Es könnte jemand zu Schaden kommen, der nichts dafür konnte. Roland nahm die Waffe wieder ins Auto herein.

Am Ende der Brücke musste es zu Ende sein. Ich sah schon von Weitem, dass unsere Kollegen eine Sperre mit einem quer gestellten VW Bus errichtet hatten. Neben dem VW Bus waren sie mit den Waffen im Anschlag in Stellung gegangen. Das sah furchterregend aus. Ich konnte das verfolgte Fahrzeug nicht ganz überholen. Als der Lenker nach links zog und mich nach links drängte, lenkte ich auch nach links, um keinen Zusammenstoß zu riskieren. Spätestens vorne würde er sich ergeben, dachte ich. Er lenkte noch weiter nach links und ich ließ mich zurückfallen.

Trotz der Pistolenläufe, in die der Verfolgte blickte, fuhr er links an dem Hindernis vorbei. Er umkurvte das quergestellte Dienstfahrzeug und fuhr mit unverminderter Geschwindigkeit weiter. Die ihm entgegen gestreckten Waffen beirrten ihn nicht.

Mir selbst war es unwohl dabei, als wir mit knapp 90 km/h diese Straßensperre durchfuhren. Auch wir blickten in die

Läufe der Pistolen unserer Kollegen. Ich hoffte, dass nicht einer von ihnen losschießt. Er würde nicht nur auf den Flüchtenden, sondern auch auf uns schießen. Nur wenige Sekunden hatte diese Situation gedauert und wir waren schon wieder in voller Fahrt in Richtung Bregenz. Die Geschwindigkeit steigerte sich noch. Es gab einen leichten Anstieg auf der Arlbergstraße und gleich wieder nach unten über die Römerstraße in die Stadt hinein. Wir hatten 150 Sachen drauf. Nun schaltete der Wahnsinnige noch sein Licht aus. Eigentlich sollte ich jetzt abbrechen – kam doch gar nicht in Frage ! Dieses Schwein musste gestoppt werden. Längst war ich im Jagdfieber und konnte gar nicht mehr anhalten. Ich bemerkte auch schon den so genannten Tunnelblick. Das hätte ich nicht für möglich gehalten, dass es so etwas wirklich gibt.

Ich blieb drauf, Roland gab weiter unsere Position durch.

Etwa 6 km entfernt wurde eiligst durch andere Kräfte eine weitere Straßensperre errichtet. Dort würde er hinkommen, wenn er weiter in die gleiche Richtung fährt.

Wir rasten weiter, um ein paar Kurven und durchquerten in Sekundenschnelle die ganze kleine Stadt Bregenz. Glücklicherweise querten keine Fußgänger unseren Weg. Ich hatte dauernd das Folgetonhorn eingeschaltet, damit die anderen Verkehrsteilnehmer rechtzeitig aufpassten.

Schon wieder erhöhte sich unsere Geschwindigkeit auf jenseits von 150. Einmal hatte ich knapp 165 km/h drauf. Ich fuhr links an Verkehrsinseln vorbei, damit ich nicht auf die in unsere Richtung fahrenden Fahrzeuge auffuhr. Es kam mir vor, als würden sie stehen. Auf der langen Geraden Richtung Lochau auf der B 190 überholte er alles, was im Weg war. Wir hinterher.

Ein Auto im Gegenverkehr wich gerade noch auf den seeseitigen Gehsteig aus, damit es nicht zu einem Frontalzusammenstoß kam. Der Pkw stand schräg zum Gehsteig, als wir ihn passierten und der Lenker schüttelte nur den Kopf. Ich kam mir selbst wie ein Täter vor.

Die rasende Fahrt ging weiter mit halsbrecherischem Tempo. Es ging in weniger verbautes Gebiet. Wir bekamen per Funk mit, dass die nächste Straßensperre bei der Autobahnbrücke in Hörbranz stehe. Wir sollten aufpassen.

Wir rasten auf das nächste Dorf zu, von dem ich wusste, dass gleich bei der Ortseinfahrt eine scharfe S-Kurve, die Wellenhofkurve war. Wenn er sie packt, pack ich sie auch, waren meine Gedanken.

Wir packten sie beide nicht.

Wir fuhren beide auf der kürzesten Linie quer über den damals noch geschotterten Parkplatz des Gasthauses Wellenhof. Wir hatten die S-Kurve nicht gekriegt. Es passierte trotzdem nichts, außer, dass wir in einer Staubwolke plötzlich für Sekundenbruchteile die Sicht verloren hatten. In der nächsten Sekunde waren wir schon wieder weiter und wieder Sekunden später waren wir durch Lochau durch. Nun folgte gleich die zweite Straßensperre. Ich glaubte von vornherein, dass auch das nichts wird. Was würde uns wohl übrig bleiben, um ihn anzuhalten?

Unsere Geschwindigkeit betrug schon wieder 130 km/h. Ich sah die Straßensperre in der leichten Rechtskurve über die Autobahnbrücke. Es war ein gewagter Ort für eine Straßensperre.

Wiederum war nur ein Polizeifahrzeug quer über die Fahrbahn gestellt ? Die Gegenfahrbahn war offen.

Mit voller Geschwindigkeit fuhr der Flüchtende links am quer gestellten Auto vorbei. Wie ich es mir vorgestellt hatte. Ich sah einen schon älteren Beamten, es war German B., der 2006 bei einem Zugsunglück ums Leben kam, gerade noch über die Leitplanke hüpfen, damit er nicht zusammengefahren wird.

Jetzt kam nichts mehr. Es gab keine weiteren Polizeikräfte auf österreichischem Staatsgebiet. Nur noch ein paar Kilometer, dann wären wir im Ausland. Damals waren wir noch nicht bei der EU. Das wollten wir nun wirklich nicht, er sollte uns nicht entkommen.

Wir folgten dem Flüchtenden in einem Abstand von etwa 100 bis 130 m . Die Geschwindigkeit betrug nach wie vor ca 130 km/h. Ich sagte Roland mit ganz kurzen Worten, die er sofort verstand: „Jetzt geht's!" Er wusste gleich, was ich meine.

Er öffnete wieder das Seitenfenster, das er vorher aufgrund des starken Fahrtwindes wieder hochgezogen hatte. Er legte seine Pistole im Bereich des Außenspiegels auf und zielte. Ob das wohl gelingen wird ? Er gab einen Schuss ab. Keine Reaktion. Er schoss nochmals. Mit dem Brechen dieses Schusses trat sofort eine Reaktion beim verfolgten Fahrzeug ein. Unser Verfolgter verriss das Lenkrad. Er ratterte über die Gehsteigkante, in dem Bereich war ein Gehsteig. Die rechten Räder sprühen Funken. „Du hast ihn getroffen!" sagte ich zu Roland. Hoffentlich war er nicht tot.

Nein, er war nicht tot, er lenkte das Fahrzeug in eine Seitenstraße und kam dort zum Stehen. Wir stellten uns hinter ihn und sicherten vorerst. Er musste doch ein Schwerverbrecher sein, so wie der fuhr ! Wir holten ihn aus dem Auto heraus. Schon kamen weitere Streifen heran. Der Lenker, ein etwas pummeliger Bub von 16 Jahren war nur mit einer Unterhose bekleidet. Er blutete am Ohr. Ein Glassplitter von der hinten zerschossenen Scheibe hatte an seinem Ohr einen Schnitt verursacht. Sonst hatte er keine Verletzungen, zum Glück.

Was wir vorher nicht sahen, dass eine zierliche kleine Blondine, ca 14 Jahre, auf dem Beifahrersitz saß. Sie war so klein, dass man sie beim Hinterherfahren gar nicht auf ihrem Sitz sah.

Wir stellen fest, dass der zweite Schuss, den Roland abgefeuert hatte an der Kante des Kofferraumdeckels und am Beginn der Heckscheibe ins Fahrzeug eingedrungen war. Dabei war die Heckscheibe zersplittert. Ein Glassplitter hatte den Lenker am Ohr getroffen, worauf er aus Schreck das Fahrzeug verrissen und auf den Gehsteig gelenkt hatte, wobei es ihm die rechten Reifen zerfetzte.

Der Schuss von Roland drang vom Heck, leicht ansteigend in den Fahrzeughimmel und blieb ca 20 cm oberhalb des Kopfes des Mädchens im Blech stecken.

Nun kamen die Bedenken. War dieser Abschluss richtig ? Hätten wir nicht vorher unsere Verfolgung abbrechen sollen ? Gab es keine anderen Möglichkeiten, eine geordnete Anhaltung durchzuführen ?

Genau diese Vorwürfe mussten wir uns, auch von unseren Vorgesetzten anhören. Oft wurde unser Vorgehen als Musterbeispiel von falschem Eifer herangezogen.

Das ärgert mich heute noch.

Nach vielen Überlegungen sage ich auch heute noch: „Ja, es war richtig, wie wir agierten!" Wie kommt die Gesellschaft dazu, die Flucht eines Verrückten akzeptieren zu müssen, der viele Leute gefährdet. Wir zählten 16 schwere Gefährdungsdelikte, die dieser Bursche gesetzt hatte. Ich erinnere mich noch, dass ich den ersten Schuss von Roland als Warnschuss deklariert hatte. Für mich waren die Voraussetzungen für einen lebensgefährdenden Waffengebrauch nach dem Waffengebrauchsgesetz ganz klar gegeben. Bei der Vernehmung durch meinen Vorgesetzten musste ich diese Angabe revidieren. Ich musste angeben, dass es sich bei der Schussabgabe um einen Schreckschuss gehandelt hatte – so ein Blödsinn. Ein Schreckschuss wäre ein nicht lebensgefährdender Waffengebrauch gewesen. Wahrscheinlich war das leichter zu schreiben, angeblich besser zu rechtfertigen. Es war eine Schussabgabe. Wie die rechtlich einzustufen war, sollten doch die Juristen einstufen.

Hätte der Lenker jemanden zu Tode gebracht, hätte man sicher uns die Schuld daran gegeben. Ich stehe nach wie vor dazu, dass unser Agieren richtig war. Sonst sind alle anderen, die bei einer allfälligen Kontrolle stehen bleiben die Dummen.

Die ganze Fahrt hatte genau 9 Minuten gedauert. Noch mehrere Jahre nach diesem Erlebnis erhöht sich mein Puls merklich, wenn ich an die Geschichte zurück denke. Es war ein Höllenritt mit gutem Ausgang. Damals dachte ich: „Und die Gerechtigkeit siegt doch!" – und ich war stolz auf R. und mich, dass wir diesen dummen Jungen erwischt hatten.

Verständigung einer Mutter vom Tod ihrer Tochter

Seit zwei Jahren arbeitete ich nun in diesem kleinen und verschlafenen Ort und machte hier Dienst. Etwas für alte Haude-
gen. Nicht viel los. Ruhige Nächte. Schon den ganzen Tag waren keine erwähnenswerten Vorfälle. Was sollte denn schon
sein hier „am Arsch der Welt"?
Wir fuhren bis ein Uhr unsere Sektorstreife und rückten
pünktlich ein, um uns niederzulegen. Man weiß ja nie, was die
Nacht noch bringt, auch in einem ruhigen Dorf konnte einmal
etwas sein. Wie an jedem anderen Ort schläft der Teufel nie.
So eine blöde Redewendung.
Wir richteten unsere Bereitschaftsliegen, ich zog sogar weiße
Leintücher drüber, was eigentlich fast niemand machte. Aber
ich empfand es einfach angenehmer, auf einem mit weißem
Betttuch bezogenen Bett zu liegen als in einem Schlafsack oder
unter einer übel riechenden Decke. Auch wenn die Nächte nur
kurz waren, wollte ich diese Stunden so angenehm wie möglich
verbringen – und so halte ich es heute noch. Vier Stunden Bereitschaft.
Es kam mir vor, als hätten wir uns gerade nieder gelegt. Es
war aber schon 10 Minuten nach zwei Uhr. Das Telefon
schellte. Oje! Was konnte denn das sein um diese Zeit? Ein
Unfall? Ein Einbruch? Ich würde es gleich erfahren und griff
zum Telefonhörer. Ich musste aufpassen, dass ich mitbekam,
was mir da ins Ohr gesagt wurde, so diesig im Halbschlaf, in
der Bereitschaft eben. Ein Beamter der Sicherheitsdirektion
meldete sich und teilte mir mit kurzen Worten mit, dass in der
Schweiz ein Verkehrsunfall war, bei dem eine Frau aus unserem Ort getötet worden sei. Wir sollten die Verständigung der
Mutter durchführen.

Weil die Durchführung einer solchen Verständigung nicht gerade ein Vorfall war, der mich aus den Socken haute, rappelte ich mich nur langsam hoch. Sollten wir vielleicht bis morgen warten ? Dumme Idee ! Das mussten wir doch gleich machen. Ich sagte meinem Kollegen, dass er auch aufstehen müsse, wir müssten eine Todesnachricht überbringen.

Murrend fuhr auch er aus seinem warmen Bettgestell hoch. Wegen einer Verständigung ? Um diese Zeit ? Trotz Jammerns machten wir uns auf den Weg, nachdem wir noch kurz die Lage aufgrund der vorliegenden Akten erkundet hatten. Es war ein Zweifamilienhaus, das wir aufsuchen sollten. Ich war schon gespannt, ob uns überhaupt jemand öffnet um diese Zeit ?

Wir kamen zu dem Haus, fast noch schlaftrunken. Es war alles dunkel, aus keinem Fenster ein Lichtschein. Schaute unbewohnt aus. Nicht einmal ein Hoflicht brannte. Ich konnte mir nicht vorstellen, dass da jemand zu Hause war. Vielleicht wünschte ich es mir auch nur, dass niemand da wäre. Wir läuteten nur kurz. Vielleicht machte niemand auf. Als niemand reagierte, mussten wir doch stärker und länger läuten. Nach einigen Minuten ging ein schwaches Licht im Gang an. Mir wurde nun etwas mulmig zu Mute. Jetzt kam gleich jemand heraus und wollte wissen, was wir um diese Zeit wohl wollten. Ich war gar nicht so recht vorbereitet. Normalerweise fiel mir immer etwas ein, ein kleiner Schmäh, ein paar treffende aber nichtssagende Worte, aber jetzt ? Behutsam vorgehen, redete ich mir ein.

Eine Frau Mitte vierzig öffnete die Haustür. Sie schaute verschlafen drein, wie wir. Sie war dunkelhaarig und schien eine „gestandene" Frau zu sein.

Ich fragte, ob wir hinein kommen dürften, wir hätten ihr etwas Unangenehmes mitzuteilen. Sie schien schon Schlimmes zu ahnen. Wir wurden ins Wohnzimmer geführt. Direkt wie ich war, sagte ich mit harten Worten: „Ihre Tochter ist bei einem Verkehrsunfall in der Schweiz ums Leben gekommen!" Ich war ziemlich direkt. Ich hatte mir mittlerweile einiges überlegt, was ich danach noch alles erzählen könnte, wo es passiert war, wann und so weiter.

Dazu kam es nicht. In dem Moment, als sie von mir erfuhr, dass ihre erwachsene Tochter, auf deren Kind sie in dieser Nacht aufpasste (also ihre Enkelin), damit sie in der Schweiz arbeiten konnte, fiel ihre Gesichtsfarbe offenbar ins Bodenlose. Ich habe noch nie einen Lebenden mit einer solch fahlen Gesichtsfarbe gesehen. Nicht nur ihr Gesicht wurde blass, sie konnte auch nicht mehr stehen. Sie fiel zurück in einen Polstersessel und konnte nicht mehr sprechen. So wie sie reagierte, hatten wir Angst um sie, dass sie diesen Schock nicht überlebt. Ich wollte beginnen, ihr zu erklären, dass das alles doch nicht so schlimm sei. Als ich mir diese Worte überlegte, wurde mir klar, dass Worte überflüssig waren. Sie stimmten einfach nicht. Es war so schlimm. Das Schlimmste, was einem Menschen passieren konnte war eingetreten. Und wir kamen mitten in der Nacht als „Todesengel". Scheiß Job!

Wir benötigen einen Arzt und waren froh, als uns dieser von unserer Anwesenheitspflicht erlöste, dass wir endlich abrücken konnten.

Beide hatten wir ein mieses Gefühl, eigentlich ein richtig schlechtes Gewissen, als ob wir schuld wären am Tod ihrer Tochter.

Obwohl wir uns wieder nieder legten, war an Ruhen nicht mehr zu denken.

Dieses Erlebnis hat bei mir einschneidende Eindrücke hinterlassen. Es ist für mich ein Gräuel, solche schlimmen Nachrichten zu überbringen – es nimmt mich mit, ich nehme es mit.

Eiszeit

Endlich wieder Sommer, endlich warm. Schon den ganzen Frühling gab es keine zehn schönen Tage. Den ganzen Winter warteten wir schon, dass es wieder aufwärts geht mit den Temperaturen. In unseren Breitengraden ist es aber doch nicht unüblich, dass der Frühling total verregnet und noch relativ kühl ist. Schon seit April warteten wir auf ein paar schöne warme Tage. Nur knapp über 10 Grad, damit musste man schon zufrieden sein. Es war nun schon Anfang Juli – endlich, den vierten Tag war es nun schon schön und auffällig heiß, kaum zu glauben, wie schnell Hitze sich ausbreiten kann, obwohl es vorher wochenlang so kühl war, dass man noch heizen musste. Überall brachten die Bauern das erste Heu ein, es war ja vorher nicht ans Heuen zu denken, es hatte immer geregnet.

Meine Urlaubsplanung hatte voll hingehauen, Anfang Juli, gleich drei Wochen. Und das Wetter spielte mit. Ich glaube es war der 10. Juli 1998, mein Sohn war gerade mal 12 Jahre alt. Wir genossen es, dass auch die Ferien schon angebrochen waren und wollten die Zeit nützen, jeden Tag etwas unternehmen, und heute stand Eis essen am Ende das langen unternehmungsreichen Tages auf dem Programm.

Ab zum Cafe Melanie, südlich von Lochau, direkt an der Pipeline, mit den Fahrrädern. Dort gab es schon damals bestes Eis – nicht im Cafe – nein ein Spachteleis auf der Knuspertüte an der Pipeline, auf der kleinen Betonmauer sitzend, die Sonnenstrahlen genießend, dem lebendigen Treiben auf der Pipeline folgend, wo Radfahrer und Fußgänger es immer schon schwer hatten, einander nicht in die Quere zu kommen.

Wir ließen die Fahrräder stehen, an den Maschendrahtzaun der Eisenbahn gelehnt. Wir holten ein Eis und mussten dazu sowohl die Eisenbahnschienen als auch die Bundesstraße überqueren, die dort den natürlichen Zugang zum Bodensee erschweren. Es wurden erst vor kurzem Bahnschranken für diesen kleinen Fußgängerübergang beim Melanie errichtet, da es immer wieder zu brenzligen Situationen mit der Eisenbahn kam, aber auch, weil es dort im Verlauf der Zeit zu mehreren Selbstmorden durch Lebensmüde gekommen war, die sich vor den Zug geworfen hatten (wie man so sagt – sie werfen sich nicht vor den Zug).

Schon beim Queren zur Eisdiele fiel mir ein Mann Mitte 30 auf, der am Maschendrahtzaun lehnte. Er machte einen alkoholisierten Eindruck, trug eine schwarze Lederjacke, schaute nur auf die Schienen, er machte einen abwesenden Eindruck.

Wir holten unser Eis, meine Frau experimentierte, wie immer, bestellte sich eine Eiskombination, die sie vorher nie versucht hatte, sie probierte immer Neues, mein Sohn das Übliche (nur Schoko), ich auch wie immer Haselnuss/Banane oder war die Reihenfolge umgekehrt, man muss ja nachdenken, welches man zuerst in der Tüte haben möchte.

Dann zurück zur Pipeline an den Bodensee. Der See war nach den vielen Regentagen gut gefüllt, das Wasser stand relativ hoch, aber es gab kaum Wellen, wie es bei schönem Wetter am Bodensee ist.

Der Mann am Maschendrahtzaun stand immer noch da und starrte unaufhörlich auf die Schienen. Mein rascher Blick, schon von vorher, hatte mich nicht getäuscht, ich hatte ja in jahrelanger Erfahrung einen Blick für Negatives bekommen.

Von Weitem aus Richtung Lindau nahte ein Personenzug. Augenblicklich schaltete sich die rot blinkende Ampel beim Übergang ein und kurz darauf begannen sich die kurzen Bahnschranken zu senken. Ich hatte schon fast darauf gewartet: Der starr drein blickende Mann setzte sich in Bewegung, ging zielstrebig auf den Bahnübergang zu. Seine Absicht war für mich klar erkennbar, es würde noch Sekunden dauern, bis der Zug auf unserer Höhe sein wird, die Schranken waren noch nicht ganz geschlossen. Schon beim ersten Beobachten der Schranken nach ihrer Inbetriebnahme hatte ich mir gedacht, dass die Schranken beim Übergang beim Herannahen von Zügen aus Lindau erst sehr spät schlossen.

Jedenfalls ließ ich das Eis augenblicklich fallen, sprang hinter dem Mann her, packte ihn oberhalb beider Schultern und riss ihn zurück. Die Schranken hatten sich bereits soweit gesenkt, dass er sich beim Zurückreißen mit dem Kopf an den Schranken anschlug. Der Zug rauschte vorbei. Es ging alles sehr schnell. Es war nicht schwer, ihn zurück zu reißen, er hatte nicht damit gerechnet, dass da jemand da sein wird, der ihn an den Schultern zurückzieht.

Meine Frau und mein Sohn saßen auf dem Betonmäuerchen und beobachteten mein Tun. Das Eis essen war auch ihnen vergangen. Ob auch andere das Ganze beobachtet hatten weiß ich nicht.

Ich setzte diesen Mann mit dem starren Gesicht auf das Mäuerchen. Dann überlegte ich, was ich machen soll. Wollte ich nun einen Auflauf, Polizei, Rettung, Zuschauer? Ich wollte nichts von dem. Es hatte mir schon gereicht, wieder einmal in vorderster Reihe zu stehen, jetzt, wo ich eigentlich Urlaub hatte. Ich wollte nicht, dass meine Frau und vor allem mein

Sohn mitansehen mussten, wie dieser Mann in selbstmörderischer Absicht seinen Körper durch einen daher rasenden Zug zerschinden lassen wollte. Möglicherweise wären sogar Fleischstücke in unsere Richtung geschleudert worden – nein, das wollte ich wirklich nicht – es ging mir nicht darum, ihn zu retten – ich stehe immer auf dem Standpunkt „Man soll Reisende nicht aufhalten!" Aber, wenn ich oder meine Familie betroffen ist, so wollte ich das nicht.

Ich fühlte mich nicht als Held, sondern als Verhinderer seines Selbstmordes mit dem Hintergedanken, dass meine Familie nicht durch das Ereignis geschädigt werden sollte. Ich bin mir sicher, dass er tot gewesen wäre, hätte ich ihn nicht aufgehalten.

Ich setzte mich neben ihn auf das Mäuerchen und redete mit ihm. Erst nach einer längeren Zeit, als er zu realisieren begann, dass er gar nicht tot war (ich glaube, er hatte bereits abgeschlossen) begann auch er zu reden. Er redete von der Sinnlosigkeit des Lebens und dass er ein Kind habe, aber alleinstehend sei und alles Mögliche. Ich erklärte ihm, dass ich ihn nicht von den Schienen geholt hätte, um seinen Selbstmord zu verhindern, sondern, um meine Familie nicht zu gefährden. Er nahm das zur Kenntnis und entschuldigte sich bei mir und meiner Familie. Nach einer guten Stunde war er wieder soweit, dass ich ihn, nach meiner Einschätzung, gehen lassen konnte. Soviel ich mich erinnere hieß er Josef St. Die Polizei verständigte ich nicht. Es gab keinen Auflauf.

Ich traf Josef ein oder zwei Jahre später einmal auf dem Bregenzer Frühlingsfest, er arbeitete in einer Bude. Er sprang sofort von seinem Stand und preschte auf mich zu, dass ich gerade erschrocken war. Er bedankte sich bei mir überschwänglich und entfernte sich wieder.

Ich weiß nicht, was aus Josef geworden ist, ich weiß auch nicht, ob er noch lebt.

Interne Konflikte

Anlässlich einer kurzfristig anberaumten Ehrung verdienter Gendarmen und Polizisten im Montfortsaal des Landhauses Bregenz, zu der auch ich eingeladen war, und die auch zum Anlass genommen wurde, die viel gelobte Strategievereinbarung und den neuen Sicherheitsmonitor in den Medien zu anzupreisen, zu der sogar der damalige Innenminister erschienen war, traf ich im Foyer im Landhaus, wo dieser Festakt stattfand, auch auf alte Bekannte (Kollegen) aus dem ganzen Land. Ein kurzer Plausch, ein kurzer Austausch von Infos mit Polizeikameraden, die ich schätzte, war im Vorfeld des offiziellen Festaktes noch möglich. Allerdings tauchte auch mein unmittelbarer Vorgesetzter auf, der natürlich auch zu diesem Anlass geladen war. Er hatte mich sofort in seinen Fängen und sagte zu mir mit rotem Kopf mit herausgequollenen Augen - diesen Blick kannte ich schon von früheren unangenehmen Begegnungen mit ihm - zu dem irritierenden Blick kam immer seine rote Gesichtsfarbe hinzu. Ich dachte mir noch: „Was ist denn dem schon wieder über die Leber gelaufen?" Er sagte zu mir, dass die Zuteilung eines meiner Mitarbeiter zur Kriminalabteilung ein Ende haben müsse. Mit 1. Juli (heute war der 18. Juni) müsse er wissen, was er wolle. Wenn er nicht zur Kriminalabteilung versetzt werde, dann müsste er zurück auf den Posten. Monatelang zugeteilt sein und nicht zu wissen, was man wolle, das komme für ihn nicht in Frage. Da müsste sich der zugeteilte Beamte endlich entscheiden. Man muss wissen, dass der besagte zugeteilte Beamte einer meiner Besten war, der sich aufgrund von dauernden Attacken seitens meines Vorgesetzten (angespornt durch Einsager), fast gezwungenermaßen zum Landeskriminalamt zuteilen ließ, als sich diese

Chance bot. Aber auch die Zuteilung dorthin war meinem Vorgesetzten, der bei der Zuteilung einiges mitzureden hatte, ein Dorn im Auge. Meiner Meinung nach wollte er ihn einfach fertig machen.

Ich war vorsichtig auf seine Anrede und sagte nicht zu viel dazu. Ich dachte mir nur meinen Teil. Ich konnte einfach nicht sagen, was ich dachte. Sonst hätte ich wieder ein Theater mit ihm. Genau solche Situationen zehrten an mir. Ich hätte gern zu ihm gesagt: „Kommt es denn auf einen Monat mehr oder weniger an, wenn es um die berufliche Zukunft eines sehr guten Beamten geht ? " Ich sagte aber lieber nichts. Ich wollte nicht wieder einen Konflikt mit ihm. Schwach von mir ! Der Konflikt schwelte ohnehin. Nur schwelte er zu stark in meinem Inneren. Irgendwann würde er wieder ausbrechen. Und er brach auch wieder aus, die Einsager waren ja auch noch da. Vielleicht stellte sich mein Vorgesetzter aber auch selbst einmal ein Bein, hoffte ich.

Der unangenehme Tag war aber noch nicht zu Ende. Zwar war die Unterredung mit meinem Vorgesetzten zu Beginn der Veranstaltung ausgestanden, weil der Festakt und die Vorstellung begann, doch dann folgte im Festsaal im Landhaus eine Lobpreisung durch den damaligen Innenminister über das neue Schlagwort „Strategievereinbarung", in der die Exekutivbeamten des Landes Vorarlberg ob ihrer hohen Motivation und Aufklärung gelobt wurden. Dabei wurde klargestellt, dass die hohe Aufklärungsquote durch die Anwendung des neuen Instruments „Sicherheitsmonitor" doch ganz einfach sei, da ja alles auf Knopfdruck abrufbar sei. Der Sicherheitsmonitor sei absolut das beste Instrument, die Aufklärung weiter zu steigern, sofern das überhaupt noch möglich sei. Es fiel mir schwer, in den Worten des Ministers etwas Positives und vor allem nicht Theoretisches zu finden, ganz zu schweigen, von den Einwürfen und Ausführungen seiner mit schrillen Stimmen ausgestatteten Beisitzerinnen, von denen die eine die Kriminalstatistik, die andere den Sicherheitsmonitor nochmals ins rechte Licht zu rücken versuchten. Ich hatte bisher nie in meiner Laufbahn einen derartigen politischen Auftritt miterlebt, in der ein Minister, flankiert von zwei amazonenhaft anmutenden, fast zähnefletschenden Sachbearbeiterinnen, eine neue technische Errungenschaft lobten, die nichts als graue Theorie ist und überhaupt nichts mit Polizeiarbeit auf der Straße zu tun hat.

Im Sicherheitsmonitor ließ sich auf Knopfdruck ablesen, wie sich die Kriminalität in Österreich entwickelte. Gesamthaft gesehen war das positiv zu beurteilen, da es österreichweit keine zeitnahe Gesamtübersicht über die Sicherheitsentwicklung gab und dadurch durch die sogenannte Strategievereinbarung eine Strategie für das nächste Jahr für die Bekämpfung der Kriminalität ausgegeben wurde. Diese Beurteilung war früher nur auf mehrere Monate im Nachhinein über die Kriminalstatistik ersichtlich.

Mir war diese Anpreisung jedenfalls suspekt und ich wunderte mich über die Art des Vorbringens.

Ganz zum Schluss der Ausführungen des Innenministers beklagte dieser den an Tag der Ehrungen in den Vorarlberger Nachrichten erschienenen Artikel, in dem der Kriminalbeamte N. S. angekündigt hatte, dass seiner Beurteilung nach die Einbrüche weiter steigen würden. Das konnte doch nicht sein, wenn unter Zuhilfenahme des Sicherheitsmonitors genau eruiert werden konnte, woher die Kriminalität kommt und wo sie vorwiegend stattfand, dass ein „einfacher" Polizist, und das auch noch öffentlich in einer Zeitung, eine Prognose über die Sicherheitsentwicklung stellte. Es folgte eine handfeste öffentliche Rüge, er möge solche Äußerungen in Zukunft unterlassen und solche von kompetenten Leuten von sich geben lassen. Außerdem habe er einen Leserbrief in den VN zu platzieren, in der er seine Aussagen revidiere. N.S. erhielt diese Backpfeife von höchster Güte vor einem Gremium der Bezirkshauptmänner, führender Persönlichkeiten aus dem Innenministerium, zahlreicher Offiziere der Gendarmerie und der Polizei aus dem Land Vorarlberg und der gesamten Dienstführung der Gendarmerie. Bei einer derartigen Vorgangsweise wunderte mich ein Verhalten, wie ich es von meinem unmittelbaren Vorgesetzten vorher erlebt hatte, überhaupt nicht mehr. Offenbar war mein eigener Stil von gestern. Ich würde mich wohl umstellen müssen oder untergehen.

Dass mein eigener Stil doch etwas von gestern ist, erfuhr ich bis zum heutigen Tag. Ich werde fast täglich von meiner eigenen Einstellung eingeholt und mir wird oft vor Augen geführt, dass ich vielleicht auf dem Holzweg bin. Ich denke auch darüber nach, ob ich auf dem richtigen Weg bin. Ich weiß aber nicht, ob andere auch so intensiv nachdenken wie ich.

Doch nichts dauert ewig. Sowohl mein damaliger Vorgesetzter als auch der besagte Innenminister sind heute nicht mehr im Amt. Auch mein letzter unmittelbarer Vorgesetzter ist schon wieder Geschichte.

Der Sicherheitsmonitor und die Strategievereinbarung sind für mich seither, obwohl sie taugliche Instrumente sind, negativ behaftet.

Der damals von mir beobachtete Konflikt, bei dem es offenbar gar nicht um Sachliches ging, sondern mehr um persönliche Befindlichkeiten, verstärkte sich im Laufe der Jahre um ein Vielfaches.

Meine negativen Wahrnehmungen über Änderungen oder Veränderungen in unserer Institution wurden sicherlich von damals mitbeeinflusst.

Waren es damals Vorgesetzte, die unangebrachte Macht ausübten und ungerechtfertigte Schelte verteilten, schwappte dieses Machtgehabe im Laufe der Zeit auf verschiedene dominante Mitarbeiter über, die mit ihrem Verhalten zahlreiche Kolleginnen und Kollegen erfolgreich zu mobben begannen. (das ist eine rein subjektiv von mir selbst empfundene Wahrnehmung).

„Heiligabend"

Wieder einmal war Heiligabend, die Vorweihnachtszeit war vorüber. Die Gefühlsduselei, von der man selbst erfasst wird, war noch nicht ganz überstanden. Heute machte ich einmal selbst Dienst an Heiligabend. Mein erster in den bisherigen 25 Jahren. Ich schämte mich etwas dafür, weil bislang immer andere „herhalten" mussten. Dafür hatte ich oft zu Silvester Dienst gemacht, beruhigte ich mein Gewissen.

Schon tagsüber war nicht viel los. Wir ließen uns so wenig wie möglich auf der „Straße" sehen. Wen sollte man denn heute schon abstrafen? Überall war es hektisch. Solange nichts passierte, erwartete jeder, dass wir mit Scheuklappen herumfuhren, nur wenn sich etwas ereignete, dann sollten wir schon vorher da sein. So ist es aber auch, wenn nicht Weihnachten ist. Wir fuhren nicht hinaus, wir bleiben auf unserer Dienststelle und nahmen uns vor, nur auszurücken, wenn es „brennt".

Es war ein kalter Heiligabend. Es hatte schon im Vorfeld geschneit. Die Straßen waren teilweise rutschig und eisig. Ich plante den ganzen Tag am Dienstplan herum, wie es immer kurz vor Monatsende üblich war und wie ich es schon jahrelang gewohnt war, ob im Dienst oder manchmal auch zu Hause. Die Dienstplanung machte auch zu Weihnachten nicht halt.

Ich hatte mit S., einer weiblichen Kollegin Dienst. Tagsüber hatten wir zwar auch schon gemeinsam Dienst, ich hatte aber keine Zeit für etwas anderes als für den Dienstplan. S. musste sich selber mit etwas Nützlichem oder mit sonst etwas beschäftigen. Es waren auch kaum andere Kollegen da, weil alles auf Sparflamme lief, wie das immer und überall zu Weihnachten ist. Wie gesagt, wir als Polizei, hielten uns im Hintergrund. Ein kleiner Weihnachtsbaum in der Ecke des Eingangsbereiches schmückte unsere Dienststelle und zeigte, dass Weihnachten war.

Langsam dunkelte es und es wurde Abend – „Heiligabend". Ich war immer noch nicht fertig mit meinem Plan. Es gab kein üppiges Essen. Auch sonst deutete für uns fast nichts auf Weihnachten. S. tat mir leid, weil sie die Leidtragende war. Normalerweise wurde an Heiligabend und zu Silvester auch auf den Dienststellen etwas hergerichtet, etwas Feines zum Essen, nichts aus der Tüte oder vom Wurststand, meistens Raclette oder Fondue. Ich hatte leider keine Zeit für so etwas. Ich fühlte mich etwas kalt und gefühllos, es nutzte aber nichts, der Dienstplan war auf Termin fertig zu stellen. Wir rückten nicht aus, weil einfach nichts los war. Erst um halb elf fuhren wir hinaus, weil ich für heute nicht mehr weiter am Dienstplan arbeiten konnte und wollte. Ich brauchte immer drei Tage dafür. Wir fuhren mit unserem weißen VW Bus mit Hinterradantrieb. An jeder Kreuzung rutschte der Wagen. Ich musste vorsichtig fahren, war trotzdem etwas übermütig, wie immer. Ich machte Bremsversuche. Es rutschte wirklich. Wir fuhren nach Dornbirn und besuchten die dortige Dienststelle. Auch in Dornbirn war es ruhig. Dort hatten sie eine gefrorene Torte im Kühlschrank. Wie selbstverständlich luden uns die Kollegen aus Dornbirn auf ein Kuchenstück ein. Die Torte war innen noch ein wenig gefroren. Sie hatten den Kuchen in den Kühlschrank getan, nachdem sie ihn zum Kaffee nach dem Heiligabendessen genossen hatten. Wir blieben eine gute halbe

Stunde in Dornbirn und verabschiedeten uns mit dem gegen-
seitigen frommen Wunsch, dass es weiterhin eine ruhige Nacht
bleiben möge.

Es war auch ruhig – wenigstens vorläufig. Wir konnten uns
pünktlich in unsere Bereitschaftszeit zurückziehen und auch
einige Zeit die Augen zu machen. Der Kaffee zur späten Nacht
hielt mich aber wach. Die Bereithaltezeit verstrich nur langsam.

Gegen halb vier läutete das Telefon. Der Wirt eines Nachtlo-
kals, ersuchte uns um unser Einschreiten, da drei Personen
vor dem Eingang randalierten, sie würden gegen die Türe treten, weil er sie nicht hinein gelassen habe. Früher war am Heiligabend nichts offen, nicht einmal eine Tankstelle, heute war
das anders. Nichts bleibt nichts wie es ist.

Um diese Zeit bestand keine Möglichkeit mehr, eine andere
Streife zur Unterstützung zu holen, da keine mehr da war.
Eigentlich war das Einschreiten gegen drei Betrunkene immer
damit verbunden, Unterstützung anzufordern. Aber um diese
Zeit ? Obwohl meine Einschätzung (Amtshandlung mit drei
betrunkenen Personen) so war, dass unbedingt Unterstützung
erforderlich war, forderte ich keine an, da es ohnehin einige
Zeit dauern wird, bis jemand eintreffen würde. Da es am Telefon hieß, die Personen wären noch anwesend, beeilten wir uns,
da wir ja keine weitere Eskalation wollten. Wir waren nach gut
sieben Minuten am Tatort. Doch es war niemand mehr dort,
niemand von den Tätern jedenfalls. Der Wirt öffnete und zeigte
uns eine leichte Beschädigung an der Tür. Meiner Einschätzung handelte es sich um eine Minimalbeschädigung, aber
doch. Es lag eine Sachbeschädigung und ein versuchter Hausfriedensbruch vor. Die Täter hätten sich zu Fuß vom Tatort

weg begeben. Sie dachten wahrscheinlich nicht daran, dass sie einen Polizeieinsatz ausgelöst hatten. Nach dem Notieren der wichtigsten Daten des Geschädigten nahmen wir die Fahndung nach ihnen auf.

Schon nach kurzer Suche hatten wir Erfolg. Die wirklich erheblich betrunkenen Burschen gingen zu Fuß in Richtung Hohenems. Sie befanden sich ca 200 m von dem besagten Nachtlokal entfernt. Sie waren zwischen 18 und 22 Jahre alt. Als wir sie antrafen, gingen sie auf dem Gehsteig, der durch Schneehaufen vom Schneepflug von der Fahrbahn getrennt war. Es waren relativ hohe Schneehaufen. Daher gestaltete sich auch unsere Kontrolle etwas schwierig. Meine Kollegin sicherte mich von der Seite, ich führte die Kontrolle durch. Als ich einen Ausweis von den Dreien verlangte, hatte nur einer der Kontrollierten einen dabei. Sie sagten, man würde sie ohnehin kennen. Ich kannte keinen, auch meine Kollegin nicht. Einer hielt mir dann plötzlich einen Ausweis vor die Nase. Provokant ließ er ihn vor mir in den Schnee fallen – ein alter Trick, um Polizisten ins Wanken zu bringen. Gefährlich, sich zu bücken und auch nicht ratsam. Daher ließ ich mir den Ausweis von ihm selbst aufnehmen und mir geben. Er machte es recht widerwillig. Jetzt wusste ich wenigstens von einem, wer er war. Schon bei der ersten Begegnung war klar, dass das keine einfache Amtshandlung wird. Trotzdem riefen wir noch keine Verstärkung, da das erfolglos schien um diese Zeit. Bis sich die Streife aus Dornbirn oder Hohenems hierher begeben hätten, wäre der Markt längst verlaufen. (Die Anfahrt dauert mindestens 10 Minuten, bei höchster Einsatzgeschwindigkeit). Also versuchten wir, das Beste aus unserer Amtshandlung zu machen.

Ich sagte den Burschen, dass sie festgenommen wären. Sie sollten sich in den VW Bus setzen und mitkommen. Sie nahmen mich nicht ernst - eine schwierige Situation. Meine Kollegin S. konnte ich noch nicht gut einschätzen, ich wusste nicht, wie sie reagieren wird, wenn es hart auf hart ging. Sie war noch nicht so lange im Außendienst, erst seit ca einem halben Jahr.

Ich versuchte, einen der Burschen in den Bus zu drücken, mit leichtem Zwang, ohne mich voll auszugeben. S. drückte auch etwas mit. Es kam zur Gegenwehr. Eine Schubserei und Stoßerei. Das Ganze verlagerte sich auf die andere Straßenseite zu einem Blumenverkaufsstand, wo Spätberufene Blumen vom Automaten herauslassen können. Dort war ein kleiner Vorplatz. Hier ging die Schubserei weiter. Passanten kamen vorbei und wunderten sich über das Spektakel, das hier veranstaltet wurde. Ich befürchtete, dass wir unsere Amtshandlung nicht durchziehen könnten oder dass wir sogar untergehen würden. Zornesblässe fuhr in mein Gesicht. Bei mir äußert sich ein sich anbahnender Wutausbruch durch Absinken der Gesichtsfarbe auf eine totale Blässe. Diese Blässe musste ich nun erreicht haben. Mit einem kurzen Stoß mit meiner Linken genau in die Lebergegend streckte ich, für mich nicht in dem Ausmaß erwartet, einen der drei mit einem Schlag zu Boden. Der Sturz schaute grotesk aus. Der Bursch stürzte vornüber genau auf einen der gehäuften Schneehaufen. So lag er nun, bewusstlos, den Schneehaufen umklammernd, auf dem Boden. Nicht nur wir waren erstaunt, dass der Schlag so gut gewirkt hatte, sondern auch die beiden anderen, die jedoch in ihrem Widerstand nicht nachließen. Wir versäumten in dieser Zeit, dem k.o., Geschlagenen die Handschellen anzulegen, obwohl seine Ohnmacht gefühlte fünf Minuten andauerte. Wir schauten uns nur überrascht an. Es blieb aber nicht viel Zeit. Da die

Schubserei noch nicht vorbei war. Ich musste zu einem weiteren Schlag ausholen. Dieser traf den zweiten wunderbar an der Kinnspitze. Auch er stürzte schon beim ersten Schlag um wie ein gefällter Baum. Herrlich, wie diese Schläge wirkten, das hätte ich nie und nimmer erwartet. Ich war fast in einen Rausch geraten und versuchte, nun auch den dritten mit meiner wundersamen Schlagkraft niederzustrecken. Den traf ich jedoch nicht richtig. Der Schlag war zu kurz. Er schrie, dass ich ihm nicht den Kehlkopf einschlagen soll. Da sich die Burschen nun ergaben und wir ohne Blessuren davon gekommen waren, packten wir sie in den Bus ein, um abzuklären, wer sie wirklich waren. Noch auf der Fahrt waren sie schon wieder frech, wurden aber nach der Abklärung ihrer Personalien wieder frei gelassen. Sie kamen die nächsten Tage zur Dienststelle und machten ihre Aussagen. Alle wurden wegen Widerstand gegen die Staatsgewalt verurteilt. Keiner beklagte sich über eine unangemessene Behandlung oder gar über Verletzungen. Das Einschreiten hatte gewirkt, sie hatten ihre Lehren gezogen. Sie haben sich zwar nicht gebessert, aber dieses Weihnachten wird ihnen, wie uns, in Erinnerung bleiben.

Es war ein gutes Gefühl, sich durchgesetzt zu haben.

Zum Thema: „Frauen bei der Polizei"

Nach nun 41 Jahren im Dienst bei der Polizei und nun seit 23 Jahren mit Frauen und damit in meiner unmittelbaren Umgebung hat mich der Teufel geritten, dass ich zu diesem Thema etwas anmerke. Es muss aber einfach einmal gesagt werden, wie sich der Dienst der Frauen bei der Polizei ausgewirkt hat, ob sie „ihren Mann stehen" und wie sich die Polizei seit dem Eintritt der Frauen in die jahrhundertealte Tradition der Männer bei der Polizei entwickelt hat.

Schon vor einigen Jahrzehnten wurde beschlossen, dass im Bundesdienst sowohl Männer als auch Frauen zu annähernd gleichem Anteil beschäftigt werden sollen. Die gesetzliche Vorgabe war klar und wurde nach und nach umgesetzt.

Mittlerweile ist der Frauenanteil im Bundesdienst schon kräftig angestiegen. Bei der Polizei ist der Prozentsatz noch nicht ganz so hoch.

Ehrlich gesagt: „Polizist ist kein spezifischer Frauenberuf!"

Bei der Polizei gibt keine unterschiedlichen Vorschriften für Frauen oder Männer. Lediglich beim Mutterschutz gibt es klare Vorgaben zum Schutz der werdenden Mütter.

Personell gesehen ist es ein Unsicherheitsfaktor für Polizeidienststellen, Frauen auf den Dienststellen zu haben. Eine langfristige Personalplanung ist nur schwer möglich, da bei einem Ausfall einer Frau nach Schwangerschaft keine Nachbesetzung der Planstelle erfolgt – die Frau wird sofort vom Außendienst abgezogen, sobald ihre Schwangerschaft bekannt wird (das ist auch gut so) – allerdings ein schwerer Systemfehler, der unbedingt bereinigt gehört.

Das mit dem Mutterschutz ist die eine Sache. Es gibt aber noch ein Mehr, das viele Fragen über den Dienst von Frauen bei der Polizei unbeantwortet lässt.

Wenn ich hier von der Polizei rede, meine ich die Sicherheitspolizei. Es ist nicht die Arbeit der Frauen gemeint, die auf Verwaltungsstellen bei der Polizei, als Sekretärinnen oder als andere spezielle Kräfte, wie zum Beispiel bei der Befragung von Kindern ausgebildet wurden, gemeint.

Im normalen Sicherheitspolizeibereich sind sie schwieriger einsetzbar als Männer. Von Alkoholisierten oder sonst aggressiven Personen wird das Vorhandensein von uniformierten Polizistinnen oft als zusätzliche Provokation und manchmal auch als Schwäche gedeutet. Es ist nicht richtig, was oft schon propagiert wurde, dass die Anwesenheit von Frauen zu einer Deeskalation oder Befriedung von Sachverhalten führt. Nicht zuletzt wegen diesem Umstand kam es in den vergangenen Jahren immer wieder zu Widerstandshandlungen, die beim alleinigen Einschreiten von männlichen Exekutivbeamten möglicherweise nicht vorgekommen wären. Durch die Anwesenheit von weiblichen Kolleginnen und dem Umstand, dass Frauen erfahrungsgemäß in der Regel keine „Kämpfer" sind, beeinträchtigt das Einschreiten gegen Aggressive und Alkoholisierte ganz wesentlich. Auch wenn das wie eine Mutmaßung klingt, glaube ich, dass ich mit dieser Ansicht nicht daneben liege, da ich auf jahrelange Erfahrung zurückblicken kann.

Auch die Akzeptanz von Polizistinnen durch Fremde, besonders bei anderen Lebensanschauungen ist alles andere als eine große. Frauen bei der Sicherheitspolizei, das funktioniert nur bedingt.

Einige Beispiele, wie sich der Dienst mit Frauen bei der Polizei gestaltet, habe ich hier zusammengestellt. Fallweise mögen meine Darstellungen etwas übertrieben scheinen, in Wahrheit spielt es sich aber oft so ab:

Allerdings gibt es auch Ausnahmen – es gibt auch Polizistinnen, die auch bei der Polizei genau so arbeiten und agieren wie die männlichen Kollegen.

Kaffeeklatsch

Es macht immer wieder Spaß, sich mit anderen zusammen zu setzen und über Gott und die Welt zu reden. Die Gespräche sind zwar interessanter und abwechslungsreicher, wenn auch Frauen am Tisch sitzen, tatsächlich handelt es sich aber oft nur um Kaffeeklatsch und Überflüssiges, was dann gesprochen wird. Es handelt sich weder um Sachgespräche noch um konstruktive und besonders intensive Inhalte. „Wer ist schwanger ? wer sieht gut aus ? wer ist mit wem zusammen ?" An solche Gespräche kann ich mich von früher her, als die Männer allein den Exekutivdienst verrichteten, nicht in diesem Ausmaß erinnern, als das jetzt der Fall ist.

Diese Gespräche sind zwar positiv, sie gehören aber nicht in den Dienst. Sie gehören in ein Wohnzimmer, wo mehrere Frauen zusammen an einem Tisch sitzen und gemeinsam frühstücken, oder sie gehören ins Cafehaus, typischer Kaffeeklatsch. Dort können sie über ihre Sprösslinge reden und darüber, was ihr Mann so alles macht, wenn er nicht zu Hause ist.

Schwierig wird es, wenn sich mehrere Frauen zusammen tun und beginnen, auf anderen „herumzuhacken". Das tun zwar Männer auch, aber niemals in einer derart zielgerichteten, ausgefeilten und vollendeten Form, wie das Frauen zu tun vermögen. Männer fechten ihre Kämpfe mit harten Worten und manchmal mit Fäusten aus. Frauen sind (Ausnahmen bestätigen die Regel), wie schon gesagt, von Natur her keine Krieger, manche sind aber derart infam und bösartig, dass man seinesgleichen suchen muss. Sie verstehen es sogar, auch männliche Kollegen für ihre Bösartigkeiten zu gewinnen und zu missbrauchen.

Gefühlsausbrüche – Schreianfälle

Einmal schaute ich mir ein kursierendes Video an, in dem zwei Polizisten (eine Frau und ein Mann) gezeigt wurden, die zwei Jugendliche bei einer Bushaltestelle kontrollierten. Diese waren frech und respektlos. Ein ganz alltäglicher Vorgang, dem die Luft mit Fingerspitzengefühl leicht herauszunehmen gewesen wäre.

Daraufhin begann die weibliche Polizistin auszuflippen, sie schrie, warf ihre Dienstmütze vor lauter Rage zu Boden und konnte sich nicht mehr fassen. Es war zwar ein gestellter Film, doch die Wirklichkeit schaut nicht viel anders aus.

Solcherart habe schon selbst erlebt. Zwar nicht in dem übertriebenen Maß, wie im Film. Allerdings in ähnlicher Form den

Schreiens, bei einem Vorfall, der unter die Haut ging. Es war nichts Großartiges. Es reichte schon, dass mehrere Personen herumstritten, nachdem jemand aus dem Fenster gefallen war und schließlich alle Anwesenden verwirrende Angaben machten. In das Gewirr der aufgebrachten Auskunftspersonen und der Akteure mischte sich schließlich auch noch das Geschrei (wirklich Geschrei) einer Polizistin, die eigentlich „Licht ins Dunkel" bringen sollte, anstatt den Wirbel noch größer zu machen. Das machte die Situation nicht klarer, sondern noch unüberschaulicher. Dass durch Geschrei kein Konflikt gelöst werden kann weiß jeder. Dass Geschrei Aggressionen erzeugen kann ebenfalls.

Polizeibeamtinnen führen zu Imponiergehabe von Kollegen

Eine ganz besondere Beobachtung, die ich in meinem Dienstleben machen konnte war, dass sich männliche Kollegen, wenn sie mit Frauen auf Streife waren, eher dazu hinreißen ließen, Amtshandlungen auf die „harte Tour" durchzuziehen, als wenn sie mit männlichen Kollegen unterwegs waren. Dabei handelt es sich vermutlich um völlig normales Imponierverhalten, das allerdings in den Lehrbüchern der Polizei als mögliche Ursache von überzogenen Amtshandlungen bislang nicht eingearbeitet ist.

Überhaupt lassen sich männliche Kollegen durch die Anwesenheit von Polizistinnen zu Dingen hinreißen, die sie in Anwesenheit von männlichen Kollegen nie machen würden.

Einsätze bei missbrauchten Frauen oder Kindern

Es ist nicht von vornherein gesagt, dass Frauen Frauen besser verstehen als Männer. Gerade nach gefühlsbetonten Ereignissen neigen Frauen zu einer Übersteigerung des Erlebten und zu enormen Übertreibungen (das ist ein Erfahrungswert). Außerdem leben sie sich emotional sehr stark in die Vorfälle hinein. Das soll keine generell negative Aussage gegen Frauen und auch nicht abwertend sein. Aber bei schwerwiegenden Ereignissen ist es notwendig, dass zumindest die Polizei objektiv und emotionslos agiert. Für die gefühlvolle Betreuung der Opfer sind andere Institutionen (zB KIT) zuständig.

Manchmal kann es schon sein, dass es besser ist, eine Frau zu einem schwierigen Ereignis beizuziehen, um die Entscheidung des Gegenübers auszuloten, jedoch defensiv und nicht offensiv.

Oft wollen betroffene Frauen nicht, dass sie von einer Frau betreut oder vernommen werden.

Sie schämen sich und bringen es leichter über die Lippen, mit einem emotionslosen Mann zu reden als sich selbst, in Gefühlen zu ergeben, und sich einer Frau anzuvertrauen. Bei Kindern ist das auch nicht viel anders. Es kommt es auf den Fall an, der zu behandeln ist. Nur weiß man am Beginn eines Falles nie, wie das Geschehene war. Daher ist eine Betrauung eines Falles, ohne zu wissen, worum es geht, von vornherein mit einer Frau, nicht der Stein der Weisen.

Eine lustige Geschichte zu diesem Thema:

Zum 10-jährigen Jubiläum „Frauen bei der Gendarmerie", wurde seitens des Innenministeriums ein Wettbewerb ausgeschrieben. Dabei durften Beiträge zum Thema „Frauen bei der Gendarmerie" gestaltet werden, egal ob durch bildende Künste, durch Geschichten, Gedichte oder durch anderes. Mit gefiel diese Idee und ich dachte mir, ich sende ein Gedicht ein, das mir zum Thema einfiel und das mir damals aus der Seele sprach. Übrigens hat sich meine Meinung zu dem Thema nicht verändert, sondern eher verstärkt.

Geiche Rechte – gleiche Pflichten ?

Ob groß, ob klein, ob dick, ob dünn -

stellt Frauen ein, das bringt Gewinn !

Ob blond, ob braun, ob Mann ob Weib,

nicht mehr Beruf – nein, Zeitvertreib !

Vor gut zehn Jahren wurden Frauen eingestellt.

Kurzfristig hat das den Dienst erhellt.

Mit Rundfunk, mit Pauken und mit Trompeten

begann für die Frauen der Kampf um Moneten.

Von da an sind sie gekommen und sie kommen auch heute.

Ob das bisher noch niemand bereute?

Sie stehen ihre Frau und arbeiten fleißig,

leider werden auch sie einmal dreißig.

Es kommt dann, was immer kommen muss,

einmal ist mit dem schönsten Job Schluss.

Jetzt kommen die Kinder und die Familie ist dran –

doch was macht der Posten, dort fehlt jetzt ein „Mann".

Egal - so ist das Leben halt,

es gibt ja noch andre, die bekämpfen die Gewalt.

Wenn etwas kommt, was Frau nicht kann,

dann müssen halt die Männer ran !

So einfach ist nicht alles im Leben,

es wird noch manche Sorgenfalte geben.

Die 50 % - Quote zu erfüllen

und trotzdem das Sicherheitsbedürfnis stillen,

ohne einen Ausgleich zu schaffen,

dann muss man die Organisationen straffen.

Ein kleiner Fehler ist unterlaufen,

jetzt muss man sich die Haare raufen.

Die Ausfälle wurden nicht überdacht,

das ist ein Problem - das ist hausgemacht.

Mit kleinen Korrekturen wäre alles zu richten,

haben doch alle gleiche Rechte und Pflichten ?

Man sollte bedenken, dass es immer so war;

einem Mensch der Natur war das immer schon klar;

es klingt zwar so dumm wie ein altes Lied:

Zwischen Mann und Frau gibt es einen Unterschied.

Auch mein Beitrag kam in die Wertung beim Ministerium und ich erhielt eine Einladung nach Wien, um bei der Präsentation der Arbeiten teilnehmen zu können. Außerdem gab es eine Belohnung von damals 1.000,--Schilling. Das war ja keine Kleinigkeit. Nachdem die Einladung zu der Veranstaltung natürlich nichts anderes war als ein „Befehl" daran teilzunehmen, fand ich mich auch zu dieser Zusammenkunft ein. Zahlreiche Gäste aus dem exekutiven In- und Ausland waren gekommen. Teilweise musste in Englisch gesprochen werden, ich war doch etwas überrascht über diese, für mich, sehr hochtrabende Auszeichnungsfeier.

Dass mein Gedicht auch für diese Veranstaltung ausgewählt worden war, wunderte mich schon ein wenig, da es doch einige kritische Anmerkungen beinhaltete. Zum Großteil waren Frauen auf dieser Veranstaltung. Erfreut traf ich eine mir auf Anhieb sympathische Erscheinung, allerdings einen Mann, auf dieser Veranstaltung. Schon von seinem Äußeren her war erkennbar, dass es sich um einen, wie ich gerne sage „Straßenkämpfer", einen von ganz unten, einen Raubeinigen, handelte. Auch als ich mit ihm ins Gespräch kam, bestätigte sich dieser Eindruck. Er war ein Mann von der WEGA (damals eine Elite-Einheit der Wiener Polizei). Er hatte in den 90-iger Jahren einen Jugoslawien Einsatz mitgemacht und war einer, der schon einiges erlebt hatte. Mich wunderte, was er hier verloren hatte. Nach und nach bekam ich mit, dass er als Frauenbeauftragter seiner Einheit zu dieser Veranstaltung entsendet worden war. Lustigerweise hatte seine Einheit damals noch gar keine Frauen – aber was soll's. Ich freundete mich gleich mit ihm an und wir waren den ganzen Tag über mehr oder weniger zusammen und plauderten miteinander über gewisse Erlebnisse. In einer Pause zeigte er mir die Präsidentschaftskanzlei und nach Abschluss der Veranstaltung organisierte er mir ein dienstliches Taxi zum Westbahnhof. Wir verloren uns nach einigen Jahren leider wieder, nachdem wir eine Zeit lang E-Mail Kontakte austauschten.

Aber nochmals zurück zur Veranstaltung: Obwohl mich eigentlich niemand kannte, da aus dem fernen Vorarlberg nur ich angereist war, wurde ich von zwei blonden Frauen im mittleren Alter angesprochen. Ich musste in Schubladen kramen und mein Englisch auspacken, um zu verstehen, was sie von mir wollten. Sie waren zwei Führungskräfte der Polizei aus England und sprachen mich mit kritischen Blicken an. Ich hatte fast das Gefühl, ich hätte etwas angestellt, so schauten sie. Dann fragten sie mich, was mir denn eingefallen sei, als ich mein Gedicht geschrieben hätte. In England wäre ich mit einer solchen Arbeit die längste Zeit bei der Polizei gewesen. Das hätte man dort nicht durchgehen lassen, gaben sie mir zu verstehen. Nach ihren strafenden Blicken und bösen Worten verabschiedete ich mich freundlich von ihnen und war froh bei der österreichischen Polizei zu sein. Hier gingen die Uhren offenbar doch noch etwas anders. Ich erhielt meine Belohnung und durfte an der Ehrung und am anschließenden Buffet teilnehmen und wurde zum Glück nicht aus der Polizei entlassen. Allerdings dachte ich schon über die Worte dieser Frauen nach. Auch wenn ich heute das Gedicht durchlese, finde ich, dass ich den Nagel auf den Kopf getroffen hatte. Es überkam mich dann aber doch ein wenig das Gefühl, dass von den Verantwortlichen der Ehrung, die mich eingeladen hatten, nicht wirklich jemand den Inhalt des Gedichtes gelesen hatte.

Meine Aussagen über Frauen sollen weder eine Geringschätzung der Frauen bei der Polizei sein, noch Kritik an ihrer Arbeit üben. Frauen sind einfach anders. Auch ich werde mich daran gewöhnen müssen.

Ein Satz der mir dazu eingefallen ist:

Polizeidienst ist nicht unbedingt ein Beruf für Frauen – aber ist er ein Beruf für Männer?

Nochmals Tierisches, aber anders

Sonntag – Vormittag – an sich die ruhigste Dienstzeit der ganzen Woche. Das war immer schon so. Die Samstag Nacht Gesellschaft schläft und lässt uns für gewöhnlich in Ruhe, sofern es keine Überbleibsel von der Nacht zu bearbeiten gibt.

Das passte gut – um 09.00 Uhr begann ein Formel 1 Grand Prix, und wurde im Fernsehen übertragen. Die ersten Arbeiten waren bereits erledigt und wir wollten es uns auf den harten Holzstühlen vor dem Fernseher im Sozialraum gemütlich machen, wenigstens den Start wollten wir uns anschauen. Die Boliden standen schon in der Startaufstellung und es hätte noch genau eine Minute bis zum Start gedauert. Die Spannung stieg – das sch... Telefon unterbrach den Count Down. Die Bezirksleitstelle teilte mit, dass zwei Pferde durch Lustenau in Richtung Hard galoppieren würden. So ein Schwachsinn. Gibt's doch gar nicht, gibt's nicht. Alles gibt es. Also hinein ins Auto, ich als Lenker, M. als Mitfahrer. Zum Glück für mich, wie sich später heraus stellte, hatte ich diese Fahrzeugbesetzung so gewählt – doch dazu später.

Wir fuhren die Maria Theresienstraße hinunter, als uns die Bezirksleitstelle mitteilte, dass die Pferde nun in der Bahnhofstraße seien. Ich dachte, die seien längst über alle Berge. Normalerweise biegen diese in irgendeine Wiese ab und sind weg. Ich beschleunigte und bei der Einmündung Zellgasse bei der Ampel schlossen wir auf die Kleinpferde, so ca 120 cm Stockmaß, auf. Wie auf Geheiß hielten die Pferdchen an der roten Ampel an – und – drehen um, und galoppierten in die andere Richtung uns entgegen. Es herrschte glücklicherweise wenig Verkehr. Ich wendete auch und fuhr den galoppierenden Pferden mit ca 40 km/h hinterher, das Blaulicht eingeschaltet und das Folgetonhorn auch. Ich wollte, dass andere Verkehrsteilnehmer auf uns aufmerksam wurden, nicht dass etwas passieret. Ich hoffte, dass die Pferdchen müde werden, sie schwitzten kräftig. Insgeheim hoffte ich sogar, dass sie plötzlich tot umfallen vor lauter Anstrengung – aber die Pferde waren ausdauernd.

So ging die Fahrt dahin und auf der Landesstraße passierte weiter nichts. Die Pferde rannten beim Lustenauer Hof gerade aus wieder in die Maria Theresienstraße. Hier kam es zu einem ernsten Problem. In der Nähe der Erlöserkirche ging ein Mann mit Kinderwagen auf dem Gehsteig in unsere Richtung. Er hörte unser Folgetonhorn und wurde auf uns aufmerksam. Es kam uns auch Fahrzeugverkehr entgegen und einer blieb stehen. Eines der Pferde wechselte auf den Gehsteig, genau dorthin, wo der Mann mit Kinderwagen entgegen kam. Zum Glück ging er hinter einer Hausecke in „Deckung". Das Pferd galoppierte vorbei. Es hätte ihn sicher überrannt. Das war eine heiße Aktion.

Da unsere Fahrt nun doch schon einige Kilometer dauerte dachte ich, dass das Pferd doch bald umfallen müsste. Ich dachte auch ans Erschießen, aber wie ?

Wir mussten nicht lange nachdenken. Die Pferde rannten weiter auf die Radetzkystraße und Roseggerstraße und näherten sich wieder der Hauptstraße. Wenn sie von der Roseggerstraße in die Hauptstraße rennen würden und ein Fahrzeug käme, gäbe es sicher ein größeres Problem. Da rechnete doch niemand, dass da jemand heraus rennt oder fährt, und schon gar nicht zwei Pferde.

Tatsächlich rannten diese dummen Viecher um die Ecke, direkt auf die Hauptstraße, ohne anzuhalten natürlich. Wir mussten etwas machen. Das vordere der beiden Pferde schien etwas ruhiger, es rannte schön am rechten Fahrbahnrand. Diese Chance mussten wir nun nützen. Es trug ein Halfter aus Seil. Nun kam der Part für meinen Beifahrer und wie gesagt, ich war froh, nicht an seinem Platz zu sitzen. Wir fuhren auf Höhe dieses Pferdes. M. öffnet die Seitenscheibe. So etwas Lustiges hatte ich lange nicht gesehen. Offenbar aufgrund seines Gesichtsfeldes schaute das Pferd mit seinem langen Kopf zu uns ins Auto herüber. Dazu drehte es seinen riesigen Kopf in unsere Richtung und schaute beim Rennen genau zu uns zum Fenster herein. Also das schaute wirklich sehr komisch aus. Nach mehreren Sekunden mit dieser Kopfstellung drehte das Pferd seinen Kopf wieder gerade aus. Diesen Moment nutzte M. und griff zu. Er ergriff das Hanfseil und zog das Pferd zum Auto heran. Es schepperte und wackelte. Das Pferd hatte offenbar unser Auto berührt und das nicht nur ein wenig. Ich bremste herunter und auch das Pferd verlangsamte und konnte so zum Stehen gebracht werden. Jetzt wurde es noch kurioser. Das zweite Pferd, das gleich von hinten kam, versuchte sofort, das angehaltene Pferd zu bespringen. Offenbar hatte der Hengst seine Stute verfolgt und wollte nun seine Gelegenheit nutzen – und das an Sonntagvormittag. Mit Mühe konnte M. die Stute festhalten. Offenbar hatten auch andere die Pferde verfolgt. Sie, die sich mit Pferden auskannten, übernahmen sofort die Stute und führten sie zu einem Zaun, wo sie sie anbanden. Sie hatten sogar Futter dabei. Der Hengst folgte bereitwillig, da er ja noch etwas wollte. Damit die Stute nicht wieder ausreißen konnte, stellten wir unser Dienstfahrzeug zwischen die beiden. Wir mussten aufpassen, dass er nicht über unser Auto springt. Unser Abschleppseil diente als Longe und wir konnten mithelfen, beide Tiere anzubinden.

Es dauert noch einige Zeit, bis die Besitzer kamen und sich der Pferde annahmen. Sie erzählten, dass der Hengst gar kein Hengst mehr war, sondern schon seit einiger Zeit ein Wallach. Allerdings hatte er das offenbar selbst noch gar nicht mitbekommen.

Glücklicherweise blieb diese wilde Jagd ohne weitere Folgen. Weder im Straßenverkehr, noch bei den Pferden und auch bei uns waren keine Schäden entstanden. Auch das Dienstauto hatte keinen Schaden genommen, obwohl es anständig gerüttelt hatte.

Als wir wieder auf die Dienststelle einrückten war das Autorennen gelaufen. Wir wussten nicht einmal, wie es ausgegangen war. Allerdings hatten wir dafür ein einzigartiges Erlebnis an diesem Sonntagvormittag.

Pfeffersprayeinsatz

Hektisch ging es zu im Bezirk Dornbirn. Die Gymnaestrada war am Laufen. Jeden Tag Veranstaltungen zu überwachen, vor allem das Verkehrsgeschehen hielt uns auf Trab, da TeilnehmerInnen- und Besucherströme zu leiten waren. Das war aber nur neben dem gewöhnlichen Tagesgeschehen abzuwickeln. Von höherer Seite wurden ausgefeilte Pläne geschmiedet, die nun, als die Veranstaltung stattfand, akribisch umgesetzt wurden. Und es funktionierte tatsächlich alles, was man sich vorher planerisch vorgenommen hatte. Allerdings gab es ja auch kein Gegenüber, keinen „Feind", keinen Aggressor, wenigstens nicht viele. Einige fielen schon auf und gegen sie musste auch eingeschritten werden, wie es halt immer im Zusammenleben mit Menschen und vor allem beim Zusammentreffen von vielen üblich ist. Aber im Großen und Ganzen lief die Gymnaestrada wirklich friedlich ab. Es war ein Fest der europäischen Sportfreunde, ein Musterbeispiel einer gelungenen Veranstaltung, jedenfalls für mich.

Ein Vorfall war dann aber doch etwas anders. Er hatte mit der Gymnaestrada eigentlich gar nichts zu tun. Allerdings fiel der Vorfall genau in die Zeit der Gymnaestrada.

Nach den Tagesveranstaltungen der Gymnaestrada an diesem schönen Julitag kam am späten Nachmittag die Meldung herein, dass eine junge Frau vor ihrem Lebensgefährten geflüchtet sei. Sie sei vorher von ihm verletzt und mit einem Küchenmesser damit bedroht worden, dass er ihr den Kopf abschneide. Das war ja nun nicht gerade die feine englische Art. Dieses

Kopfabschneiden beschrieb das Opfer ganz genau und erklärte, dass der Täter ihr so richtig gezeigt habe, wie er mit dem gezackten Messer so lange an ihrem Hals herumschneide, bis der Kopf ab sei. Der Täter hielt sich im Haus seiner Eltern, wo sich die Drohungen und Aggressionen vorher abgespielt hatten, auf, als wir auf den Plan gerufen wurden. Er war zum Glück allein in der Wohnung im oberen Stock, denn die Frau war zusammen mit ihrem Kleinkind, das die Aggressionen auch miterleben musste, aus der Wohnung geflüchtet.

Kurzerhand umstellten wir zu viert das Haus, aufgrund der Gymnaestrada konnten wir einiges an Personal aufbieten. Da keine Eile geboten schien, verständigten wir, wie es in solchen Fällen üblich war, das Einsatzkommando Cobra. Es war ja nicht unbedingt unser Tagesgeschehen, einen mit einem Messer bewaffneten Täter, der sich zudem in einem sehr aggressiven Zustand befand, aus einem Haus zu holen.

Wie gesagt, wir umstellten das Haus, ohne genau zu wissen, ob sich der Täter, ein ca 20 Jähriger Bursche mit migrantischem Hintergrund aus den Balkanstaaten, noch im Haus befand. Doch plötzlich bewegte sich der Vorhang in dem Raum, wo er sich aufhalten sollte. Im 2. Stock des Hauses. Er streifte ihn kurz zur Seite und schaute zu uns herunter. Kurz zeigte er das lange Küchenmesser und verschwand wieder. Was hatte er vor ? Wir hofften eigentlich, dass er im Haus bleiben würde, bis das Einsatzkommando einträfe, denn vorerst war niemand mehr einer Gefahr ausgesetzt. Langsam realisierten wir, dass er aber doch herauskommen könnte und allenfalls die Flucht ergreifen wollte. Das Vorzeigen des langen Messers war doch ein Hinweis darauf, dass er doch noch etwas beabsichtigte.

Daraufhin fixierten wir die Umstellung des Hauses noch besser und konzentrierten uns zu dritt auf den Eingangsbereich. Einen Hinterausgang gab es nicht, lediglich ein Flugdach, über das er durch ein Fenster flüchten könnte. Diesen Ort sicherten wir gut ab.

Die Spannung unsererseits wurde spürbar. Alle hofften wir, dass das Einsatzkommando rasch eintreffen würde. Es verging nur noch kurze Zeit. Plötzlich öffnete der Täter die Haustüre von innen und trat auf die Betonstiege heraus. Die Stiege war ca 7 Stufen hoch und durch ein Eisengeländer gesichert. Als der Mann heraustrat hatten wir zu dritt unsere Pfeffersprays auf ihn gerichtet. Einer von uns hatte die Pistole auf ihn gerichtet. Er trug das lange Messer in seiner rechten Hand. Er blieb auf dem oberen Teil der Stiege stehen und schrie uns an: „Was wollt ihr?" Er zitterte dabei vor Wut und steigerte sich offenbar in einen Aggressionsanfall hinein.

Er war außer sich und puschte sich selbst auf. Auf uns loszustürmen traute er sich offenbar doch nicht ganz. Jedenfalls schrie er mehrfach, was wir wollten und schäumte vor Wut, er schäumte wirklich. In dieses Hineinsteigern setzte er sich plötzlich das lange Küchenmesser am linken Unterarm an und begann wie ein Wilder zu schneiden. Ich dachte mir, jetzt wird er sich wohl den linken Unterarm abschneiden. Fast wie auf Kommando begannen meine Leute ihre Pfeffersprays in seine Richtung zu sprühen. Alle drei Sprays, die einen Strahl ausstießen, trafen den Rasenden im Gesicht. Die erwartete Reaktion (sofortiges Zusammensacken und Aufgabe) blieb komplett aus. Der Täter schrie weiter, drehte sich kurzerhand um und stürmte ins Haus zurück. Die Türe war nicht versperrt, worauf wir ihm sofort folgten. Das Messer hatte er weiter bei sich. Wir rannten in das obere Stockwerk, da wir dort eine Tür hörten. D. befand sich vor mir und rannte durch eine zugemachte Türe, die sofort aus den Angeln sprang.

Die Durchsuchung verlief negativ. Offenbar hatte er sich rasch versteckt, um unserem Zugriff zu entgehen. Der Pfefferspray, der normalerweise eine Geruchsspur hinterlässt war kaum zu riechen, jedenfalls nahm ich ihn kaum wahr. Da der Aggressor nicht hinter der einen Tür zu finden war, blieb nur eine weitere Türe, wo er sich versteckt haben konnte. Mit der gebotenen Vorsicht öffneten wir diese Türe. Den Stuhl, den zuvor D. hatte, hatte nun plötzlich ich. Mit dem wollte ich im Falle des Gegenüberstehens den Täter ihn auf Distanz halten. Kurz vor dem Eindringen in das Zimmer, das noch zu durchsuchen war, sahen wir, dass sich im Türschnallenbereich Blutspuren befanden. Der Täter hatte sich durch den tiefen Schnitt in seinen linken Unterarm eine stark blutende Wunde zugefügt.

Auf Kommando öffneten wir die Türe und tatsächlich befand sich der junge Mann in diesem Zimmer. Es war ein Schlafzimmer mit einem großen Schrank und einem Doppelbett. D. schrie ihn an, er soll das Messer weglegen, was er nicht machte. Ich drängte ihn daraufhin mit dem Stuhl an die Wand und versuchte ihn mit diesem Holzsessel in seiner Bewegungsfreiheit so zu hemmen, dass er mit dem Messer nichts anstellen konnte. D. erzählte mir später, dass er sich überlegt habe, auf den Mann zu schießen. Diese Überlegung war bei mir natürlich auch vorhanden, obwohl ich nicht schießen wollte. Ich fühlte mich im Moment nicht unmittelbar angegriffen, obwohl der Mann immer noch das Messer in seiner Hand hatte. Wir schrien ihn beide an, er solle sofort das Messer weglegen. Wiederum steigerte er sich in die schon vorhandene Aggression wie in einem Trancezustand hinein. Ich glaubte, dass, wenn wir jetzt nicht gleich zugreifen würden, er das Messer gegen uns richten würde. Noch bevor ich fertig denken konnte, schleuderte der Mann das Messer etwa 90 Grad von uns entfernt in eine Ecke des Zimmers. Er wollte uns offenbar nicht damit treffen, denn er hätte es auch auf uns schleudern können, auch wenn er uns aufgrund des Sessels nicht unmittelbar angreifen konnte. Unmittelbar darauf ergriffen wir ihn und rangen ihn zu Boden. Beide waren wir voll mit Blut und wir wurden auch durch die Pfeffersprayflüssigkeit beeinträchtigt. Diese Masse brannte noch drei Tage danach, obwohl sie anfänglich keine Wirkung gezeigt hatte. Bei dem Aggressor zeigte der Pfefferspray meiner Meinung überhaupt keine Wirkung. Wir fesselten ihn mit unseren Handschellen und brachten ihn nach unten, wo die Rettungsleute, die wir zwischenzeitlich verständigt hatten, warteten. Das Einsatzkommando traf nun auch ein, musste jedoch unverrichteter Dinge, weil schon erledigt, wieder abrücken. Wir freuten uns, dass unser Zugriff erfolgreich ohne Blutvergießen gelungen war.

Ich ließ den Aggressor nicht im Krankenwagen ins Krankenhaus, sondern mit dem Dienstfahrzeug dorthin bringen, damit seine Wunde genäht werden konnte. Beim Nähen der Wunde verspürte der Täter plötzlich wieder normale Schmerzen. Er hatte sich offenbar wieder gefangen und reagierte wieder normal. Das weitere Vorgehen war dann Einlieferung ins LKH Rankweil, die Bewachung im Spital durch zwei Polizeibeamte von uns und anschließend Überstellung in die Justizanstalt nach Feldkirch. Den Abschlussbericht hatte ein anderer Beamter von uns zu erstatten.

Am Rande der Gymnaestrada war dies ein „einschneidendes" Erlebnis für uns alle, das noch lange zum Nachdenken anregte. Zum Glück blieb dieser heiße Einsatz ohne weitere Folgen für uns alle, wenn man von der Haft, die dem Aggressor für seine Taten aufgebrummt wurde, absieht.

Am gleichen Tag führte D. noch eine Verhaftung einer ausgeschriebenen Person durch, von der ich am nächsten Tag erfuhr, dass sie zu Unrecht verhaftet wurde, weil bei der Ausschreibung ein Fehler unterlaufen war.

Diese ungerechtfertigte Verhaftung führte zu einer Selbstanzeige, da ich mitverantwortlich für die ungerechtfertigte Verhaftung war.

Nach mehreren Monaten wurde dieses Verfahren, ich habe mich bei der ungerechtfertigt eingesperrten Person für meinen Irrtum entschuldigt und bot ihr Schadenersatz an, von der Staatsanwaltschaft eingestellt.

So blieb mir die Gymnaestrada in Verbindung mit den ungewöhnlichen Vorfällen in intensiver Erinnerung.

Brandstiftung

Ein schwülheißer Tag im Juni. Schon den ganzen Tag klebte die Kleidung an meinem Körper. Ich war wegen der Fußballeuropameisterschaft bis Mitternacht im Dienst. Am nächsten Tag sollte ich wieder zu Mittag anfangen, um wieder zum Zeitpunkt der Spiele, die immer am Abend begannen, die Dienststelle zu verstärken – man wusste ja nie, obwohl bis jetzt die ganze Euro 08 ziemlich ruhig verlaufen war (anders als es viele prognostiziert hatten).

Die sicherheitspolizeiliche Abwicklung der Fußballeuropameisterschaft in der Schweiz und Österreich stellte für die Exekutive schon eine besondere Herausforderung dar. Wir mussten gewappnet sein und die Planung passte.

Ich fuhr nach Dienstschluss nach Hause, schaute noch kurz etwas in den Fernseher rein, da ich etwas Zeit zum Abschalten brauchte und legte mich gegen 01 Uhr zu Bett zum Schlafen.

Ich schlief aber ausgesprochen schlecht ein, es war mir viel zu heiß, ich schwitzte im Bett und es fiel mir schwer, nicht wieder aufzustehen, da ich ohnehin nicht schlafen konnte – eher eine Seltenheit.

Ich wälzte mich hin und her und schlief dann endlich doch ein.

Es war um 03.38 Uhr. Das Handy, das ich auf dem Nachtkästchen liegen hatte klingelte neben meinem Bett. Ich war sofort hellwach, wie ich es gewohnt war. Ich redete am Telefon ziemlich laut. Was würde wohl der Grund des nächtlichen Anrufs sein? Es war, wie es manchmal vorkommt, ein Team im Nachtdienst, das sich nicht zu helfen wusste, war meine erste sarkastische Schnelleinschätzung – diese Einschätzung war natürlich gemein.

Der Fall, den sie mir dann schilderten, war allerdings wirklich nicht einfach.

Es hatte einen Brand gegeben, bei dem eine ganze Siedlung in Aufruhr versetzt worden war. Ein Pkw war ausgebrannt, ein zweiter wurde schwer beschädigt. Außerdem hatte ein Car Port, unter dem die Autos gestanden waren, Feuer gefangen und war auch beschädigt worden.

Die Brandursache war vorerst unklar. Die Brandermittlung des Landeskriminalamtes war verständigt. Der zuständige Ermittler würde allerdings, wie wir es gewohnt waren, erst am folgenden Morgen kommen.

Hauptproblem war, dass es sich bei dem Brand – vielleicht ‐ um eine Brandstiftung handelte. Jedenfalls glaubten das die ganzen Bewohner der betroffenen Siedlung, dass eine psychisch auffällige Frau, ihr wurden am gleichen Tag ihre Kinder durch das Jugendamt entzogen worden, für den Brand verantwortlich war. Mit ihr gab es schon die ganze letzte Zeit Zoff.

Die betreffende Frau wohnte ebenfalls in der Siedlung und war angeblich nach dem Brand aufgefallen. Sie sei kurz vor dem Haus gewesen und habe geraucht. Es standen mindestens acht Anrainer zusammen und redeten auf meine Mitarbeiter ein, dass sie nicht mehr in ihre Wohnungen zurückgingen, wenn die Frau nicht verhaftet würde. – Wirklich eine brisante und äußerst angespannte Situation. Als mir S. den Namen der Verdächtigen sagte, klingelte es bei mir. Sie war die Frau, mit der ich schon einmal eine halbe Stunde am Boden lag, um auf den Gemeindearzt zu warten, sie in einem Griff festhaltend, damit sie nichts anstellen konnte. Sie war sehr rabiat und konnte nicht losgelassen werden. Diese Frau stand nun im Verdacht, eine Brandstiftung begangen zu haben, von der noch gar nicht klar war, ob es überhaupt eine Brandstiftung war.

Ich sagte meinen Mitarbeitern, sie sollten die verdächtige Frau befragen und schauen, wie sie reagiert. Sie teilten mir mit, dass die Frau ihre Türe nicht öffnete, obwohl sie Blickkontakt zu meinen Kollegen hätte. Sie teilten mir mit, dass sie sich irgendwie komisch und verdächtig verhalte, irgendwie verrückt.

Ich sagte den Kollegen, sie mögen in die Wohnung eindringen und die Verdächtige dem Gemeindearzt vorführen, da sie offenbar psychisch gefährlich sei. Mir fiel sonst keine sinnvolle Vorgangsweise ein.

Die Kollegen trauten sich nicht zu, in die Wohnung einzudringen, worauf ich zusagte, dass ich auch an den Tatort kommen würde. Die Nacht war ohnehin gelaufen, ich kannte solche Anrufe. Danach wälzte ich mich noch mehr herum und könnte nicht mehr einschlafen. Es war besser, gleich dorthin zu eilen, von wo ich angerufen wurde.

Ich raste mit meinem Kleinwagen, so schnell ich durfte und vielleicht auch ein bisschen schneller, zur Dienststelle. Ich brauchte nur 14 Minuten. Normalerweise benötigte ich für die Strecke genau 22 Minuten. Schöne Zeitunterschreitung, neuer Rekord, dachte ich. Von der Dienststelle weg nahm ich den Polizeibus, falls ich ein Verwahrungsfahrzeug benötigte, schaute mir noch den Ortsplan an, um auch an den Tatort zu finden und fuhr rasch zum Einsatzort.

Meine Kollegen waren noch am Tatort. Beim Eintreffen sah ich ein ausgebranntes Fahrzeug unter einem Carport. Die Feuerwehr war schon abgerückt. Hinter einer Ecke warteten mehrere Privatpersonen, die offenbar hofften, dass die vermeintliche Brandstifterin verhaftet wird.

Der Druck war groß.

Anwesend war auch der Kommandant der Gemeindepolizei. Als ich in die Wohnung der Verdächtigen blickte, war mir schnell klar, dass diese Frau, die sich dort sichtbar aufhielt, offenbar geistig verwirrt war. Der Arzt musste her. Er war bereits verständigt. Leider hatten wir die Frau noch nicht.

Ob sie Probleme machen würde? Wie sollten wir ihrer habhaft werden? Drehte sie durch? War sie vielleicht bewaffnet? Das waren doch einige schwierige Fragen, die die Wartenden nicht interessierten. Sie wollten nur mitbekommen, dass sie tatsächlich verhaftet wird, auch wenn noch nicht so ganz klar war, ob sie die Ursache des Brandes war. Die Zuschauer waren sich offenbar sicher. Sollten wir das Einsatzkommando, die Cobra, rufen? – ich winkte ab.

Ich schaute mir rundherum die Gegebenheiten an, wie wir am einfachsten, mit möglichst geringem Schaden in das Haus eindringen könnten.

Ich entschloss mich daraufhin, die Eingangstüre aufzubrechen, da innen der Schlüssel steckte. Da brauchte ich auch nicht hinein zu klettern und würde mich auch nicht mit dem Glas schneiden. Ich fragte die anwesenden Exekutivbeamten nach einem Schlagwerkzeug. Da sagte der Gemeindepolizist, er hätte einen Schreinerhammer dabei. Den brachte er mir.

Ich forderte die Verdächtige auf, die Türe zu öffnen. Ich stand vor der Eingangstüre und zeigte ihr demonstrativ den Hammer. Die Frau nahm ihn wahr und stellte sich knapp hinter das Glas, offenbar, damit ich das Glas nicht ohne ihre Gefährdung einschlagen konnte. Sie war eindeutig geistig verwirrt. Sie hielt ihre Hände hinten am Rücken. Niemand wusste, was sie in Händen hält.

Ich zeigte der Frau, wie ich den Hammer weitergab, um anzudeuten, dass das Küchenfenster eingeschlagen wird. Sie stürmte sofort dorthin. Ich nutzte die Zeit und zertrümmerte das Türglas der Haupteingangstüre. Es ging erstaunlich gut, es gab aber sehr scharfe Schnittränder. Ich konnte mit meiner Hand durch die Tür greifen, den Schlüssel drehen und die Tür öffnen. Während ich hineinging, kam die Frau zur Tür zurück. Ich warnte sie, keinen Blödsinn zu machen und zeigte ihr den Pfefferspray und fragte sie, ob sie wisse, was das sei. Sie schimpfte mir teilweise in Englisch und teilweise auf Deutsch entgegen, ging dann aber freiwillig zur Küche. Sie hatte jetzt auch ihre Hände nach vorn genommen. Sie hatte kein Messer und auch sonst keine Waffe, wie vermutet werden konnte.

An der Küchentheke legte ihr F., der zweite Kollege, sofort die Handschellen an, während ich mit ihr sprach. Sie ließ sich widerstandslos festnehmen. Gerade war auch der Gemeindearzt eingetroffen. Er ersuchte, einen freien Schreibplatz zugewiesen zu erhalten. Er schaute sich die Patientin an und entschied rasch. Auch für ihn gab es keinen Zweifel. Sie musste auch seiner Meinung in die Psychiatrie eingewiesen werden. Er war froh, dass er nicht mit ihr an einem Tisch sitzen musste. Das war ja auch nicht seine Sache.

Ich verstand mich ganz gut mit ihr, obwohl sie offenbar verrückt war. Sie schien auch leicht alkoholisiert. Für mich war sie unberechenbar. Ich passte auf, was sie machte. Verrückte sind immer unberechenbar. Von einer Sekunde auf die andere können sie völlig irrationale Dinge anstellen.

Jedenfalls redete ich auf sie ein, es sei das Beste für sie, ins Krankenhaus zu gehen. Auf die Frage, ob sie den Brand gelegt habe, reagierte sie aufgebracht. Sie habe nichts mit der Sache zu tun.

Als ich mit ihr zum Rettungsauto gehen wollte, hatten schon alle das Haus verlassen. Sie wollte nun plötzlich doch nicht mitkommen und erbat sich eine Minute. Ich ließ sie gewähren mit der Hoffnung, dass sie dann freiwillig mitkommen würde.

Endlich setzte sie sich in Bewegung. Der Gemeindepolizist sorgte dafür, dass das Glas aus der beschädigten Tür ersetzt wurde, damit niemand unbefugt eindringen konnte. Dafür bekam ich ein paar Wochen später eine Rechnung von 80,-Euro. (Das regte mich damals sehr auf – das konnte die Gemeinde doch selber bezahlen. Die Rechnung bezahlte schlussendlich der Hausbesitzer, der froh war, dass er diese unliebsame Bewohnerin losgeworden war.)

Beim Hinausgehen und beim Queren des Vorplatzes blickte die Frau mehrmals zurück zu ihren Nachbarn. Sie deutete mit ihrem Zeigefinger auf verschiedene Bekannte und drohte vage „wir sehen uns wieder".

Einige der Nachbarn klatschten, als die Verrückte einstieg.

Endlich saß sie im Rettungsauto. Der Transport verlief reibungslos. Ich bemerkte auf der Fahrt, dass meine Lederhandschuhe beim Einschlagen der Scheibe durchschnitten worden waren und zwei meiner Finger bluteten. Der Rettungssanitäter versorgte mich mit Pflaster. Ich würde Hohn ernten, wenn ich das bei der nächsten Frühbesprechung erzählen würde. Also erzählte ich nichts davon. Es gibt keine kleinen Beeinträchtigungen eines Polizisten, die nicht sofort ins Lächerliche gezogen werden – eine spezielle Art der Aufarbeitung von Vorkommnissen, die ich bei der Polizei kennen- und schätzen gelernt habe.

Es war mittlerweile 05.30 Uhr, als wir die Patientin, oder sollte ich sagen die Verbrecherin, im Krankenhaus abgeliefert hatten.

Ich fuhr mit der Rettung zurück zur Dienststelle und schrieb meinen Bericht zusammen. Ich bemerkte, dass ich nun doch ziemlich müde war. Es war eine kurze Nacht.

Kurz nach 8 fuhr ich nach Hause, um 13.00 Uhr schon wieder weiterzumachen. Ich hatte Nachmittagschicht. Zuvor schlief ich noch zwei Stunden.

Gleich nach Dienstbeginn, ich hatte mir mein weiteres Vorgehen überlegt, machte ich das Administrative klar. Ich musste die Frau im Krankenhaus vernehmen. Dazu musste ich mich zuteilen lassen und eine Kollegin, die mich begleitete, auch.

Zuerst fragte ich aber im Krankenhaus nach, ob unsere Patientin überhaupt vernehmungsfähig sei. Zwischendurch rief noch eine Geschädigte an und eine Versicherung wollte auch noch etwas wissen. Wir beeilten uns, ins Krankenhaus zu kommen, da der Nachmittag nicht lang war und wir doch im Krankenhaus und nicht im Gefängnis sein würden.

Wir kamen auf die „geschlossene" Abteilung. Die gab es, auch wenn es viele nicht gern hörten, dass es so etwas gibt. Sie braucht es auch (meiner Meinung). Als wir ins Innere der versperrten Abteilung kamen klingelte mein Handy. F. war dran. Er teilte mir mit kurzen Worten mit, dass die Patientin offenbar einer Ärztin gegenüber eingestanden hatte, dass sie den Brand gelegt hätte. Der Pfleger, der uns zur Patientin brachte, schaute mich böse an und sagte, dass Handys hier nicht erlaubt wären. Ich schaute komisch zurück und war mir nicht mehr so ganz klar, ob ich jetzt auch schon zu den Insassen gehörte. Oben sei die Intensivstation, das störe. Ich dachte mir noch, wo bin ich denn gelandet – im Irrenhaus? Das ging ihn doch einen Dreck an. Ich hielt das Telefongespräch kurz und legte auf, ohne genau gehört zu haben, was F. mir mitgeteilt hatte. Wenigstens ansatzweise hatte ich es aber verstanden.

Die Verdächtige wurde zu uns gebracht und es wurde uns erlaubt, die Vernehmung im Speiseraum durchzuführen. Sie sah schlecht aus, verlangsamt, offenbar hatte sie schon einiges an Medikamenten bekommen. Sie begleitete uns freiwillig und wechselte auch „großzügig" zweimal den Platz, weil es mit dem Verlängerungskabel und der Steckdose für den Computer nicht passte.

Wir setzten uns. Ich startete das Notebook hoch und begann diverse Daten einzutragen. Meine Kollegin setzte sich neben mich.

Ich schaute ihr gerade in die Augen und fragte sie direkt: „Haben sie das Auto angezündet?" Sie schaute mir gleich gerade zurück in die Augen und sagte: „Ja". Ich war innerlich erschrocken, ich hätte ja nicht gedacht, dass sie das gleich zugeben würde. Ich musste darauf achten, dass sie meine Überraschung nicht gleich erkannte. Ich konnte meinen Schreck überdecken und sie erzählte und erzählte. Das Geständnis dürfte der Wahrheit entsprochen haben war meine Einschätzung. Es gab Details, die nur sie wissen konnte.

Als Motiv gab sie an, dass sie nicht damit zu Recht gekommen sei, dass die Nachbarin, der sie das Auto angezündet habe, mehrmals über Ausländer geschimpft hätte. Sie sei selbst Ausländerin und hätte das Schimpfen über Ausländer auf sich bezogen.

Allerdings hatte die Verrückte den Brand nicht so legen wollen, dass das Haus abbrennt. Sie hätte angeblich wirklich nur das Auto der Rassistin anzünden und beschädigen wollen. Dass daraus ein Großbrand entstehen hätte können, habe sie nicht bedacht. Sie hätte sogar Angst gehabt, dass das Feuer vom Car Port auf die Gastherme übergreift und wirklich ein Großbrand entstehe.

Nach knapp zwei Stunden hatten wir ihre Aussage aufgenommen. Ich war zufrieden. Wir verließen, nachdem wir uns verabschiedet hatten, die geschlossene Station im Krankenhaus Rankweil.

Beim Hinausgehen sagte uns eine Person (keine Ahnung wer das war – ich dachte ein Pfleger) dass es schlecht sei, bewaffnet in der Psychiatrie aufzutauchen. Ich verstand ihn zwar, gab ihm aber zu denken, dass es auch „draußen" psychisch auffällige Personen gebe, die auch mit bewaffneten Polizisten zu Recht kommen müssten. Das ließ er nicht gelten. Ich wollte ihm nicht Recht geben, er ließ uns aber nicht in Ruhe, bevor ich ihm nicht eingestand, darüber nachzudenken. Als Realist war für mich klar, dass der Mann, der mich ansprach einen völlig anderen Zugang zu dieser Thematik hatte als ich, für mich. Er wird sich das gleiche gedacht haben.

Im Laufe des Nachmittags wurde unsere Verdächtige aus der geschlossenen Abteilung entlassen, obwohl sie angegeben hatte, dass sie die Tat nicht bereue und dass sie Angst vor sich selbst habe, weil sie nicht wisse, was sie als nächstes tue. Ich war über diese Aussage etwas schockiert.

Glücklicherweise sah das auch der Staatsanwalt so und er stellte einen Haftantrag. Dieser wurde bewilligt und die Verdächtige konnte vom Krankenhaus weg verhaftet und in die Justizanstalt nach Feldkirch verlegt werden.

Ich war gespannt, wie lange sie dort bleiben würde. Jedenfalls trug ihre Verhaftung und die Verhängung der Untersuchungshaft einigermaßen zur Beruhigung der betroffenen Anrainer bei.

Da es sich doch um einen außergewöhnlichen Fall gehandelt hatte und ich sehr unter Zeitdruck arbeiten musste, kostete mich der Fall doch einige Substanz. Ich ging sogar im Urlaub einen Tag arbeiten, um den Bericht so rasch als möglich der Staatsanwaltschaft zu übermitteln. Mittlerweile wurde ein namhafter Psychiater damit betraut, die Beschuldigte zu untersuchen und ein Gutachten über ihren Geisteszustand zu erstellen. Im Zuge der Ermittlungen bekam ich noch heraus, dass die Frau im Zuge eines Streits mit ihrem Ex-Gatten diesem einmal ein Stück seines Handballens herausgebissen hatte – „Mahlzeit".

Vom Gerichtsurteil war ich überrascht. Die Frau bekam 6 Monate Strafhaft, was mir viel zu wenig vorkam. Zumindest hätte ich erwartet, dass sie nach Verbüßung der Haft oder auch gleich nach der Verhandlung in eine Anstalt für geistig abnorme Rechtsbrecher eingeliefert würde.

Eineinhalb Jahre nach diesem Vorfall biss die gleiche Frau einen meiner Kollegen in einen Finger. Er wollte ihr nach einer lapidaren Festnahme das Gesicht zur Seite drehen, weil sie ihn dauernd anspuckte. Kurz entschlossen verbiss sie sich in den Ringfinger der linken Hand und biss dort sogar ein kleines Stückchen vom Fleisch heraus, sie schluckte dieses kleine Stückchen sogar und kommentierte ihre Tat: „Du schmeckst aber gut!"

Auch diese Geschichte führte zu einer weiteren Verurteilung der Frau. Eine längere Wegsperrphase wurde dadurch aber auch nicht eingeleitet. Und wie erwartet hatte auch der Kollege nicht das Mitleid seiner Kameraden, sondern zynische

Aufarbeitung war angesagt und er hatte nicht nur den Biss erlitten sondern musste auch von Seiten der Kollegen noch einiges einstecken.

Wieder einmal ein Tiefschlag

Ich war es ja gewohnt, dass jeden Tag etwas anderes passierte, etwas Außergewöhnliches, was ich nicht erwartet hätte. Jetzt war wieder einmal so etwas eingetreten, was ich nicht erwartet hätte. Einmal kein Aufsehen erregender Vorfall oder eine Extremsituation, sondern es ging um eine ganz gewöhnliche Personalentscheidung, wie sie täglich geschieht, die meine eigene Person betraf.

Nicht aus Jux, sondern wirklich, weil dies das letzte große Ziel meines Berufslebens war, bewarb ich mich mit fast 51 Lebensjahren nach 33 Dienstjahren und 20 Jahren als Postenkommandant als Chef der größten Polizeidienststelle des Landes. Besser gesagt, der Polizeiinspektion der größten Stadt in Vorarlberg. Obwohl andere Inspektionen eigenartigerweise trotz wesentlich kleinerer Bevölkerungsanzahl personell stärker besetzt waren, empfand ich es als besonderen Reiz, mich für diese Stelle zu bewerben, zumal ich in der angestrebten Stadt aufgewachsen war und mehr als 20 Jahre meines Lebens dort verbracht hatte. Eines meiner Ziele wäre es gewesen, die Personalstärke ausreichend aufzustocken bzw in angemessener Zeit dafür zu sorgen. Außerdem beabsichtigte ich, natürlich ebenfalls in angemessener Zeit, externe Wachzimmer an neuralgischen Punkten der Stadt (Bahnhof, Zentrum und Messepark) umzusetzen. Von der Stadt war schon seit langem gefordert worden, endlich beim Bahnhof etwas zu unternehmen. Außerdem wollte ich den Kriminaldienst auf der Dienststelle reformieren.

Ich hatte aber auch andere Vorstellungen, die ich auf dieser Inspektion umsetzen wollte. Aufgrund meines Alters und meiner Diensterfahrung wäre ich der logische Nachfolger des früheren Kommandanten gewesen.

Ich habe geschrieben „wäre", „hätte":

Ich war zwar der dienstälteste Bewerber im Land, hatte mir einen guten Namen gemacht, hatte die besten Voraussetzungen, so meinte ich jedenfalls, ich habe die Stelle aber trotzdem nicht bekommen. Mir wurde ein Jüngerer, offenbar besser Geeigneter, vorgezogen. Ein Stellvertreter, der bisher noch nie auf Dauer eine Dienststelle geleitet hatte, bekam die Stelle. Ich wurde von einem Jüngeren verdrängt, hinausgeworfen, aus dem Wettbewerb, ausgebootet. Das hätte ich nicht gedacht. Das quälte mich.

Nach meiner Bewerbung sagte ich noch, wenn ich gefragt wurde, es sei mir egal, wer die Stelle bekommt. Diese Antwort musste ich wohl geben, da letztendlich die Entscheidung nicht bei mir lag, ob ich die Stele bekomme. Und wenn ich sie nicht bekomme, musste schließlich weiterhin alles seinen Gang nehmen. Nun, da ich nicht berücksichtigt wurde, regte mich die Entscheidung über meine Nichtbesetzung maßlos auf. Nicht etwa, weil ich es dem anderen nicht gönnte, ich fühlte mich einfach übergangen und betrogen. Nach der langjährig geübten Praxis wäre ganz klar ich an der Reihe gewesen.

Jetzt suchte ich nach Gründen meiner Nichtnominierung. War ich fachlich nicht geeignet? War ich zu alt? War ich ein Tyrann, der es mit dem Personal nicht konnte? War ich ein Weichling, der sich nicht durchsetzen konnte? Was hatte ich falsch gemacht? Hatte ich zu viel geredet? War ich zu wenig vertrauensselig? War ich zu wenig loyal? Oder war ich etwa bei der falschen Partei?

Ich konnte mir die Antwort selbst nicht geben, obwohl ich glaubte, mich relativ gut zu kennen. Wenn ich meine Vorgesetzten fragte, erhielt ich keine Antwort, obwohl mein nächster Vorgesetzter, mit dem ich zeitweise im Clinch lag, mich sehr gut für diese Stelle beschrieben hatte.

Also gab ich mir die Antworten selber. Es gab zwei. Ich galt als zu gemäßigt in meinen Entscheidungen. Antwort zwei: Ich war bei der falschen Partei. Ich weiß heute noch nicht, warum ich die Stelle nicht bekommen habe.

Wie sollte ich nun mit dieser für mein Empfinden großen Ungerechtigkeit weiter leben ?

Steckte ich nun den Kopf in den Sand? Sollte ich resignieren? Ich war doch schon auf einer hohen Position, der zweithöchsten, die möglich war. Ich war auch auf einer hoch dotierten Dienststelle. Was wollte ich denn noch?

Ich wollte Anerkennung, und zwar in der Form, dass ich auch für das Amt einer höheren Position geeignet war. Diese Stelle hatte ich nun nicht bekommen.

Ich malte mir schon aus, wie ich meinen Unmut äußern sollte.

Vom theatralischen Selbstmord bis zum Zurücklegen meiner Funktion als Kommandant waren meine Gedanken. Natürlich war und bin ich ein Realist. Ich würde es einfach akzeptieren. So kannte man mich, so kannte ich mich. Ich würde meine Lehren daraus ziehen. Aber vergessen tue ich es nicht.

Folgende Zeilen waren mir dazu eingefallen:

Der Verlierer

Jahraus, jahrein, das gleiche Spiel,

egal was kommt, nichts ist zu viel.

Auch wenn das Ziel noch weit entfernt,

Geduld zu üben wird gelernt.

Eines Tages ist's so weit

Gekommen ist der Lohn der Zeit.

Die Müh'n der Jahre sind verstrichen,

die Zukunft ist dahergeschlichen.

Doch was, wenn all das unbeachtet,

umsonst nach dieser Stell' getrachtet?

Es kann nicht sein denk' ich verdrossen,

hab' Blut und Schweiß umsonst vergossen?

Wer hat sich gegen mich verschworen?

Ich dacht', ich wäre auserkoren.

Hab' ich was Falsches unternommen?

Versucht zu hoch hinauf zu kommen?

War ich von vornherein verloren?

Blind und taub bis zu den Ohren.

Nun bleibt mir nichts als resignieren

Und nicht verkehrt zu reagieren.

Wo find' ich meine neuen Ziele?

Vergeblich such' ich – s' gibt nicht viele.

Als ich dieses Gedicht schrieb, schrieb ich es für mich. Als mein Vorgesetzter, der damals für meine Nichternennung verantwortlich war, selbst die gleiche Erfahrung machte und auch eine Stelle nicht bekam, für die er sich sicher wähnte, war ich versucht, ihm diese Zeilen zukommen zu lassen, ich tat es aber nicht.

Ich bin mir trotzdem sicher, dass er dieses Gedicht eines Tages vor Augen bekommen und sich vielleicht an die eine oder andere Personalentscheidung erinnern wird, die auf seine eigenartige Art und Weise durchgesetzt und umgesetzt wurde.

Dieses Ereignis ging mir jahrelang nach, und es hatte sicherlich entscheidenden Einfluss auf mein gesamtes späteres Wirken. Ich war irgendwie in einer Einbahnstraße gelandet. Es ging nichts mehr weiter.

Obwohl ich eigentlich zufrieden sein musste, war ich es nicht.

Kindeswegnahme

Über Frauen bei der Polizei habe ich mich ja schon ein wenig ausgelassen und ich habe versucht neutral zu bleiben. Immer wieder, bei Anzeigen von Frauen fällt es mir auf, dass oftmals Polizistinnen, die einen solchen Sachverhalt entgegen nehmen, emotionaler reagieren als Männer.

Sei es ein abgängiges Kind, sei es ein Überfall auf eine Frau, der nicht so ganz klar zu deuten ist, ob überhaupt etwas vorgefallen ist oder ob nur im Gefühl der angegriffenen Frau etwas stattfinden hätte können, sei es eine Körperverletzung im Familienkreis, seien es Schulprobleme mit Kindern. Manchmal werden auch Entführungen eines Kindes angezeigt, die sich im Nachhinein als Streitigkeiten der Eltern um das Sorgerecht entpuppen. Wenn ein Vater ohne Einwilligung der Mutter nach Trennungen oder wenn das ohnehin nicht so ganz klar war, das gemeinsame Kind von der Schule abholt und nun zu sich holen will.

Ich möchte nicht sagen, dass Frauen solche Vorfälle nicht neutral bewältigen können, aber die Emotionen schwingen bei solchen Fällen ganz schön mit.

Eine völlig andere Art von Emotionalität erfuhr ich jedoch, als ich vom Jugendamt einen Anruf erhielt, dass wir am 4.9.2007 um 11.30 Uhr dem Jugendamt an einer bestimmten Adresse bei der Wegnahme von zwei Kindern (5 und 9 Jahre) Assistenz zu leisten hatten.

Assistenz heißt, wir mussten als Polizei das Jugendamt begleiten, und dabei assistieren, dass die Jugendamt Mitarbeiter un-
behelligt von einer angeblich alkoholkranken Mutter ihre beiden Kinder wegenehmen konnten.

Mir schoss einiges durch den Kopf. Ich kannte die ca 27-jährige
Frau, von der die Kinder weggenommen werden sollte von
früheren Amtshandlungen, hatte aber bisher nie den Eindruck, dass das Ganze so akut war, dass man ihr die Kinder
wegnehmen musste. Ich wusste, dass mit dieser Frau nicht gut
Kirschen essen ist, sie war bei uns bereits einschlägig registriert als aggressive Person. Aber ihr die Kinder wegnehmen –
war das der richtige Weg ? Offenbar hatte es seitens von Haus-
bewohnern, insbesondere vom früheren Wohnort, Klagen über
den Lebenswandel der Frau gegeben, die Kinder seien ernsthaft in ihrer Entwicklung gefährdet. Eine Wegnahme sei un-
umgänglich erklärte mir das Jugendamt. Das war erst das
zweite Mal in meiner langen Berufslaufbahn, dass ich bei so
einer amtlichen Kindeswegnahme mitzuwirken hatte. Das war
wieder einmal so eine Situation, in der ich lieber nicht Polizist
geworden wäre – aber es gehört einfach alles dazu – auch so
etwas.

Wir richteten uns her, die Begleitung bzw Assistenz machten
wir zu viert. Der Plan war, dass eine Jugendamt Mitarbeiterin
die Kinder, sobald sie aus dem Haus gehen abfängt. Es war
bekannt, dass sie immer um halb 12 zum Einkaufen geschickt
wurden.

Pünktlich um 11.30 Uhr verließen beide Kinder barfuß, obwohl
schon September war, den Wohnblock. Sie konnten planmäßig

vom Jugendamt abgefangen werden. Mir fiel ein Stein vom Herzen als ich am Funk hörte, dass die Kinder bereits im Gewahrsam des Jugendamtes sind. Der Mutter die Kinder aus den Händen zu reißen und gewaltsam dem Jugendamt zu übergeben hätte mir das Herz gebrochen, (wenn es nicht schon ist). Nun war es unsere Aufgabe, den erfahrenen Beamten des Jugendamtes zu der Mutter zu begleiten und ihr klar zu machen, dass sie ihre Kinder nicht so schnell wieder sehen werde. Ich vermutete, sie werde ihm die Augen auskratzen.

Wir läuteten unten an der Wohnungsglocke und die Frau kam herunter in den Hof. Warum sie nicht mit dem Türöffner öffnete, wussten wir nicht, sie musste schon etwas „gerochen" haben.

Der Jugendamt Beamte brachte ihr in kurzen klaren Worten bei, dass ihr ihre Kinder amtswegig, weggenommen worden seien. Sie bekomme die Kinder erst wieder, und anfangs nur zeitweise, wenn sie vom Alkoholmissbrauch wegkomme und wenn sie einen anderen Lebenswandel anstrebe.

Wie erwartet, funkelte es in den Augen dieser an sich sehr hübschen, rassigen, dunkelhaarigen Frau. Ihr Blick ähnelte der einer angriffslustigen Raubkatze und ich befürchtete nun einen massiven tätlichen Angriff auf den Jugendamt Mitarbeiter. Es konnten aber auch die zurückgehaltenen Tränen der Verzweiflung gewesen sein. Vorsorglich hatten zwei meiner Beamten die Frau an ihren Händen gehalten, auch dass sie nicht umfällt vor lauter Schmerz.

Es war gut so, der versuchte, erfolglose Angriff ebbte rasch ab, die Frau brach innerlich zusammen. Die angriffslustigen Augen verwandelten sich in einen traurigen, hoffnungslosen

Blick. Sie wolle ihre Kinder nochmals sehen. So schwer es fiel, dies wurde ihr verweigert, es wäre ein schwerer taktischer Fehler gewesen, dies zuzulassen.

Wir begleiteten die Frau nach oben in ihre Wohnung, fast getragen, ein wenig gezogen, damit sie nicht ihren Kindern nachging.

Auf dem Sofa fing sie sich kurz, schimpfte massive Beleidigungen gegen den erfahrenden Mann vom Jugendamt und auch gegen uns. Wir hörten sie zwar, registrierten aber nicht, was sie sagte. Noch einmal machte ihr der Mann vom Jugendamt klar, dass jedes Wort, das sie sage, den Zeitraum verlängere, in dem sie ihre Kinder nicht zu sehen bekomme.

Gebrochen saß die Frau da, sie weinte nicht – ich glaube sie konnte nicht weinen – sie spielte die Harte.

So gern ich Polizist bin – manchmal hasse ich meinen Beruf.

Türkische Hochzeit

Schon den ganzen Nachmittag belagerte eine türkische Familie unsere Dienststelle. Die Familienmitglieder hatten die Abgängigkeit ihrer noch nicht ganz 18-jährigen Tochter gemeldet und sie glaubten, dass sie entführt worden sei und sie wüssten, wo sie ist. Derartige Anzeigen sind nicht allzu selten. Sie vermuteten, dass sie mit einem etwas älteren, ebenfalls türkisch stämmigen Burschen durchgebrannt sei, nicht mit dem, den sich die Eltern vorgestellt hatten, nein, mit dem, den sie sich selbst ausgewählt hatte.

Sowohl die Mutter haderte die ganze Zeit herum, als auch der Vater, der wegen seiner Vormittagschicht erst am Nachmittag Zeit hatte, nach seiner Tochter zu suchen.

In die familiäre Suche hatten sich noch viele andere Verwandte eingeschaltet und ein ganzes Netzwerk an Familienangehörigen suchte überall nach dem Mädchen. Überall wurde hin und her telefoniert, der gesamte Bekanntenkreis wurde abgeklappert. Sie war die einzige Tochter und das Heiligtum vom Vater. Da musste alles recht einhergehen. Da ging es nicht, dass sie sich vor dem 18. Geburtstag irgendwo ohne Wissen ihrer Eltern außerhalb der eigenen Familie aufhält.

Das war für die Eltern zwar eine tragische Geschichte, aber auf unserer Dienststelle nichts Besonderes. Wir hatten in unserem Gebiet eine Wohngemeinschaft mit 16-Jährigen Insassen. Dort waren jede Woche Jugendliche abgängig. Also nahmen wir die Anzeige wegen der abgängigen Türkin auch nicht besonders wichtig. Wir schickten die Abgängigkeitsanzeige an die zuständige Dienststelle, denn wir waren für die Bearbeitung nicht einmal zuständig, da die Jugendliche aus einem kleinen Dorf aus dem Vorderwald stammte und eigentlich von dort abgehauen war. Die ganze Verwandtschaft kam aber zu uns, weil sie vermutete, dass sich das Mädchen und ihr Freund in unserer Gemeinde aufhielten.

Endlich gingen sie wieder, die Eltern und die übrigen Verwandten. Sie würde schon wieder auftauchen, waren wir unbesorgt und gaben unsere Botschaft mit.

Doch der „Akt" war noch nicht erledigt.

Kaum war der Abend angebrochen, 19.45 Uhr, kam ein Telefonat herein. Der gemeldete Vorfall schien aktionsreiche Auswüchse zu erreichen. Die Eltern meldeten, dass sie nun wüssten, wo sich ihre Tochter aufhalte. Die ganze Verwandtschaft sei dorthin unterwegs. Jetzt hieß es schnell handeln, wenn wir keine kleinen Aufstand wollten. Wenn sie vor uns dort sein würden, würde es massive Probleme geben.

Wir rasten zum angegebenen Ort. Ich hoffte, dass wir das regeln könnten. Als wir ankamen, an einem der grauen Häuser, von denen mittlerweile viele von türkischen oder türkisch stämmigen Personen gekauft wurden, weil sie so nah an der Hauptstraße stehen und weil sie sonst keiner will, sahen wir einen regelrechten Tumult vor dem Eingang. Offenbar wollten mehrere Personen türkischer Herkunft mit Gewalt in dieses Haus hinein. Ich ging gemächlich, um keine zusätzliche Panik zu erzeugen, zu dem Eingang hin, der über eine Betonstiege von außen erreichbar war. Mein Streifenpartner ging nicht näher, sondern forderte sofort Verstärkung an, obwohl ich die Sache eigentlich selbst schlichten wollte. Aber es läuft manchmal anders, als man selber denkt und so war es auch hier.

Ich stellte mich genau vor den Eingang und bemerkte, dass sich die vermeintlichen Angreifer auch nicht so sicher waren, was sie eigentlich machen sollten. Sie zerrten an der Türe, die von innen zugehalten wurde, schrien wild durcheinander und warfen anderen, die draußen standen vor, dass man doch wisse, wo das Mädchen sei.

Einer der türkisch stämmigen Männer, er schaute zumindest aus, wie ein Mann, war aber noch gar nicht so alt, höchstens 25, tat sich besonders laut und aggressiv hervor. Nun war ich doch froh, als ich nach und nach andere Streifen eintreffen sah und das Tönen weitere Folgetonhörner wahrnahm. Es waren an die 10 Personen, die draußen vor der Türe herumzerrten. Ich wusste nicht, ob das Ganze nicht noch weiter eskaliert. Wie viele Personen sich im Gebäude aufhielten wusste ich nicht. Ich hielt von draußen die Türklinke und hielt so die Türe zu, dass auch von drinnen niemand heraus konnte. Denn auch von drinnen bemerkte ich, dass mindestens gleich viele, wie draußen standen, heraus und sich in den Streit einmischen wollten.

Als bei uns weitere Polizeibeamte ankamen, zeigte ich ihnen, welcher der türkisch stämmigen Männer sich besonders daneben benommen hatte und dass sie ihn mitnehmen sollten. Ich erklärte dem Mann, dass er festgenommen sei. Versuchter Hausfriedensbruch, Betreten auf frischer Tat, Festnahme. Die angekommenen Polizisten zogen ihn weg vom Eingang, legen ihm die Handschellen an und brachten ihn zu einem der eingelangten Polizeiautos. Verdutzt schauten die anderen, was nun los war. Sie hätten nicht erwartet, dass da jemand festgenommen wird. Aber es blieb mir keine andere Wahl, um den Streit zu entspannen.

Als der sehr aggressive Mann entfernt war, entspannte sich die Lage ein wenig. Die anderen wussten, dass vielleicht noch mehrere mitgehen müssten, wenn nicht bald Ruhe einkehren würde. Wir schrieben uns alle Namen auf. Dann begab ich mich ins Haus und notierte dort weitere Namen. Es waren aber nicht sieben oder acht, sondern mehr als zwölf Personen im Haus, davon fünf Kinder im Alter von 3 bis 10 Jahren. Alle hatten große Angst. Zu meiner Verwunderung fand ich im Haus eine Frau, die eigentlich zu den Aggressoren gehörte. Sie war tatsächlich in das Haus eingedrungen und hatte – mit Einwilligung der Berechtigten – das Haus nach ihrer Tochter durchsucht. Sie wurde nun durch die Hausberechtigten fast höflich hinausbegleitet. Insgesamt war das Ganze eine sehr schwierige Situation. Die Abgängige selbst war glücklicherweise nicht in dem Haus anwesend.

Als sich alles beruhig hatte, sagte ich den Anwesenden, dass ich nun Ermittlungen wegen Hausfriedensbruch und anderem einleiten werde, alle müssten zur Vernehmung kommen und ich schüchterte die Anwesenden ein, dass das Ganze noch ein gerichtliches Nachspiel haben werde.

Einige Tage später rief mich die Mutter der Abgängigen auf der Dienststelle an. Sie erzählte mir, dass sie sich mit den Eltern des jetzigen Freundes ihrer Tochter in Verbindung gesetzt hatte. Das dürfe ihr Mann nicht wissen.

Ihre Tochter sei nun doch schon bald 18 Jahre alt. Und wenn sie wirklich heiraten wollen, dann könnte man dagegen doch nichts machen. Ich war froh, diese Erkenntnis aus dem Mund einer Beteiligten zu hören.

Einige Tage später führte ich die Vernehmung des Vaters der Abgängigen durch. Er sah nun schon eher ein, dass die Aktion etwas überzogen war, als er und seine Verwandtschaft die Tochter zurückholen wollten. Allerdings sagte er, dass das nicht gehe. Sie sei noch zu jung.

Ich sagte ihm, dass er ohne meine Zustimmung nicht mit den Eltern und der Verwandtschaft des Freundes der Tochter in Verbindung treten dürfe. Ich lehnte mich mit dieser Anordnung bewusst weit aus dem Fenster, hoffte aber, ihn ausreichend polizeilich eingeschüchtert zu haben, damit er nichts Unüberlegtes mehr anstellt.

Einige Tage später rief er mich an und sagte, dass seine Tochter und ihr Freund nun heiraten würden. Er nannte mir den Termin und bat mich, ich möge die Verwandtschaft des Burschen nicht vor der Hochzeit vernehmen, damit der Konflikt nicht neu aufflammte.

Dem stimmte ich wohlwollend zu und sagte ihm, dass ich den Fall erst in einigen Monaten fertig bearbeiten würde. Dann sei das Paar verheiratet und die Sache nicht mehr so neu und akut.

Ich sagte aber dem Oberhaupt der Familie auch, dass sie mich über jeden Schritt informieren müssten, wenn etwas anderes als ausgemacht, durchgeführt werde. Außerdem würde die Staatsanwaltschaft vermutlich auch menschlich agieren und allenfalls das Verfahren einstellen (ich habe die Erfahrung gemacht, dass die Staatsanwaltschaft in Feldkirch in den meisten Fällen sehr menschlich und sehr überlegte Entscheidungen traf und meistens punktgenaue gute Lösungen erreichte). Tatsächlich erhielt ich zweimal Anrufe auf mein privates Telefon, die von der Frau des Oberhauptes stammten, um mich auf dem Laufenden zu halten.

Es kam dann glücklicherweise alles so, wie wir es uns vorgestellt hatten.

Nach der Hochzeit bestellte ich nach und nach alle zur Vernehmung. Die Verwandten, vor allem die Brautmutter, kam auf der Dienststelle vorbei und zeigte mir sogar Hochzeitsfotos. Interessant war, dass kaum Männer auf dieser Hochzeit waren, da diese immer noch zerstritten waren. Allerdings würde sich die Sache sicher beruhigen und ich hoffte für das Paar, dass der schwere Beginn ihrer Beziehung zu einer fruchtbaren Ehe führen würde. Ich freute mich jedenfalls über den positiven Ausgang dieser Geschichte und fühlte mich wie ein Friedensrichter – ich war voll Stolz über mich selbst.

Anmerkung:

Meine Freude über mein Geschick in der Aufarbeitung dieser Angelegenheit dauerte leider nur ca ein halbes Jahr. Schon nach dieser kurzen Zeit kam es zwischen den jungvermählten Glücklichen zu einem massiven Ehestreit, der mit einer Wegweisung und einem Betretungsverbot endete. Ob die Beziehung noch zukunftsfähig war, weiß ich nicht. Auch wenn ich gern positiv denke, so entlockte mir auch diese Geschichte wieder einmal den bitteren Beigeschmack, dass es nichts gibt, das positiv endet und ich wurde leider auch hier wieder einmal in meinen Erfahrungen bestätigt.

Mordversuch bei einer Tankstelle

Ein ungemütlicher Novembersamstag, an dem ich zusammen mit einer weiblichen Bediensteten, A. zu einer Sicherheitspatrouille eingeteilt war. Ich mache immer noch Nachtstreife, möchte am Ball bleiben, möchte ein halbwegs agiler Beamter bleiben und möchte mich hineinleben können, wenn andere von ihren „Abenteuern" erzählen. Ich hatte mir die Streife aber anders vorgestellt. Wir hatten eine besondere Aufgabe. In Dornbirn fand ein Rockertreffen statt. Die Hells Angels hatten in Dornbirn Station gemacht und veranstalteten in der Messehalle ein Treffen. Dieses musste man, weil man ja die Zusammenhänge um die Hells Angels zu kennen glaubte, polizeilich überwachen. Sämtliche Zufahrtstraßen wurden abgeriegelt und jeder wurde kontrolliert. Die ganze Nacht - welch ein Aufwand. Allerdings ist bei unerwünschten Aufläufen auch meiner Meinung das die einzige Möglichkeit, dem Gegenüber zu signalisieren, dass er unerwünscht ist und dass beim nächsten Mal wieder mit solchen Kontrollen gerechnet werden muss. Wir wurden von Kräften der Einsatzeinheit unterstützt, falls es irgendwo Probleme gäbe. Aber es gab keine, nur die Kälte nagte an unserer Einsatzfreude. Die Nacht zog sich. Zahlreiche Personen wurden von uns kontrolliert. Einen „großen Fang" gab es dabei nicht. Das war aber auch nicht das Ziel dieser nächtlichen Großkontrolle. Es sollte nur klar dargestellt werden, dass solche Zusammenkünfte nur ungern geduldet werden.

Nach und nach wurden die Abströme von der Veranstaltung weniger und kurz nach drei Uhr nachts war das Fest der Rocker gelaufen. Wir konnten abrücken und wärmten uns endlich, nachdem wir Stunden ohne Ablöse in der Kälte standen, in unserem Streifenwagen, indem wir die Heizung auf höchste Stufe drehten und trotzdem nicht mehr richtig warm wurden.

Ich war der Lenker unseres VW Touran. Wir rückten langsam auf die Dienststelle ein, weil wir noch unseren Dienstbericht abliefern mussten und pünktlich um vier Uhr fertig sein wollten.

Mit klammen Fingern tippte ich den Bericht. Viel war es ja nicht, was ich tippen musste, weil wir die ganze Nacht in Dornbirn gestanden waren. Ich glaubte, wir würden pünktlich fertig. Auch A. hoffte, dass wir pünktlich um Vier die Dienststelle verlassen konnten. Es war genau zwei Minuten vor vier, als mein Bericht fertig war. Tolles Timing. Es kam eher selten vor, dass ich auf die Minute aus der Dienststelle hinaus kam.

So ganz ruhig war es draußen noch nicht. Genau um diese Zeit hörte ich mehrere Kracher. Das klang wie Schüsse. Zwei in kurzer Folge und nochmals drei. Immer wieder kommt es vor, dass, auch in der Nacht, „Übermütige" mit Schreckschusswaffen in die Luft schießen oder auch Knallkörper abfeuern und so ihre Lebensfreude zeigen. Eine dumme Art der Äußerung von Freude meine ich.

Um diese Zeit? dachte ich mir. Die Schüsse klangen weit weg, gerade dass ich sie noch hörte. Es verging keine halbe Minute, als uns die Einsatzzentrale aus Dornbirn anfunkte und mitteilte, dass bei der BP Tankstelle in Lustenau eine Person angeschossen worden sei. Zu diesem Zeitpunkt stellte ich noch keinen Zusammenhang zwischen den vorher vernommenen Krachern und der angeblich angeschossenen Person her.

A. hatte den Funkspruch auch gehört. Auch sie hatte vergebens auf den Feierabend gewartet. Wir hetzten hinaus. In der Tiefgarage berieten wir uns kurz, ob wir unsere Schutzwesten anziehen sollten. A., die Mitfahrerin war, zog sie rasch an. Ich half ihr hinein, weil es allein fast unmöglich ist, allein in diese 16 kg schwere Weste zu schlüpfen. Ich selbst ließ es sein. Beim letzten Einsatztraining hatte ich gesehen, wie schwierig es war, mit der schweren Schutzweste ins Auto einzusteigen, das Fahrzeug zu lenken und vor allem, am Einsatzort wieder auszusteigen. Obwohl ich ein ungutes Gefühl hatte, fuhren wir zum angegebenen Tatort. Wir wussten nicht, was uns erwartete, bis auf eine niedergeschossene Person. Auf der Reichshofstraße schlossen wir zum Rettungsauto auf, das von der Jahnstraße vor uns in die Hauptstraße eingefahren war. Wir fuhren beide mit Blaulicht, ohne Folgetonhorn.

Es irritierte mich, dass die Rettung vor mir war. Das passte so nicht. Laut Straßenverkehrsordnung hat die Rettung allerdings bei Einsätzen Vorrang vor der Polizei. Genau das irritierte mich und ich überhole nicht, obwohl wir schneller hätten fahren können.

Anfangs war es mir nicht so recht bewusst, wie gefährlich die Situation eigentlich war. Eine Person war angeschossen worden. Ok. Meistens verletzten sich Personen selbst (meiner Erfahrung nach). Aber jeder Fall ist anders. Als wir zur Tankstelle kamen, kümmerte sich das Rettungsteam um eine auf dem Gehsteig liegende Person. Rasch und völlig sicher sagte einer der Sanitäter „Streifschuss!". Auf einem großen Stein neben dem Gehsteig saß ein weiterer Verletzter. Er war nicht schwer verletzt. Ein aufgeschlagenes Auge, offenbar von einem

Faustschlag, wie er immer wieder vorkommt – eine Kleinigkeit. Ob ein Zusammenhang zwischen beiden verletzten Personen bestand, konnten wir nur erahnen. Ich nahm die Daten des auf dem Stein sitzenden Mannes, der nur schlecht Deutsch sprach auf, während die Rettungsleute den Angeschossenen versorgten. Ich nahm seine Verletzung vorerst nicht besonders ernst, weil ja der Sanitäter von einem Streifschuss gesprochen hatte. Dann wendete ich mich an einen Taxifahrer, der an der Stelle vorbeigekommen war und brav wartete, bis wir ihn fragten, was er wisse. Er erzählte uns, dass der am Boden liegende einen metallischen Gegenstand weggeworfen habe, als er ihn gefunden habe. Wir suchten kurz nach dem Gegenstand, fanden ihn aber nicht. Wir nahmen an, dass es sich um ein Messer gehandelt haben könnte.

Nachdem ich den Taxifahrer befragt hatte und auch den Verletzten auf dem Stein fotografiert hatte, begab ich mich ins Rettungsauto zu der Person mit dem „Streifschuss".

Ich staunte nicht schlecht, als ich sah, wie sich die Person mit „Streifschuss" gebärdete. Ich sah die Person auf der Trage, offenbar nicht ansprechbar. Blut quoll aus dem Mund, der Körper krümmte sich vor Krämpfen und Schmerz, das Ganze schaute eher nach einem Todeskampf denn nach einem Streifschuss aus. Trotzdem revidierte der Sanitäter die Schwere der Verletzung nicht. Aber ich sah selbst, dass hier eine schwere Verletzung vorlag und keinesfalls nur ein Streifschuss. An eine Befragung des Getroffenen war nicht zu denken.

A. war mittlerweile zur Tankstelle gegangen, wo sich zufällig der Pächter aufhielt. Komisch – dass sie dort jemanden antraf, um diese Zeit. Kurz nach uns traf auch die Sektorstreife ein.

Auch die Beamten der Sektorstreife kümmerten sich um allfällige Abklärungen, auch beim Lokal „Fantasie", wo der Streit offenbar begonnen hatte. Ich löste eine Alarmfahndung aus und setzte unseren gesamten Polizeiapparat in Bewegung, der bei schweren Gewaltverbrechen vorgesehen ist. Dass die Alarmfahndung um diese Zeit zwar etwas langsamer anläuft als am Tag war mir egal.

Da der am Auge Verletzte zwar mehr wissen musste, aber nichts weiter sagte und der Taxifahrer nichts gesehen hatte, außer das Wegwerfen eines Metallgegenstandes, gestalteten sich die Fahndungshinweise nach den mutmaßlichen Tätern ziemlich schwierig. Nach gut 20 Minuten verließ die Rettung den Einsatzort in Richtung Krankenhaus. Dem Patienten ging es schlecht. Erst im Nachhinein erfuhr ich, dass er einen Durchschuss vom Rücken in den Bauchraum hatte. Das den Körper durchschlagene Projektil war vorne in seiner Kleidung stecken geblieben. Der Rettungssanitäter versicherte später, er habe erzählt, dass es ein Streifschuss war, weil er die anwesenden Personen nicht beunruhigen wollte. Über seine Überlegungen, warum er nicht gleich sagte, was los war, kann man denken wie man will. Ich fand sie nur …

Jedenfalls war dann stundenlang das Tankstellengelände durch uns (die Polizei) belagert. Die Straßen rundherum wurden weiträumig mit Posten besetzt, falls jemand flüchtete. Die Feuerwehr wurde zur Ausleuchtung des Rheinvorlandes angefordert. Die Spurensicherung kam zum Tatort und begann mit der Spurensuche. Eine Hundestaffel traf ein, um das Messer des Angeschossenen zu suchen. Vorerst wurde dieses nicht gefunden. Beim Tankwart trafen zahlreiche Kriminalbeamte ein, die seine Videoanlage sichteten, nachdem wir eine interessante Videoaufzeichnung gefunden hatten. Es zeigte, wie ein Mann mit einer Pistole einen anderen verfolgte und ihm nachschoss. Für mich war spätestens von diesem Zeitpunkt an völlig klar, dass es sich bei der Tat eindeutig um einen Mordversuch gehandelt hatte.

Jedenfalls dauerten die Tatbestandsaufnahme und die Alarmfahndung bis gegen 07.00 Uhr. Die Fahndung wurde schließlich erfolglos abgebrochen. Die Erhebungen hatten allerdings ein klares Ergebnis zu Tage gebracht und deuteten eindeutig auf eine bestimmte Person als Täter, nach der nun die Fahndung ergänzt werden konnte. Danach führten wir noch zahlreiche Vernehmungen durch und meinerseits kämpfte ich dafür, dass der Sachverhalt von der Kriminalabteilung übernommen und bearbeitet wird. Das war nicht so klar, wie in vielen Fällen von Schwerkriminalität. Eine klare Regelung gibt es hierüber nicht. Lediglich, dass das Kriminalamt entscheiden kann, wer welchen Fall bearbeitet.

Gegen 11.00 Uhr konnten wir schließlich nach Hause. A. und ich waren todmüde und ausgefroren. Die Fahndung hatte einen Tag später Erfolg. Der Gesuchte wurde am Grenzübergang in Chiasso – Schweiz- Italien – gefasst, weil er ohne Führerschein unterwegs war.

Er wurde wegen versuchtem Mord zu einer 14 jährigen Freiheitsstrafe verurteilt.

Zwangsmittelanwendung (Okkultes)

Vom 17. Zum 18. Dezember 2011 war ich gemeinsam mit RevInsp W. (einer weiblichen Polizeibeamtin) von 19.00 bis 04.00 Uhr zu einer Zusatzstreife zur Sicherheitsüberwachung am Wochenende im Rayon eingeteilt. Wir waren als uniformierte Streife unterwegs und patrouillierten mit unserem Streifenwagen, einem VW Touran herum und führten einige Verständigungen durch. Außer uns hatten AbtInsp L. mit RevInsp O. Sektorstreife. RevInsp Z. mit RevInsp T. hatten an diesem Freitagabend eine weitere Zusatzstreife.

Um 20.23 Uhr wurde von der Einsatzleitstelle Dornbirn per Funk die Streife mit AbtInsp L und RevInsp O. Lustenau in eine Seitenstraße gerufen, da dort angeblich aus dem 2. Stock aus einem Fenster heraus auf die Straße geschossen worden sei.

Wir setzten uns ebenfalls in die angegebene Richtung in Bewegung, da wir annahmen, dass bei diesem Vorfall unsere Unterstützung benötigt wird. Ich war der Lenker unseres Polizeifahrzeuges. Das Blaulicht setzten wir nicht ein, es herrschte nur mäßig Verkehr und wir kamen auch so rasch voran. Das Ziel kannten wir beide nicht, das heißt, in dem Objekt hatten wir beide bisher noch keine Vorfälle zu bearbeiten. Während der Fahrt schaute RevInsp W. auf unserer Straßenkarte nach und konnte das Haus rasch finden. Mit uns fuhr auch die Streife mit RevInsp Z. und RevInsp T. zum angegebenen Ort, da die Sektorstreife Lustenau 1 gemeldet hatte, dass ihr Standort noch in Dornbirn sei.

Da wir wegen der Dunkelheit und der schlechten Sicht und aufgrund des schlechten Wetters das angegebene Haus nicht sofort fanden, zogen wir uns, trotz der Meldung über die Schüsse keine Schutzwesten an, sondern suchten vorerst zu Fuß in den beiderseitigen Häuserzeilen der Straße nach dem besagten Haus. In Lustenau sind die Häuser nicht geordnet, dass links auf- oder absteigend die ungeraden und rechts die Häuser mit den geraden Hausnummern sind, sondern die Häuser sind nach dem Alter nummeriert. Ein schwieriges Unterfangen, ein Haus unter Zeitdruck und Stress punktgenau zu finden, zumal viele Häuser kein Schild mit der Hausnummer tragen.

Jedenfalls fanden wir das Haus doch noch relativ rasch. Etwa 1 Minute nach uns traf die Streife Lustenau 3 ein. Aus dem Haus drang Musik und im 2. Stock war ein Fenster geöffnet. Es brannte auch Licht. RevInsp Z. und ich begaben uns in Richtung Eingang und schließlich ins Haus. RevInsp T. sagte ich, er soll draußen bleiben und warten und horchen, ob er, wenn wir ins Haus gingen, verdächtige Geräusche wahrnehme, um allenfalls weitere Unterstützung anzufordern. Auf der Stiege fand ich mehrere Patronenhülsen, bei denen ich sah, dass es sich um Platzpatronenhülsen handelte. Daraufhin war ich einigermaßen beruhigt, da ich nicht davon ausging, dass mit einer echten Waffe aus dem Haus geschossen worden war. Eine gewisse Vorsicht legten wir dennoch an den Tag.

Ich ging voraus, RevInsp W., die nach der Geburt ihres zweiten Kindes erst vor kurzem aus dem Karenzurlaub gekommen war und ihren Dienst wieder aufgenommen hatte, folgte mir. Da das Fenster im oberen Stock geöffnet war, ließen wir die Wohnungstüre im unteren Stock unbeachtet. Dort war ein weiterer

Eingang, offenbar der Zugang zu einer weiteren Wohnung in dem alten Haus. Wir gingen über eine Holzstiege nach oben und standen vor einer verschlossenen Holztüre. Ich drückte die Klinke und wollte nachschauen, ob offen sei. Die Türe ließ sich nicht öffnen. Daraufhin klopfte ich an der Türe. Von drinnen meldete sich eine Stimme, die „Herein" rief. Da die Türe schwer zu öffnen war, musste ich mit voller Kraft dagegen drücken, worauf sie aufsprang. Sie war gar nicht versperrt, sondern hatte nur geklemmt. Vom Gang aus in dieser Wohnung sah ich in einer einige Meter entfernten Küche zwei Männer an einem Tisch sitzen, die offenbar etwas aßen (irgendein Nudelgericht). Ich forderte die Männer in diese Küche hinein auf, dass der Verantwortliche für die Wohnung herkommen soll. Es kam ein dritter Mann heraus, der ebenfalls beabsichtigte, etwas zu essen. Ihn hatte ich zuvor gar nicht gesehen. Alle schienen unbewaffnet. Ich sprach Herrn R., den ich zu diesem Zeitpunkt noch nicht kannte an, und fragte ihn, wer bei ihm aus dem Fenster geschossen habe. Er gab sich unwissend und sagte, dass niemand herumgeschossen habe. Daraufhin fragte ich ihn, ob wir uns umsehen dürften, was er bejahte. Also schauten wir herum und schauten zunächst in das Zimmer, aus dem offenbar geschossen worden war (die Patronenhülsen lagen draußen unter diesem Fenster und es war das einzige geöffnete Fenster). Als wir im Zimmer waren, kamen weitere Polizeibeamte nach, da mittlerweile auch Lustenau 1 eingetroffen war. Gemeinsam suchten wir vorerst oberflächlich nach einer Schusswaffe. Herr R. bestritt, etwas zu wissen, dass geschossen worden sei. In diesem Zimmer, aus dem offenbar geschossen worden war, fanden wir nach kurzer Nachschau weitere Platz-Patronen auf der rechten Seite innen neben dem geöffneten Fenster. Insgesamt hatten wir 6 abgeschossene Patronen gefunden. Es war eindeutig, dass aus dieser Wohnung aus diesem Fenster geschossen worden war. Die Patronen dürften durch den Auswurf herausgeworfen worden sein und lagen herum, wie das auch bei einer echten Pistole erfolgt.

Ich sagte Herrn R. daraufhin, er solle nun endlich die Waffe herausgeben, es sei doch alles klar. Zwischenzeitlich hatten wir im Hausgang (im gleichen Stock wie die Küche und die ganze Wohnung liegt) an einer Wand eine eingerahmte Fotografie einer Person in einer SS-Uniform, die eine Pistole in der Hand hielt, gesichtet. Wie RevInsp W. feststellte, handelte es sich beim Träger dieser Uniform offenbar um Herrn R. selbst. Dieses Foto mit weiteren Fotos war neben einer Art Altar aufgehängt. Herr R. wollte dieses Bild daraufhin vor uns verstecken und tat es in einem Augenblick, als er glaubte, wir würden es nicht sehen, in einen Schuhschrank. Ich sah das aber und wir beschlagnahmten das Bild wegen Verdacht einer Straftat nach dem Verbotsgesetz. Kurz darauf gab Herr R. die Schreckschusspistole, die er in einem Schrank im Gang versteckt hatte, mit der er offenbar aus dem Fenster geschossen hatte, freiwillig heraus.

In der Zwischenzeit hatten wir bei unserer Nachschau in einem Seiten-Dachschlupf neben dem Schlafzimmer von Herrn R. mehrere ältere Hanfblätter gefunden. Offenbar war dieser Dachschlupf als Trocknungsanlage für Hanfstauden verwendet worden. Es waren einige Blätter und einige Stiele auf dem Boden. Herr R. gab an, dass er nicht wisse, woher diese Pflanzenteile kämen, er wohne seit 8 Jahren in dem Haus. Für mich waren zu diesem Zeitpunkt die Tatbestände nach dem Verbotsgesetz und der Verdacht einer Suchtmittelstraftat gegeben.

Die verwaltungsrechtlichen Übertretungen waren für mich nun im Hintergrund.

Da wir das besagte Foto und die Hanf-Pflanzenreste gefunden hatten, lag für mich die Vermutung nahe, dass im Haus weitere Gegenstände deponiert waren, die Indizien liefern könnten, um meinen Verdacht zu erhärten. Ich beabsichtigte, auch in der unteren Wohnung nachzusehen, ob dort vielleicht etwas Verdächtiges zu finden sei, zumal Herr R. angegeben hatte, dass er die untere Wohnung einem gewissen Herrn O. untervermietet habe und er mit diesem Herrn O. bekannt sei.

Herr R. gab mir gegenüber an, dass dort momentan jemand zu Hause sein müsste. Das stellte ich auch selbst fest, da innen der Schlüssel steckte (das sah man von außen). Ich klopfte vorerst, es wurde aber nicht geöffnet. Dann rief Herr R. mit seinem Handy Herrn O. selbst an, er ging aber nicht ans Telefon. Nach etwa einer Minute kam Herr O. selbst an die Türe. Er öffnete, nur mit einer Unterhose und einem Shirt bekleidet und fragte, was wir von ihm wollten. Ich sagte, dass im Haus im oberen Stock aus dem Fenster geschossen worden sei und dass wir Suchtmittelreste gefunden hätten. Es bestehe der Verdacht, dass bei ihm in der Wohnung etwas in diesem Zusammenhang deponiert sein könnte und dass wir nun bei ihm nachschauen würden. Daraufhin sagte mir Herr O., den ich nicht kannte, dass bei ihm niemand nachschaut, ich solle ihm einen Hausdurchsuchungsbefehl zeigen. An sich machte er zunächst einen vernünftigen Eindruck und es schien, als würde er uns jetzt gleich einlassen. Aus mir unerklärlichen Gründen drückte er jedoch plötzlich und für mich unvermutet die Türe zu und sperrte sofort ab. Ich wollte noch den Fuß in die Türe stellen. Das klappte aber nicht. Für mich war nun höchste Vorsicht geboten. Ich dachte, dass Herr O. etwas Schwerwiegendes zu verbergen hätte. Alle möglichen Straftaten gingen mir durch den Kopf. Die Einholung eines richterlichen Befehls war nun wegen Gefahr im Verzug nicht mehr möglich. Darum drückte ich mit meinem Körper voll gegen die Türe, die nicht besonders stabil zu sein schien. Drücken ist vielleicht etwas untertrieben. Ich brachte sie aber trotzdem nicht gleich auf, sondern musste zweimal mit meiner rechten Körperseite kräftig gegen die Türe „drücken", worauf das Schlosstürblech nachgab und ausbrach und wir in die Wohnung eindringen konnten. Herr O. war aufgrund unseres raschen Eindringens höchstens einige Sekunden unbeobachtet in der Wohnung und konnte meiner Meinung keine Vorbereitungen für eine Gegenwehr treffen und er konnte in dieser Zeit auch nichts verschwinden lassen. Bei ihm hielt sich eine Frau mit Schweizer Herkunft auf. Er schrie sofort herum und sagte, dass wir wohl im 3. Reich seien (oder so ähnlich). RevInsp Z. und RevInsp T. hielten Herrn O. in Schach, während RevInsp W. und ich die Wohnung durchsuchten. Wir fanden aber keine Indizien für die Erhärtung der Tatbestände nach dem Verbots- und nach dem Suchtmittelgesetz. Wir fanden auch keine weiteren Indizien dafür, dass allenfalls andere Straftaten hier stattgefunden haben könnten. Eigenartig waren lediglich die offenbar für okkulte Riten hergerichteten Gegenstände. Zahlreiche Kerzen, vorwiegend dicke in dunkelrotem Wachs, einige einschlägige Bücher, sowie einige Pentagramme, verdunkelte Fenster und auch der Schlafraum, in dem sich nur ein Doppelbett befand, obwohl hier niemand wohnen sollte, machten einen höchst seltsamen Eindruck.

Nach Abschluss der Amtshandlung, mit der die betroffenen offenbar nicht ganz einverstanden waren, sprachen wir gegen Herrn R. ein vorläufiges Waffenverbot aus. Das Bild mit dem SS-Mann sowie die Schreckschusspistole stellten wir vorläufig sicher, die Hanfpflanzenreste fotografierten wir. Außerdem fotografierten wir den von mir verursachten Schaden an der Tür. Dann verließen wir den Ort mi der Nachricht an die Herren O. und R., dass wir den Sachverhalt prüfen würden und gegebenenfalls Anzeige an die Staatsanwaltschaft erstatten würden.

Im Nachhinein stellte ich fest, dass weder Herr O., noch die in seiner Wohnung anwesende Begleiterin an der Adresse gemeldet waren, obwohl sie beide angaben, dort mit Zweitwohnsitz zu wohnen.

Obwohl bei diesem Sachverhalt schlussendlich nicht allzu viel übrig blieb, befassten wir sowohl die Staatsanwaltschaft als auch die Bezirkshauptmannschaft mit den Machenschaften in dem Haus. Dabei wurde selbstverständlich auch mein gewaltsames Eindringen in das Haus strafrechtlich geprüft, wie jede Gewaltanwendung durch die Polizei mit Schadenfolge durch die Staatsanwaltschaft geprüft werden muss. Obwohl angeblich manche meiner Vorgesetzten mein Vorgehen als Übergriff einstuften, leitete die Staatsanwaltschaft Feldkirch kein Verfahren gegen mich ein. Ich hätte mich gewundert. Ich hege vollstes Vertrauen in die rechtlichen Beurteilungen unserer Staatsanwaltschaft, die doch oft einiges anders sieht als unsere vorgesetzten Polizeistellen.

Kameradschaft

Schade, dass das Thema Kameradschaft in den letzten Jahren nicht mehr so wichtig scheint, wie das früher einmal war:

Ein guter Kamerad

Gemeinsam lachen,

gemeinsam weinen,

gemeinsam gewinnen,

gemeinsam verlieren,

gemeinsam trauern,

gemeinsam lustig sein,

gemeinsam feiern,

gemeinsam reden,

gemeinsam schweigen.

Ein Kamerad

Produktionsbetrieb Polizei

Früher war es viel klarer. Die Polizei war dafür da, für Ordnung, Ruhe und Sicherheit zu sorgen. Das ist zwar auch heute noch ein wesentlicher Grundsatz, die Wertigkeiten haben sich aber verschoben. Nicht wenige in den Führungsetagen sehen die Polizei als einen Produktionsbetrieb für Sicherheit. Dieser modern ausgedrückten Ansicht könnte man sogar zustimmen, wenn es in der Polizei nicht Kräfte gäbe, die die Polizei tatsächlich als Fabrik für die Herstellung von Sicherheit sehen würden.

Diese Kräfte sehen die Sicherheit aber nicht als empfindliches Gebilde, das auf jedwede Art von Beeinträchtigung sehr empfindlich reagiert, sondern Sicherheit, so glauben sie, könne erreicht werden, indem quantitativ möglichst viele Menschen bestraft werden. Alles was getan wird muss zählbar sein. Nur Zahlen belegen wirkliche Arbeit, so die Ansicht dieser Gelehrten.

Dass Sicherheit ein wesentlich sensibleres Gebilde ist, davon können viele Länder ein Lied singen. Österreich ist geschichtlich so gewachsen wie es ist, auch die Polizei ist in dieser Geschichte mitgewachsen. Österreich war immer Österreich und scheute sich nie, besondere Wege, auch mit opportunistischen Gedanken, zu gehen. Leider wurde der gewachsene Sicherheitskörper Gendarmerie – Polizei in der letzten Zeit durch zahlreiche Reformen, die sehr rasch durchgezogen wurden, derart stark verändert, nicht personell, denn die Zusammenlegung der Bundespolizei und der Bundesgendarmerie hatte an-

satzweise sehr wohl seine Berechtigung. Aber die Reform-
kräfte wollten nicht nur die Polizei gesund reformieren, nein,
es hat den Anschein, dass sie die Polizei neu erfinden wollten.

Mit einem derart filigranen Gebilde wie Sicherheit, die ja vor
den Reformen sehr wohl vorhanden war, spielt man nicht und
da darf auch nicht völlig unsensibel reformiert werden, sondern es muss viele Feinabstimmungen geben, viele Erfahrungen müssen mit entscheiden.

Dass ein Produktionsbetrieb fast zur Hälfte aus Verwaltung
besteht, kann sich ohnehin kein Produktionsbetrieb leisten.
Bei der Polizei ist das aber Tatsache – nur um den (Miss)Erfolg
der Anpassung an die Privatwirtschaft anzudeuten.

Ich will die heutige Polizei nicht schlecht reden. Allerdings
wäre eine Rückkehr zur Basisarbeit sicherlich nicht der falsche Weg.

Die Polizei hat sich überall hineinreklamiert, seien es Entscheidungen der Verwaltungsbehörden in Sachen Jugendwohl-
fahrt, Beratungen und Absprachen mit Sozialdiensten nach
Sexualdelikten, Gewaltprävention an Schulen, Verkehrserzie-
hung an Schulen und Kindergärten, Beratungen im Bereich
von Hausalarmanlagen und neuerdings wurde auch die psy-
chologische Nachbetreuung von Verbrechensopfern auf die Polizei in die vielen, teilweise unprofessionellen Agenden der Polizei eingegliedert.

Die Basisarbeit, für die Rat oder Schutz suchende Bevölkerung da zu sein, wenn sie die Polizei braucht, liegt allerdings im Argen. Die Dienststellen wurden teilweise zugesperrt, aufgelöst, über Telefonanlagen und Zentralen, scheinbar erreichbar gemacht. Eine tatsächliche Erreichbarkeit eines kompetenten Polizeibeamten zu jeder Tages- und Nachtzeit für irgendwelche Anliegen von Parteien ist nur noch eine Wunschvorstellung.

Der reformierten Polizei geht es offenbar darum, möglichst viele Personen für irgendwelche, auch Bagatelldelikte, abzustrafen oder anzuzeigen.

Es gab vor einigen Jahren eine Statistik, in wen die Bevölkerung das höchste Vertrauen hat. Damals schnitt die Polizei sehr gut ab.

Ich bin mir nicht sicher, ob dieses hohe Vertrauen und Ansehen durch die Bevölkerung nach den die Polizei nicht verbessernden Reformen noch Gültigkeit hat. Eine neuere Umfrage wird das Ergebnis zeigen.

Die Bevölkerung braucht keine Polizei, die hinter jedem Baum oder Busch steht, verdeckt oder offen, und sämtliche erdenklichen Kleinstdelikte findet und abstraft.

Die Bevölkerung verdient eine Polizei, die da ist, wenn sie gebraucht wird. Die Bevölkerung braucht eine Polizei, die ihr ein gutes Sicherheitsgefühl vermittelt.

Zuletzt noch eine Anmerkung zum Hineinreklamieren des Bundesheeres in innere Angelegenheiten. Mit Riesenschritten versucht das Bundesheer (Verteidigungsministerium) aufgrund fehlendem Bedarf für eigene Aufgaben, nun im Bereich Inneres Fuß zu fassen. Allem Anschein nach gelingt das sogar. Ein Rückschritt seinesgleichen. Soldaten sind keine Polizisten. Wir hatten eine hervorragende Eliteeinheit bei der Polizei, die Cobra. Nun will uns der Verteidigungsminister plötzlich einreden, dass Männer des Jagdkommandos des Bundesheeres die Richtigen bei Terrorlagen wären. Nochmals: Soldaten sind keine Polizisten.

Ich empfehle jedem, der das nicht versteht, den Film „Ausnahmezustand" anzuschauen und er wird meine Bedenken verstehen.

Teilweise haben Soldaten bereits die Bewachung von Botschaften übernommen. Die Sicherung der Grenzen wird zum unüberwindlichen Stolperstein für die Exekutive im Land. Das Bundesheer gehört an die Grenzen, es soll unser Land von außen schützen. Die Polizei ist für unsere innere Sicherheit verantwortlich.

Hierarchie

Obwohl ich mich ja selbst teilweise gegen eine gewisse eigenartig gewachsene Hierarchie, zumindest mit meinen Zeilen, zu wehren versuche, bin ich ein Verfechter der These, dass eine bestimmte Hierarchie bei der Polizei sehr wohl erforderlich ist. Es muss einen Entscheidungsträger geben, der schlussendlich festlegt, was Sache ist und was nicht.

Früher waren ganz klare Strukturen vorhanden. Als oberste Ebene bei der Polizei war es das Ministerium, danach die Zentralstelle, das Zentralkommando, das beim Ministerium angesiedelt war und danach die Länder, die mit Landespolizeidirektionen und Landesgendarmeriekommanden.

Die Polizeidirektionen waren für die damaligen Bundespolizeidienststellen, die in den Städten mit eigenem Statut situiert waren, zuständig, die Landesgendarmeriekommanden in den ländlichen Teilen und auch in den Städten ohne eigenes Statut.

Den Landesgendarmeriekommanden waren zunächst die Abteilungskommanden unterstellt, die in einer kleinen Verwaltungsreform irgendwann in den Neunziger Jahren (ich glaube bei der Einführung des Sicherheitspolizeigesetzes 1993) gestrichen wurden.

Danach war die nächste Ebene das Bezirksgendarmeriekommando, bei der damaligen Polizei das Bezirkspolizeikommissariat.

Die unterste Hierachieebene war dann die einzelne Dienststelle, bei der Gendarmerie der Gendarmerieposten, bei der damaligen Bundespolizei das Wachzimmer.

Bei der Bundespolizei gab es einige andere Strukturen, die mir nicht in Einzelheiten bekannt sind, da ich aus der Gendarmerie stamme.

Beim Gendarmerieposten gab es einen Postenkommandant, einen oder je nach Größe der Dienststelle mehrere Stellvertreter und einige Dienstführende, sowie eine Anzahl von eingeteilten Polizeibeamten. So war die langläufige Bezeichnung der Gendarmen auf einem Gendarmerieposten.

Als Postenkommandant war man derjenige, der im zugewiesenen Rayonsgebiet für das Agieren der Gendarmen verantwortlich war. Er hatte mit seinen Anweisungen, die zentral gesteuert wurden und über die verschiedenen vorgesetzten Ebenen bis zum Gendarmerieposten gelangten, zu wachen und seine Befehle zu geben. Die ihm zugewiesenen Beamten hatten das durchzuführen, was der Postenkommandant anordnete.

Nach der Zusammenlegung der Polizei und der Gendarmerie waren die Ebenen nicht wesentlich anders, auch die Aufgaben des Polizeiinspektionskommandanten waren die gleichen. Es hatte sich eigentlich nichts geändert.

Und trotzdem hatte sich eine Abweichung der gewachsenen Strukturen eingeschlichen – so jedenfalls meine Erfahrung.

Die Umgehung des Dienstweges (zum Beispiel das Ansuchen für die Zulassung zu einem bestimmten Fortbildungskurs), hat sich eingeschlichen. Ein Ansuchen musste dem Kommandanten der Dienststelle vorgelegt werden. Dieser hatte für sich zu entscheiden bzw seine Stellungnahme anzubringen und dieses

Anliegen der nächsten Ebene weiterzuleiten. Mündliche Anbringen gab es nicht, alle Eingaben waren in schriftlicher Form darzulegen und im Dienstweg weiterzuleiten. Die Einhaltung des Dienstweges war früher und ist auch heute eine klare Anweisung.

Die Umgehung des Dienstweges wäre nur möglich gewesen, wenn es sich um eine Angelegenheit handelt, die aus verständlichen Gründen den Dienstweg ausschließen würde. Auch das Anrufen der Personalvertretung ist und war nicht an den Dienstweg gebunden, sollte aber aus Fairnessgründen sehr wohl auch der vorgesetzten Stelle gemeldet werden.

In der Praxis stellt sich die Vorgangsweise mit dem Dienstweg mittlerweile völlig anders dar. Vorhaben werden oft vorher in allen möglichen Ebenen besprochen und umgesetzt, bevor überhaupt eine Zeile festgeschrieben steht. Möglicherweise war das schon früher so. Das ging an mir lange Jahre spurlos vorüber, da ich mich ja an die Vorschriften hielt und immer darauf achtete, dass der Dienstweg eingehalten wurde.

Mittlerweile werden Meldungen und Ansinnen über alle möglichen Kanäle dort angebracht, wo sie erst am Schluss landen sollen. Wenn sich die Vorgesetzten dabei nicht hinstellen und klar deklarieren, was durchzuführen ist, werden sie hintergangen und jede Entscheidung wird in Frage gestellt.

Die derzeit herrschende Situation führt in eine totale Führungslosigkeit und wird schließlich in einer Anarchie enden. Mit Anarchie meine ich, dass nicht die Vorgesetzten entscheiden, was künftig passieren wird, sondern die zugewiesenen Beamten selbst werden sich die Sache untereinander ausmachen.

Das klingt gar nicht so schlecht, solange die Beamten untereinander gut auskommen – aber auch auf diesem Gebiet liegt
vieles im Argen.

Diese Darstellung der heutigen Hierarchie entspricht meinen
eigenen Erfahrungen.

Gefahr von rechts – und von links

Grundsätzlich hat das Wort „rechts" ja nichts Schlechtes an sich. Es hat mit Recht zu tun und warum soll ich denn gerade an diesem Wort herumjammern?

Es ist nicht das Wort, das nachdenklich stimmt – es ist die Gesinnung, die sich in den Köpfen von Vielen in unserer Gesellschaft festgesetzt hat.

Vorarlberger sind doch ein rechtschaffendes Völkchen. Dass das Gedankengut dann einen Rechtsdrall aufweist ist nicht von ungefähr. Vielleicht ist gar nichts dagegen einzuwenden, wenn es im Volksmund über Fremde heißt: „Jetzt reicht's!" „Das Boot ist voll!" „Ausländer raus!" „Wir lassen uns doch unsere Kultur nicht von jedem Dahergelaufenen kaputt machen." „Der Ausländeranteil in unserem Land ist viel zu hoch." „Ich habe Angst vor Überfremdung." „Die sollen doch erst einmal Deutsch lernen!"

Solche und ähnliche Sprüche kennt jeder aus seiner Umgebung, der eine mehr, der andere weniger. Die einen stehen offen zu solchen Phrasen, viele sehen sie differenziert. Aber es gibt doch einige, die mit diesen Sprüchen mehr als nur „sympathisieren".

Rechte Ansichten zu haben ist ja nicht verboten – Extremismus allerdings schon. Und zwar Extremismus auf beiden Seiten, sowohl rechten als auch linken. Aber wer ist den rechts- oder linksextrem ? schwierige Frage ? – nein !

Extremismus, links oder rechts, fängt da an, wo zumindest rechtlich etwas Verbotenes geschieht. Das heißt, sobald die vorhandenen Gesetze gebrochen werden, liegt nicht nur eine Straftat vor, sondern es liegt auch Extremismus vor, wenn das Gesetz aufgrund von politischen oder persönlichen Ansichten gebrochen wird. Man wird also doch recht schnell zum Extremisten.

Sobald ich im Vol.at Forum etwas Negatives über Ausländer poste, laufe ich bereits Gefahr, eine Straftat wegen Verhetzung oder zumindest wegen der Beleidigung einer ethnischen Gruppe verwirklicht zu haben. Also ist der, der so etwas macht, bereits ein Extremist? Für mich ja. Es ist nicht nur der Bombenbauer, der sich auf dem Marktplatz in Kabul mit einem Sprengstoffgürtel selbst in die Luft sprengt ein Extremist, sondern auch der kleine Straftäter, der sich mit dem vorhandenen Rechtssystem, das für alle gilt, nicht identifizieren kann, vielleicht kein sehr extremer, aber ein Extremist.

Das ist vielleicht eine kleinliche Auslegung der Ansicht – nur – glaube ich – liege ich damit gar nicht so falsch. Darum sollten sich Väter, Onkel, Mütter, Opas, Freunde und so weiter darüber im Klaren sein, was sie über Fremde, Andersdenkende, Randgruppen und andere, ihren Mitmenschen gegenüber so alles äußern. Sonst braucht sich im Nachhinein niemand darüber zu wundern, wozu Jugendliche, Kinder, Brüder, Söhne und auch Töchter so alles fähig sind und dabei noch glauben, sie wären im Recht oder die Gesellschaft stützt ihr negatives Handeln.

Doch genug meiner theoretischen Vorrede. Ich hatte im Laufe meiner bisherigen dienstlichen Tätigkeit mehrfach mit Rechtsextremismus zu tun, zwei Vorfälle blieben mir allerdings ganz besonders in Erinnerung:

Die erste Geschichte kenne ich nur aus Erzählungen von meinen Kollegen, weshalb ich das Ganze etwas abkürze: Eine ca 30 jährige Frau chinesischer Herkunft schob an einem Sonntag ihr Fahrrad quer über einen wegen einer Veranstaltung belebten Platz in Lustenau. Auf dem Fahrradsitz hinten führte sie ihre 5 jährige Tochter mit. Offensichtlich interessierte sie sich auch für das rege Treiben auf dem Platz, gesellte sich aber nicht zur Gesellschaft hinzu, sondern hatte den Platz schon fast überquert, als zwei schon sichtlich alkoholisierte erwachsene Personen, die im Dunstkreis der „Rechten" bereits bekannt waren, sie anpöbelten. Einer von ihnen stand von seinem Sitzplatz auf und verabreichte ihr völlig grundlos von hinten eine Ohrfeige und bespuckte sie. Außerdem beschimpfte er sie als „Scheiß Schlitzauge!" Der zweite applaudierte heftig und wusste auch einige besonders „treffende" Schimpfworte. Aufgrund der Vielzahl von Leuten auf diesem Platz wurden andere Gäste auf das „Treiben" aufmerksam. Mit Zivilcourage ausgestattete Personen ergriffen die Initiative und beendeten das bösartige Tun der beiden nach sehr kurzer Zeit, indem sie sie vor weiteren Angriffen abhielten und die Polizei informierten. Ich war damals stolz auf die Personen, die am Blauen Platz eingeschritten waren und gratuliere ihnen heute noch zu ihrem für mich heldenhaften Verhalten, obwohl ich sie gar nicht kenne.

Ich habe mir oft vorgestellt, was sich diese chinesisch stämmige Frau damals dachte und was ihr auf dem Kindersitz mitgeführte Kind mitmachte. Was wird dieses Ereignis später in dem Kind bewirken? Vielleicht wird es ein Vergessen geben? Vielleicht kam es den Betroffenen gar nicht so schlimm vor?

Die zweite Geschichte spielte sich zu Weihnachten, an Heilig-abend, ich glaube es war Weihnachten 2004.

S. und D. waren zwei ganz junge Polizeibeamte bei mir auf der Dienststelle, die an diesem Heiligabend zur gemeinsamen Dienstverrichtung mit zwei weiteren jungen Beamten in dieser Nacht zum Dienst eingeteilt waren. Zu Weihnachten konnte ich es mir leisten – dachte ich mir ·, einmal die Jungen mitei-nander einzuteilen, was meiner sonstigen Einstellung, immer einen Jungen und einen Älteren gemeinsam einzuteilen, zuwi-derlief. Zu Weihnachten, insbesondere an Heiligabend, war es früher wenigstens üblich, dass weder Tankstellen noch Gast-häuser und auch sonst keine Lokale geöffnet hatten. Das be-stärkte mich, die vier jungen Beamten miteinander einzutei-len, zumal ich erwartete, dass nichts los sein würde. Es war nun allerdings schon einige Zeit nicht mehr so, dass der Heilige Abend ruhig verlief. Deshalb teilte ich auch immer eine zu-sätzliche zweite Streife ein, wie gesagt, auch eher junge Be-amte, da ja die Alten zu Hause bei ihren Familien sein wollten. Das Risiko einer solchen Einteilung lag bei mir und bei jenen, die Dienst hatten. Vorfälle an Tagen wie Heiligabend hielten sich meist in Grenzen – wenn ein Vorfall kam, dann meistens ein „Richtiger".

So dümpelte die Nacht dahin, S. und D. und auch die anderen beiden Beamten suchten verzweifelt nach Betätigungsfeldern und waren mit dem ruhigen Verlauf der Nacht nicht ganz zu-frieden. Junge Beamte hoffen immer auf besondere Vorfälle und sind enttäuscht, wenn es am nächsten Tag nichts Außer-gewöhnliches zu berichten gibt.

Dabei bedenken sie weder das Schicksal der Personen, das hin-ter jedem Vorfall steckt und auch nicht, dass sie ihre Tätigkeit immerhin vierzig und mehr Jahre aushalten müssen und schon gar nicht daran, dass sie die Vorfälle auch aufarbeiten müssen.

Jedenfalls verlief die Nacht bis kurz vor halb drei Uhr ohne besondere Vorkommnisse. Dann um 02.25 Uhr kam ein Anruf von der Notrufstelle in Dornbirn – Körperverletzung bei einer Weihnachtsfeier in einem Lokal am Rand von Lustenau, eine Kellnerin sei verletzt worden. Das klang nun wirklich nicht besonders dramatisch. Meine jungen Beamten, motiviert wie sie waren, rasten zum Einsatzort, alle vier, mit zwei verschiedenen Einsatzfahrzeugen. Ich bin überzeugt, dass sie so rasch als möglich zum angegebenen Einsatzort hetzten, um zu sehen, wer schneller am Tatort sein würde.

Am Einsatzort bot sich ihnen ein schwieriges Bild. Lage erkunden war angesagt – einen Überblick verschaffen! Das war hier gar nicht so einfach – alle waren betrunken, und nicht nur ein wenig. Es stellte sich heraus, dass eine Gruppe von ca zwanzig „Glatzen" dieses Lokal als Veranstaltungsort ihrer Weihnachtsfeier gewählt hatten. Diese Feier veranstalteten sie in einem separaten Raum in dem Lokal, im übrigen Teil wurde normaler Lokalbetrieb durchgeführt. Der Lokalbetreiber hatte bereits vorher eine Auseinandersetzung mit einem anderen Gast und hatte ein zerschundenes Gesicht, als die Beamten eintrafen. Von ihm war nichts herauszubringen, da er stark alkoholisiert war und keine schlüssigen Antworten kamen. Aufgrund der örtlichen Gegebenheiten mit mehreren Stockwerken im Lokalkomplex zersplitterten sich auch die eingesetzten Polizeibeamten. S. und D. begaben sich bis zum eigentlichen Lokal, wo die „rechte" Weihnachtsfeier stattfand, die beiden anderen Beamten verzettelten sich mit der Aufnahme der Daten von anderen Besuchern. Aufgrund der Unübersichtlichkeit der Lage forderten die anwesenden Polizisten weitere Einsatzkräfte an, bevor sie am eigentlichen Tatort ihre Erhebungen begannen. Auch die Rettung wurde benötigt, da eine Kellnerin, eine farbige Südländerin, eine stark blutenden Kopfwunde von einem Schlag mit einer Bierflasche erlitten hatte.

Es stellte sich heraus, dass sich die „Rechten" darüber aufgeregt hatten, dass sie von einer Ausländerin bedient worden waren. Das mündete darin, dass diese Kellnerin von den anwesenden männlichen Rechten „weich geklopft" wurde, das heißt, sie erhielt mehrere Schläge und taumelte im Raum herum, worauf die „rechten" Männer eine ihrer Begleiterinnen dazu aufhetzten, der dunkelhäutigen Kellnerin nun eine Flasche über den Kopf zu ziehen. Diese „rechte" Frau machte das tatsächlich und schlug der Brasilianerin eine Bierflasche auf den Kopf, dass sie mit der stark blutenden Kopfwunde zu Boden ging. Dem zu einem Kreis gebundenen Haarzopf der Kellnerin war sicherlich zu verdanken, dass die durch den Flaschenschlag verursachte Verletzung ohne schwerere Folgen verlief. Ein Schlag mit einer Bierflasche hat nicht wie im Film kaum Auswirkungen, sondern ist normalerweise mit einer sehr schweren Verletzung verbunden. Dies war den Beteiligten der „Weihnachtsfeier" natürlich vollkommen egal. Es ging nur darum, diese ausländische Frau fertig zu machen.

Eine richtige Aufklärung des Vorfalles vor Ort war dann weder S. noch D. möglich. Es ließ sich zwar die Tat rekonstruieren, die Täter konnten aber nicht ausgemittelt werden. Im Gegenteil. Als die Rechten bemerkten, dass mit besonderer Intensität durch die Polizeibeamten versucht wurde, die Tat aufzuklären, stellten sich diese „rechtschaffenen Männer" plötzlich gegen die Polizeibeamten. Sie versuchten regelrecht, sie aus dem Lokal zu prügeln, wobei sowohl S. als auch D. Prellungen erlitten. Ihr forsches Einschreiten half ihnen sicherlich, nicht komplett unter die Räder zu geraten. Sie besprühten ihre Angreifer mit Pfefferspray und konnten so aus ihrer misslichen Lage flüchten. Die Täter, die sich gegen sie gestellt hatten, konnten aber nur teilweise ausgeforscht und im Nachhinein angezeigt werden. Die Täter, die mit der Körperverletzung gegen die Brasilianerin vorgegangen waren, konnten nicht eindeutig ermittelt werden. Das Auftreten dieser großen Anzahl von Rechten um diese Zeit und das auch noch zu Weihnachten, brachte uns als Polizei an den Rand unserer Möglichkeiten, obwohl schon nach kurzer Zeit zahlreiche Streifen zur Unterstützung eingelangt waren. Wie das Verfahren ausgehen würde, war damals klar, zumal es aufgrund des Verhaltens der Täter bei den Erhebungen vor Ort lediglich „diffuse" Ermittlungen geben konnte. Das Kollektiv der Rechten bei diesem Anlassfall war für uns als Polizei sehr lehrreich.

Von diesem Vorfall wurde ich in dieser Heiligabend-Nacht kurz vor drei Uhr zu Hause verständigt. Ich begab mich so rasch als möglich an den Einsatzort. Als ich eintraf, war der Markt schon ziemlich verlaufen, obwohl noch zahlreiche Streifen am Einsatzort anwesend waren. Von den Rechten waren nur noch einige wenige anwesend. Aufgrund des unklaren Bildes gab es lediglich eine Festnahme. Mit dem gegenständlichen Ergebnis konnte ich keineswegs zufrieden sein, obwohl ich froh war, dass meine jungen Polizisten nicht allzu schwer verletzt wurden. Das Ganze hätte auch schlimmer enden können. Es ist jedenfalls nur eine Binsenweisheit, dass „Rechte" sich nie gegen die Polizei stellen, wie es die Rechten oft und gern von sich darstellen.

Wenn vor einiger Zeit (im Jahr 2013) ein Nationalratsabgeord-neter forderte, es möge ein Kompetenz- und Dokumentations-zentrum für rechte Vorgänge und Ereignisse eingerichtet wer-den, war das für mich gar nicht so abwegig. Vielleicht wäre die Errichtung eines solches Zentrums gar nicht so umstritten, wenn es nicht nur um rechten, sondern überhaupt um Extre-mismus ginge. Extremismus ist verwerflich und zwar egal ob von links oder rechts.

Der verlorene Sohn

Viele werden aus der „biblischen Gesichte" die Erzählung vom verlorenen Sohn kennen. Meine Geschichte hat nichts mit diesem verlorenen Sohn zu tun, sie ist aber nicht nur für mich mehr als eine schmerzliche Erinnerung, sondern auch für eine zurückgelassene Mutter, und meine Geschichte endete im Gegensatz zur kirchlichen Geschichte leider nicht glücklich.

Im Laufe meines intensiven Lebens, das immer wieder geprägt war von mehr als einschneidenden Ereignissen, bekam ich etwa 500 Todesfälle mit, mehr oder weniger nah, mehr oder weniger intensiv, jedenfalls Todesereignisse, bei denen sowohl meine Mitarbeiter, Verwandte von Betroffenen, Beteiligte, Zeugen und auch alle möglichen anderen Personen mit dem Tod einer Person befasst waren. Nicht jeder Todesfall ging mir dabei gleich nahe, aber es gibt einige ganz besondere, die fast auf Knopfdruck abrufbar sind und dann Jahre nach dem Ereignis Betroffenheit, ja Trauer bei mir auslösen. Ich trauere dann auf meine ganz eigene, spezielle Art. Ich ziehe mich in eine Ecke zurück, im Bad, im WC oder sonst an einen ruhigen Ort und trauere kurz und intensiv.

Es war ein Zufall, dass ich diese Mutter, von der ich jetzt erzählen werde, kennen lernte. Sie hatte mehrere gescheiterte Beziehungen hinter sich und befand sich nun auch wieder am Rand eines Beziehungsendes. Sie war so um die 30 Jahre alt. Aus einer ihrer ersten Beziehungen hatte sie einen prächtigen Jungen, war nun alleinerziehend und immer wieder in schwierigen Partnerschaften, in denen es offenbar immer wieder

Mühen gab und schließlich nicht die Beziehung war, die sie sich vorgestellt hatte. Nicht nur einmal war auch der prächtige Junge dabei im Weg. Ich lernte sie kennen, weil sie im Zuge eines Beziehungsstreites Schläge von ihrem Partner bekommen hatte. Ganz stolz präsentierte sie bei der Aufnahme des Sachverhaltes ihren kleinen zehnjährigen Jungen vor mir und sagte, er habe versucht, sie vor den Angriffen des bösartigen Mannes zu schützen und habe dafür selbst ein paar gefangen. Die Mutter war richtig stolz auf ihn, dass er das gemacht hatte, obwohl er nichts ausrichten konnte. Aber sie waren ein eingeschworenes Team. Er ließ nichts über seine Mutter kommen und verteidigte sie wie ein Löwe. Ich fand den Zusammenhalt der beiden sensationell.

An einem schönen, heißen Sommertag, radelten die beiden ins Parkbad in Lustenau. Sie waren gemeinsam unterwegs und wollten baden gehen. Nicht ganz nah zusammen, da Jungs in dem Alter doch schon ein wenig ihre eigenen Wege gehen bzw fahren wollen, aber dennoch waren sie gemeinsam unterwegs.

An der Lustenauer Hof Kreuzung nahm das Unglück seinen Lauf. Ein Tankwagenlastzug erfasste das Fahrrad des 10-Jährigen. Der Bub stürzte so unglücklich, dass er vor die Zwillingsräder des Lkws stürzte. Mit einem stillen Schrei musste die Mutter mitansehen, wie der Junge überrollt wurde. So jung, so sinnlos war sein Tod. Trotzdem konnte niemand etwas dagegen machen. Nicht der Lkw-Fahrer, nicht die Passanten, nicht die Mutter dieses kleinen Jungen. Warum hatte das Schicksal so furchtbar zugeschlagen?

Obwohl ich selbst an dem Tag des Unfalls nicht im Dienst war und den Unfall nicht persönlich mitbekommen hatte, berührte mich der Tod dieses kleinen Jungen sehr, vielleicht auch, weil ich schon mit ihm zu tun hatte. Vor allem der Schmerz dieser armen Mutter ging mir ganz besonders unter die Haut. Ich traf sie einige Tage nach dem Begräbnis in einer Tankstelle in Lustenau, wo sie arbeitete und fragte sie, wie es ihr gehe. Sie konnte nicht weinen, freute sich aber aufgrund meiner Nachfrage und erzählte mir, dass er ihr fehle. Auch jetzt konnte sie nicht weinen. Aber sie trauerte sehr. Sie zog ein Foto aus ihrer Geldtasche heraus und gab es mir. Ich bettete es wortlos in meine Geldtasche zu den Fotos meiner Enkel. Danach habe ich diese Frau nie wieder gesehen. Manchmal hole ich das Foto aus meiner Geldtasche wieder heraus und schaue mir den kleinen Burschen an, den seine Mutter allzu früh verloren hat und ich weine.

Hier noch ein paar Fotos aus früheren Zeiten:

Wer stiehlt so etwas, die Scheinwerfer eines abgestellten Mercedes ? Alles wird gestohlen – alles was nicht niet- und nagelfest ist. Kanaldeckel, Blumen, Werkzeuge, Betonteile, Verkehrszeichen, Früchte, Abfall, Altmetall ...

Es gibt nichts, was nicht gestohlen wird.

Wolfurt, Kirchstraße – ca 1979

Sichergestellte Waffen nach einer Rauferei bei einem Wurststand (1980) beim Vereinshaus in Wolfurt

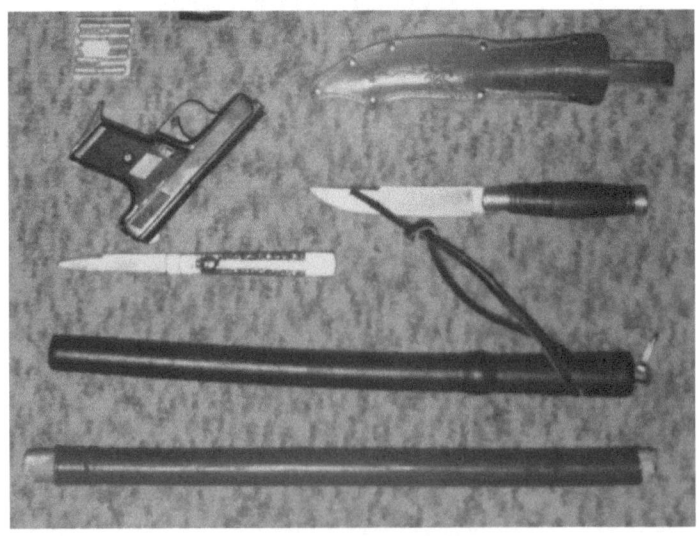

Gehasste Schwarzachtobelstraße – immer ein Chaos beim ersten Schnee – und auch Problemstraße ohne Schnee · jetzt mit dem Achraintunnel ist es besser

Dirty Harry in action

Ein echter Falschparker – im Minigolfplatz des früheren Gasthauses Stern in Wolfurt.

Es gibt noch viele Geschichten

Ich erinnere mich an den Tod einer Dreijährigen in Kennelbach, die beim Waschen ihrer Füße, als sie auf dem Abwasch saß, eine Schraube in eine Steckdose steckte und durch den plötzlichen Stromschlag in den Armen der Mutter verstarb ...

Ich erinnere mich an den Tod eines 20-Jährigen, der mit seinem Auto in Lochau auf einen abgelegenen Platz in einem Wald gefahren war, einen Schlauch am Auspuff befestigte und ins Wageninnere legte und sich durch Einatmen von Abgasen das Leben nahm ....

Ich erinnere mich an den Tod eines 70-jährigen, der sich im Altersheim, obwohl er sich kaum bewegen konnte, mit dem Gürtel seines Morgenmantels am Bettgestell erhängte .....

Ich erinnere mich an den Tod eines 18-jährigen, der sich im Lauteracher Ried mit einem alten Revolver in den Hinterkopf geschossen hat. Die erste Patrone war zu schwach geladen und er schoss nochmals. Beim zweiten Mal klappte es ....

Ich erinnere mich an einen Selbstmordversuch eines 12-jährigen Mädchens, das aus dem Fenster im 1. Stock sprang und sich schwer verletzte ...

Ich erinnere mich an eine Silvesternacht, in der mein Kollege schon kurz nach Mitternacht auf der Straße lag und mit einem Jugendlichen kämpfte ....

Ich erinnere mich, dass ich mit meinem Kollegen, der auch bei der Einsatzeinheit war, wie ich, vereinbart hatte, mit unseren Familien einen gemütlichen Abend zu verbringen, als wir plötzlich wegen einer Auseinandersetzung in einer Veranstaltungshalle alarmiert wurden – wir ließen alles stehen und liegen und begaben uns zum Einsatz ......

Ich erinnere mich an einen Großbrand eines Bauernhofes in Schwarzach, bei dem der Landwirt sein Hab und Gut verloren hatte und weinte, und ich ihn zu allem Überfluss zur Vernehmung mitnahm und mich nicht zu benehmen wusste, ich schäme mich heute noch dafür ...

Ich erinnere mich an die verfluchte alte Schwarzachtobelstraße, auf der ein Führerscheinneuling in eine Verbauung
krachte. Er selbst wurde leicht verletzt, sein gleichaltriger Beifahrer war sofort tot ....

Ich erinnere mich an die Eltern eines 16-jährigen Mädchens,
die nicht verstehen konnten, dass ihre Tochter aufgrund eines
Herzversagens gestorben war ....

Ich erinnere mich, wie ich zwei Stunden fassungslos da saß, als
bei einem Einsatz einem meiner Kollegen ein Finger gebrochen
wurde, einfach abgedrückt, er stand ganz skurril seitlich weg,
es war innerhalb einer Woche der dritte Einsatz, bei dem einer
meiner Beamten verletzt wurde ....

Ich erinnere mich an die Trauer eines 25-jährigen Türken, dessen Schmerz sich nach dem Selbstmord seines Vaters, den er
erhängt in seiner Wohnung fand, in keiner Weise von dem eines Österreichers unterschied ...

Ich erinnere mich an den Flugzeugabsturz einer zweimotorigen Maschine mit vier Toten in Eichenberg, Parzelle Jungholz. Wir mussten die Absturzstelle über Nacht bewachen, da die Flugunfallkommission erst am nächsten Morgen eintraf, die schwer entstellten Toten befanden sich noch im Wrack ……

Ich erinnere mich, wie ich mit meinem damaligen Kommandanten ein Zeltfest in einer Hofsteiggemeinde überwachte und kurz nach Mitternacht die siebte Schlägerei unter handfester Mitwirkung geschlichtet hatte. Ich war dreckig von Kopf bis Fuß. Es wurde keine einzige Zeile geschrieben – damals war noch eine andere Zeit ….

Ich erinnere mich an die vorerst ergebnislose Suche nach einem betagten Mann in Hörbranz, der trotz intensivster Suche erst einen Tag nach seinem Verschwinden von einem Spaziergänger tot aufgefunden wurde und meine damaligen Erklärungsversuche der Familie des Verstorbenen gegenüber …..

Ich erinnere mich an ein siebenjähriges türkisches Mädchen, das hinter einem haltenden Bus hervorlief und ohne zu schauen über die Straße rannte. Sie wurde von einem entgegenkommenden Lkw erfasst, der ganze Körper überfahren. Sie war nicht sofort tot ...

Ich erinnere mich an einen Kollegen, der vom Fund einer Wasserleiche erzählte. Dieses Erlebnis ließ ihn nie wieder los. Er wollte die Leiche an einem Bein aus dem sumpfigen Wasser ziehen und riss ihr ein Bein aus. Dieser Kollege ist Jahre später durch Selbstmord ums Leben gekommen ...

Ich erinnere mich an eine junge Kollegin, die nach dem Tod einer betagten abgängigen Frau, die vom Zug überfahren wurde, bitterlich weinte, weil sie glaubte, nicht alles getan zu haben ....

Ich erinnere mich ....

Schlussbemerkungen

Es hat lange gedauert, bis ich mich durchgerungen habe, dieses Buch abzuschließen. Irgendwie ist es so geworden, wie mein ganzes Leben war – alles dreht sich im Kreis.

Das Ende wird zum Anfang – ich stehe wieder dort, wo ich vor 35 Jahren gestanden bin.

Ich fahre wieder Streife, mache die ursprüngliche Arbeit eines Polizisten.

Ich wollte mich doch verändern, das ist mir doch gelungen, das habe ich lange angestrebt. „Der Weg ist das Ziel" ist ein altes Sprichwort.

Ein Rat an die Jugend:

Wer einen aufregenden, abenteuerlichen und erfüllenden Beruf sucht, nicht einen Job, ist bei der Polizei gut aufgehoben. Sensibel darf er(sie) aber nicht sein, will er(sie) nicht irgendwann depressiv, kontaktarm und beziehungsunfähig sein.

FSC
www.fsc.org
MIX
Papier | Fördert
gute Waldnutzung
FSC® C083411

Zeitfracht Medien GmbH
Ferdinand-Jühlke-Straße 7
99095 Erfurt, Deutschland
produktsicherheit@kolibri360.de